名家散文自选集

散文就是同亲人谈心

牛化自己

刘兆林／著

民主与建设出版社

牛化自己（代自序）

常听人说某某被“神”化了，可见神在人眼中有多么高不可攀，连化一下都不行。而我却常常想把自己“牛”化了，这也可见我对许多人看不起的牛有多么高看。我是这么想的，牛最不讨厌，而且我自己又生肖属牛，并属了许多年，久而久之，牛便成了我生命的图腾。所以我总是想着牛化自己。我的卧室立了块木制卧牛图，我的书房放有一方卧牛砚台，我曾经的办公室，空荡荡的两间屋子除挂了两张地图外，唯一一幅艺术挂品，就是从遥远云南带回的蜡染牛耕图。其他一堆小摆设中还有好几头牛玩意儿：煤精牛、石牛、磁牛、陶牛、木牛……这就容易把自己联想成牛了，也便于提醒自己老老实实化牛。

牛实在值得我为之一化。它活着拉车犁地，肯出力气少有怨言，吃的能将就，住的能对付，唯独干活儿时不含糊。它死了呐，皮可做衣，做鞋，做箱，做包，做腰带，还可做鼓舞人的鼓；肉可清炖、红烧、焖、煮、酱、炒、烤，做成干儿，不仅特别顶饿而且少脂肪，不胖人，专门长力气；骨头可配其他做糖，入药；牛黄大概是一种病因所致吧，但也有许多的用处：牛黄安宫丸是多么贵的中药啊，一丸价值几百元，贵重得我至今不曾给自己或亲人买过一丸，总觉自己及家人都肉体凡胎普普通通的，吃什么牛黄安宫丸哪，牛黄解毒片常用着足矣！我常好为些不重要的事着急上火，免不了咽喉肿疼，口舌生疮等等，就常开些牛黄解毒片揣于衣兜中，及时吞上几片。牛这东西，就连它的粪，晒干了都是洁净的，被大草原的牧民以及山乡的农民当上好的燃料生火煮饭暖屋，还有弄成稀泥抹墙的。人在恨谁时好咬牙切齿说我恨不得抽他的筋扒他的皮。对牛呢，你就是抽了它的筋扒了它的皮，你能忍心扔了吗？它的皮不说了，它的筋是牛筋，多么有韧性有拉力的宝贝东西呀，绑龙缚虎都挣不断的优秀绳材啊。还有极能健身壮阳的牛尾牛鞭啦，都是极优之物！

我赞美自己所属的生肖，实在不是有意贬低其他生肖。其实我很在乎人人平等，更向往人没有高低贵贱之分，扩及到对人的生肖属相，也羡慕肖肖平等。子鼠丑牛寅虎卯兔辰龙巳蛇午马未羊申猴酉鸡戌狗亥猪，都是自然界的一员，共同承受大自然的阳光雨露活着，应该是生生死死相依为命平等相处。但这只是理想而已。事实上，古今中外，人也好动物也好，什么时候没有高低贵贱之分呢？光是如今的人民队伍中，就明文规定着有高级、中级和普通之分。教师、作家、画家记者科学家、编辑、工程师……哪行哪业不是明明白白分出高低来的呢？学生也有高、中、初、小之分。十二生肖里谁不知龙虎高贵，猪狗低贱，而尤其把当牛作马视为最悲惨？就因为有了这高低贵贱之分，人们才向往平等的。也就因了牛的能出苦力又任劳任怨反而不被高看而我又偏偏属了牛，所以才来抬高牛的身价，提高牛的地位，美化牛的形象的，也不过是抬高美化到与其他平等，为的也不过是树立自己的生活信心而已。谁属什么是没法选择的，既然我属了牛那就是和牛有缘分。假若我属了鼠，我大概就会漫天想鼠的好处为鼠鸣不平了。所以我大说牛的好处并与之化齐，期望能得到属其他生肖的朋友理解与原谅。

说到这儿，我不由得想到鲁迅先生。我总觉得他就像头牛，他吃的是草挤出的是奶，他横眉冷对千夫所指，俯首甘为孺子之牛，总是牛样默默使满劲使韧劲去做。文人里，尤其是作家堆儿里，应该再出个鲁迅才好，多出几个更好。大家都多少像点鲁迅先生吧。十二生肖里唯有牛马是干活儿生产的。龙腾虎跃，不是搞花架子炫耀，就是下死口伤人。鸡鸣狗吠不过是炫耀或咬人。兔跑鼠蹿也不是在干正经事儿。羊走蛇爬为的只是饱自己的小肚细肠。唯牛吃草挤奶，拉车犁田不光是为自己，且童叟无欺，偶尔大吼一声，那是抗议谁无端欺负了它。鸡呀鼠哇兔啊弱小动物，它欺负过一下吗？只要没有野心伤人的，它都能与之和平共处。我也努力这样，虽然说了其他属相一些不好的话，人家真要克己短扬其长宽容待我，我也能与之和睦相处的。

当然，牛也有如我本人一样的缺点，如不够开朗，好生闷气，有时认死理，办事速度慢等等。这些，我想是能够借助现代化科学手段化掉的。

（原载《海燕·都市美文》）

牛化自己

目录

第1辑·己事

第2辑·家事

第3辑·国事

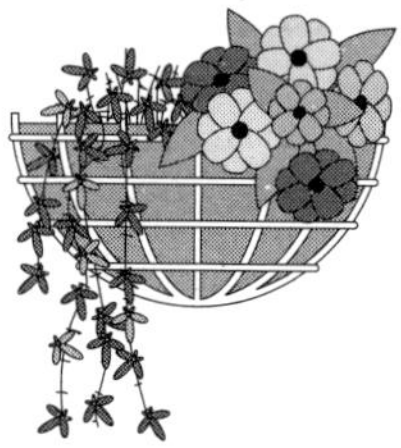

第1辑 · 己事

童年伴我一生（外一篇）

童年记忆是人生最初的烙印，即使后来许多经历慢慢失忆了，童年却牢牢刻在脑中，甚至越来越清晰，并时时提醒你，你是谁，你从哪里来。

我是东北松花江畔巴彦那片黑土地出生的一个教师的儿子，按年算的话，正好和新中国同龄。而要较真儿按日月算，则比新中国大了5个月零19天，该算新中国的哥哥呢！当然，我不能这么算，不过表达一下能在建国那年出生的自豪感而已。对我来说，这样的生日无疑是幸运的，因为我家不是富人。

当我还没产生这种自豪感的6岁那年，和我一起玩的一帮小朋友都报名上学了，我不甘孤寂也要上学，只好借了父亲的光没拿户口本而谎报成7岁，得以提前上学。我还真切记得，当时家里给我拿的学费，是一张张蓝色的二分纸币捆成的三捆。我记不清那些新旧不一捆成捆的二分纸币是父亲发工资时领来的，还是母亲一张张攒的，反正我真心感谢父亲，不是他在学校当教导主任，不是他重视读书，不是他相信我小一岁也能跟上课程，我是不会提前一年上学因而总是在同学和同事中属于最年轻一个的。也该感谢母亲，她要是溺爱我，不肯提前把我从她的手上松开，说不定我也会像老姨似的，挺大了才上学呢。记得我是和大我五六岁的老姨同时上的学，我们就分在一个班，后来她小学没毕业就退学了。那该怪我姥姥和姥爷，她们该有我爸爸和妈妈那种眼光和心胸才对。

如果把13岁以前算作童年，那么我的童年有一年多是在初中度过的，有六年是在小学。尽管我故乡那个镇子不大，但当时也有两所小学和一所初级中学，所以我童年的读书生活都没离开那个东南有座驿马山，西北有座少陵山，两座山被一条流入松花江的少陵河连着，河两岸是盛产大豆、高粱、玉米、土豆的黑土平原。后来走的地方多了，才知道故乡那黑土有多么黑，多么肥沃，那是纯粹的像墨汁染了的黑土地啊！当春风把一冬积下的纯白纯白的厚雪融化时，那土地就更黑得刚刚泼过浓墨似的，用刷子蘸了就能写字。黑土地不但盛产粮菜，也培育人的忠厚、善良和勤劳品性。在我印象里，不管是干部还是教书的老师们以及在商店、粮店上班的人家，没有不自己上山或到草甸子亲手打烧柴的，我父亲也是如此。我家一年四季的烧柴都是父亲带领母亲和我到远处割倒晒干再背或挑回家的。在我故乡那里，读书人受尊敬，但读书人也能从事点体力劳动更受尊敬。父亲和他的同事们，不管男女大多是这样的人，所以影响我一生都是个热爱体力劳动的文化人。我爷爷是一个大字也不识的菜农，他的几个儿子却都在他和我奶奶的坚持下上学读过不少书，而且差不多都参加了工作。因为我父亲读书最多（日本鬼子统治时期的“国立”高等中学）但生活状况却是最差的（几个伯父的生活状况也不比没读过书的其他社员好），爷爷便认为死读书是既浪费钱又白耽误时间的赔本买卖，所以，尽管他向所有儿子都灌输过“万般皆下品，唯有读书高”，他却在小镇上成为最看不起读死书人的人。直到我念到初一学会了理发，能用父亲买的一把洋理发推子，不出瓜地就能为爷爷解决每月都要上街剃头那种他特别讨厌的麻烦问题，还用我初中物理课学到的简单电学知识在他的看瓜窝棚里就修好了他最有用的手电筒，他才开始觉得活读书还是不赔本的。于是，我最初从爷爷那里感受到了学以致用的甜头：爷爷看的一大片香瓜地、柿子地、黄瓜地、李子地最先熟的那个果实必定属于我。伯父家的几个哥哥学习成绩不比我差，并且都比我年级高，但爷爷认为他们的好成绩没解决什么实际问题，所以他们到瓜地柿子地走走都不行。直到今天，爷爷和乡亲们那种读书必须解决实际问题的观念仍在我心里发生着作用。

后来回头审视自己童年的记忆，才发现，那些幼稚的记忆中都打着新中国的时代烙印。比如，虽然爷爷认为死读书无用，但母亲还是在他督促下参加了好长一段时间的夜校学习。白天干活儿很累，母亲几乎天天晚上去学，我不让，她就把我也带上。

“王大妈要和平，要呀嘛要和平”的歌儿就是跟母亲上夜校时记住的。原来，那时新中国开展了轰轰烈烈的扫盲运动，母亲是在响应国家号召参加运动呢。后来她在夜校里学唱学写王大妈要和平，是那时发生了美国侵朝战争。还有，记得好多次，奶奶和妈妈一同带领我们一帮小孩急急忙忙地搞卫生，接着就有敲锣打鼓的队伍来到各家的院子，那是国家在开展轰轰烈烈的爱国卫生运动。还记得，有年冬天，我们的寒假放得特别长，假期到了，我们把没玩够的雪爬犁和滑冰鞋都收起来准备上学了，忽然又接到假期延长的通知，而且延长了好多天，使得我们又纵情地玩得比每年都开心。可是上高中参加“文化大革命”了才明白，那年我们国家搞起了大规模的“反右派”斗争，我父亲那年冬天被定为“中右”，他后来被派到乡下小学去工作就跟那有直接关系。可在不懂事的童年，我还为那次长假欢呼呢。

紧接着第二年暑假，我们少先队员被组织起来，到城边子的几家院子里搞过游行。我们每个人手里有一面小三角纸旗，我们排着队在一家大院子里喊编成儿歌的口号（大意）：“老张家，脸皮厚，机关枪，打不透……”

至于为什么说人家脸皮厚，大概是因为那年全国又搞“大跃进”了，农民都得深翻土地几尺，他不肯翻那么深做许多破坏性的劳动吧？

还有一个情节好像也是那年记忆下的，我头一回在我们小镇的街头看到了活报剧。其他形象我都记不住了，只记住了街里一家理发店姓郭的大鼻子师傅（就是我爷爷每月都要到他那里剃一次光头，后来他为我爷爷剃头的工作被我替代的那个郭大鼻子），戴一顶高高的黑色纸糊礼帽，穿一件黑燕尾服大衣，本来就比别人高大不少的大鼻子上又粘了个纸糊的特大鼻子。他大摇大摆在十字街头一出场，口吐狂言道："我们英国是世界上最先进的国家，日头不管落到哪里，也能照到我们英国……"立刻就涌出一大群画了装手持红绿旗的工农兵群众，围着郭大鼻子高呼："英国佬，别得意，十五年内赶上你！"然后就连连呼口号："十五年内赶上英国！十五年内赶上英国！"

童年那时候，我一定是坚定不移相信我们不可能十五年内赶不上英国的，甚至会以为十年就能赶上，怎么会需要十五年呢？

爷爷、伯父他们蔬菜社社员吃食堂的印象我也留下了。排着队到大屋子的大锅里去打饭，热气腾腾的真馋人。因为我父亲是老师，我家都是城镇户口不是社员，所以我们家就没有资格和爷爷奶奶一块儿吃食堂，所以眼馋得很。

童年里还有一个记忆在脑海里印得很深，就是自然灾害那年挨饿的事。往年捡庄稼都是大人们的事，而且都是一大捆一大捆一口袋一口袋地捡，1962年那年不行了，我们小孩也参加了捡庄稼的队伍。春天雪刚化，田垄里还残雪片片，我们就随大人一起冒着风寒远到泥泞的野地里一粒一粒地捡黄豆，能捡一碗豆粒那就是巨大的收获了。有回我和父亲共同捡回一碗还多的湿豆子，那天好像是个什么节日，全家就围着锅炒那一碗多的豆子当节日美食。不想炒熟往出盛时由于激动，手端的煤油灯掉到锅里，煤油把香得已让我们流出口水的豆子都污染了，煤油味直刺鼻子。要在往年，煤油浸了的豆子早扔掉了，可是那年一粒也没剩，仍然当美食统统进了肚子。柞树叶子、苞米瓤子、猪食菜都成了食物。即使这样，父母和爷爷奶奶他们都说比旧社会强多了，旧社会，我们家是从山东讨饭到黑龙江落户的，经常吃不饱。所以我也从没感到生活苦，从不把劳动和艰苦当什么了不起的事。再怎么困难，我们兄弟姐妹都得以上学了，这在旧社会是不可能的。所以父亲个人再怎么不顺，他也说还是新中国好，不让我跟着有些人瞎说新社会的坏话。童年的这些记忆，一直伴随着我，在我的潜意识里发生着一心一意无怨无悔地跟与自己同龄的共和国相依为命的作用。

迈过少年门槛那两年

17岁，是和18岁紧挨着的啊！而18岁是人生一道门槛！迈过这道门槛，就是一个合法公民了，在门槛那面，你就还是少年。17岁的少年向18这道门槛迈步时，他的血是滚热的，生机勃勃，极易沸腾。那敏感的生机勃勃的热血会使心跳动不动就加速，脸色动不动就变红，甚至轻轻的一句话或默默的一个眼神儿都会在脸上浮起一片彩云。17岁既是美妙的时光，也是一道多解的人生难题。如果把人生比作土地，17岁是已经播下种子急需施肥的坡地。如果把人生比作河流，17岁是暗流湍急却不见浪花需要把握流速的急湾。如果把人生比作天空，17岁是需要充足阳光的春天的晴空。如果把人生比作一棵果树，17岁已经果花含苞欲放。如果把人生比作一株花呢，17岁则刚刚含苞。而我17岁那年，正好发生了史无前例的“文化大革命”，我的学生时代也发生了转折。

“文化大革命”是1966年6月份开始的，我4月份正好过了17岁生日。我说的是人生意义上度过的“过”，而不是现在所指的摆了酒席请上亲友吃喝玩乐那样隆隆重重地经过的“过”。说实话，那一年我根本没想起自己的生日。当时我在离家30多里的县城住宿读高中二年级，每周可以步行回另一座小镇的家一次，脚上的鞋虽然打了补丁，但时常却显得比我的肉脚更重要。赶上雨天泥泞，我会将鞋脱了抱着而赤脚丈量30多里的泥路。衣服、帽子甚至书包，都是打了补丁的，膝盖、肩膀处的补丁有时会是双层的。那时吃饭用粮票，买布用布票，这两样生活之票我家比别人都充裕，但都必须和钱票相结合才管用。我家最缺的是后一种票，所以前两种票就常常余下来送给亲友。尽管如此，我从没对父母产生过丝毫怨恨，因为我觉得家里那么缺钱，父母还咬牙让我到县城住读高中，这是许多孩子享受不到的啊。我只感到给父母添了太大的负担，太对不住他们，所以就加倍地节省用钱而双倍地使用时间，好好读书。我不能因为父母的钱少于别家，就学习落后于别人，我要多得些学分，让自己名列前茅。还有一个情况我要感谢父母，就是我还不够上学年龄，他们给我瞒了1岁而让我提前入学了。所以我从一年级开始，在同学中始终岁数最小，这也是我需要加倍用功的重要原因之一，同时也成了三四十岁以后我不必在某种机遇面前担心超龄的自豪。但是，17岁那年，我母亲已患精神疾病两三年了，我再怎么用功学习，再怎么苦累她也不知疼爱我了。所以，就使我17岁的未知数比别人多了不少：后年能不能考上大学？能考上哪一所大学？那所大学会离父母和弟弟妹妹们多远？甚至想象过会遇到一个什么样的同桌，因为学生时代的同桌太重要了，这个同桌甚至决定着你整个青年时代是否愉快幸福。我说我的17岁是美丽的，还因为那年我已有了痛苦感。我的痛苦感有一部分来自寒暑假时对同桌的思念，所以那痛苦同时也就是幸福。我真的为有一个好同桌而感幸福，这不仅因为我同桌是学习委员，还是个漂亮并且对我帮助很大的女生。她可以说是全班各方面的优越者，却对连帽子都带补丁的我诚心诚意地帮助，并影响她的家里人也都对我好，这是我多大的幸福啊。我曾幻想，大学我们还能同桌多好哇。我那强烈的思念，不过就源于她十分有限的帮助和关心。有一阵儿我家里发生了不幸的事，我情绪不好，她背着大家给我写过几回安慰的纸条，只是纸条而已，连称呼和落款都没有，远不符合信的概念，却给了我至今不忘的温暖。上半年我们还通过作业本传纸条儿，年底就不敢见面，不敢相互说话了，那是因为发生了“文化大革命”，她哥哥是我们的外语老师，受到批判，牵连到她，我们的纸条就只好在梦中传递了。

那年初，还有一件事我终生难忘，这也是我感慨18岁是人生一道门槛的重要原因。有一天全校18岁以上同学参加投票选举县人民代表大会的代表，全班除我外，所有同学都参加了投票，原因十分简单，就因为我17岁。那一阵子我感觉挺孤单的，要不是同桌安慰我说她的票画了我们共同认为最好的老师，我的孤单不会消除那么快的。那年还有一件事被我回忆起来了，就是全校开展小整风活动，每个班都开辟了小字报园地，哪个同学对班干部有意见都可以贴小字报。记得我被一个学习很好的女同学贴了一张有白专倾向的小字报，说我这个班委会劳动委员只埋头自己学习，不认真组织班级的劳动工作，后来老师就把我调整为图书委员了。这一调整我非常高兴，因为我最喜欢的事就是读课外文学书，当图书委员正好掌握了借阅课外书报的特权，使得我可以把每月用完的报纸文学副刊的作品都剪辑成册，变成不用花钱而得到的诗集啊，散文集啊，杂文集什么的，还有可以优先借阅到校图书馆新购进的好书。所以，直到现在想起给我贴小字报的同学，我还心存感激。我的17岁之所以仍能在记忆的仓库里不朽地存留着，这既有关爱过我的同学的功劳，也有批评过我的同学的功劳啊，他们和父母一同，都值得我永远感谢。我会用自己已拥有的文学之笔把这些感谢表达给读者的。

经过半年史无前例的“文化大革命”初始阶段，我就进入18岁了。18岁那年，我们已进入了高中三年级，但并没学三年级的课程。我们取得的不是公民权，而是班级和学校的领导权。首先是打倒了班主任老师，成立了红卫兵组织，红卫兵组织的头就是班级领导。那年的红卫兵运动不是自发的，是由上而下发动的，必须人人都在红卫兵组织之中。而红卫兵组织不是一个两个，是好多个，参加哪个组织是自由的，但不参加组织的同学就被称为逍遥派，是要被大多数人唾骂的。我不可能成为逍遥派，今后也永远不可能，因我从小受到的家庭和社会教育，都是有所作为和社会责任感，尤其深受影响的《毛泽东的青年时代》那本书，使我由衷地敬佩毛主席。我从始到终都积极参加，但积极得十分矛盾，十分不开心。我十分尊敬的校长被打倒，我能赤膊上阵去踏上一只脚吗？我特别崇拜的老师也遭批判，我能指名道姓当面批斗他吗？我做不到。但我由衷地积极参与批判那些被定了性的全国的走资派和反动学术权威。因我喜欢文学，高考也打算报文学系，所以写批判文章和大字报就比较出色，加上有些公益心，就被推选为班级多数派红卫兵组织的负责人，后又被推选为校红卫兵组织的负责人之一。但是，那些自己说了算又素质不高，平时因有些毛病受老师批评的同学趁机恶毒实施报复的行为，我真的十分反感，但真要旗帜鲜明地认真反对，那你就要被指责为保皇派，稍一态度不明朗，立刻就成了骑墙派。我就在那样的情况下积极地矛盾地不时被责备地当着校红卫兵的头儿，尽最大努力少做违心缺德的事，没动手戳过尊敬的校长和崇拜的老师一手指头，也没说过他们一句诬陷不实之词。在同学扫“四旧”焚烧学校图书馆黑书时，我十分心疼，一方面阻止别烧，一方面在阻止不住情况下偷藏起一些，我实在觉得那些平时花钱买不起，只有借来一字字抄几段的文学著作，说烧就烧了，怎么也说不过去。后来我就和一伙同学背了行囊，徒步大串联去了，实际是逃避校内那些无聊的已令人生厌的派性争斗。那次我们从黑龙江老家出发，顶风冒雪一直徒步走到北京的串联，我一辈子也无法忘记。那是非常寒冷的冬天，我们十几个同学除身背行囊，还背了油印机，理发工具，护身武器，充足的粮票和微薄的钱款。我们举着的红旗上写的大字是“红卫兵黑龙江长征队”！所以我们每到一地投宿前，首先是为房东老乡挑水，扫院子，理发，还要刻印毛主席语录传单，走时要交伙食费。后来伙食费花光了，每顿饭都打了欠条，串联结束回到学校，一一将所欠饭费寄还了，连从县城出发途经我家吃的第一顿午饭，管伙食的同学都偷偷把钱塞在我母亲的枕头下了。我们完全是模仿红军和解放军的纪律作风，风餐露宿四十多天，一里地车没坐，走到北京的。尽管十分疲累，每天睡前我都争取记了当天的日记。写日记的习惯我一直坚持到现在，哪怕简单，也要记点，这有助于养成勤动笔写作的习惯。本来我们是想一直走到越南，当抗美援越红卫兵的。到了北京时国务院发出通告，号召全国各地的红卫兵，打回老家去，复课闹革命，我们才恋恋不舍返回学校，但还是有一人只身南下，直到见了友谊关没法出境才返回学校。回校后，党中央发出各派组织都要大联合成立革命委员会的号召，我被大民主投票选进了校三结合革命委员会。一个学生，又当了学校的领导成员，既没法学习了也没法革命了。那时真的就盼着早点结束这样尴尬无奈度日如年的学生时代，不管干什么都行。

19岁那年，我该算是高四了，但只是白白在学校多待了一年而已，连高三的课程都没读。全国该毕业的大学、中学、小学生们，都窝在学校里等待出路，谁也不知自己下一步会干什么。当时，天津延安中学的红卫兵率先上山下乡，到内蒙古插队落户接受贫下中农再教育的消息像一把烈火，立刻也把我们的热情点燃。但当时黑龙江省革命委员会刚刚成立，一时还不能部署这项工作，我们便写好了申请书，开始度日如年地等待上山下乡这一出路。不想在等的时候，全国停止了一年的征兵工作开始了，而且破天荒地可以从在校中学生里征招。于是，我们一大批中学红卫兵便被军装崇拜的热潮卷进了当时全国唯一开始招生的毛泽东思想大学校——中国人民解放军的行列。从此我投笔从戎，结束了自己的学生时代。可是，从戎却没投掉笔，后来却在部队当起了作家。

2015年春　写于沈阳听雪书屋

（原载《黄河文学》2015年11月号

“当代知名散文家新作展”栏目）

我的粮食关系

在我眼里，1949年无疑会更加的不同寻常，因为共和国和我都是在那一年诞生的。不管怎么算，明年的这个时候，我和共和国都满50岁了。古话说，五十而知天命。细想想，天命怎么可知呀，能知己命就不错了。反正我和共和国有着几乎相同的命运，知了己命差不多也便知了国命。国命也便是民命。毛主席有句谁都知道的话，民以食为天，吃饭第一。照这个说法谈谈天命，便是可知的了。想想我的肚子是怎么填过来的，不就大致可看出共和国的一线“天”来吗。而五十年的绝大多数岁月，中国最广大最普通的老百姓所谓吃饭，其实主要是指吃粮食。所以直到前几年，中国最为流行最被重视的专有名词之中，除“人事关系”“组织关系”“户籍关系”“夫妻关系”“男女关系”……外，还有个“粮食关系”。我就说说粮食关系吧，算是献给建国五十周年一份为了忘却的纪念。

好像是20世纪50年代后期（没有核实，可能不准确），全国实行粮食统购统销之后，就有了粮食关系一说。搜索一下我的记忆，大约十一二岁，也就是小学五六年级时，就有了拿粮本买粮的印象。粮本只有户口本一半大小，本壳儿是连最简单图案都没有的粗糙硬牛皮纸做的，上面印有“购粮证”（也许是“粮食本”）三个大字，及某省某县粮食局小字。本内写着一家人的姓名和每月定量。每人定量不同，小学生十几斤，初中生二十几斤，高中生最高，三十几斤，比从事非体力劳动的父母还要多，好像是32斤。我父亲是教师，母亲是家庭妇女，他们都是28斤。定量里明确标出粗粮多少，细粮多少。细粮里还分出大米多少，白面多少。当然是细粮远远少于粗粮，并且是大米少于白面。我说的是我们北方，可能南方会是白面少于大米，物以稀为贵。还有豆油和黄豆的定量。菜用的豆油是几两定量记不清了，反正不到半斤。那时不叫买米买油，而叫领米领油。“写完作业领米去呀！”每当母亲这样说过之后将夹了钱的粮本交给我，必定再嘱咐一遍要把剩下的零钱买一斤盐，或半斤酱油，这两样东西是不用本儿的。我便匆忙写完作业约上几个伙伴一同办好事似的乐颠颠去了。之所以乐，因领一回米就有几次细粮做的饭可盼了。那时饿不着，只盼能多吃几口细粮，或粗粮细做的“干粮”，比如玉米面掺黄豆面摊成的煎饼，或高粱面掺黄豆面蒸成的发糕，吃着都有点细粮的效果。但粗粮细做需要增加劳动，我说的这两样就得用石磨把粗粮磨细。推大石磨是那时留下最深印象的劳动之一。推磨很累，尤其是一圈一圈转起来头晕。上学读书写作业已经很头疼，再干没完没了令人头晕的活儿，是需要毅力的。但有差不多跟细粮一样好吃的干粮诱惑着，毅力也就有了。所以几乎每星期日都要推半天磨，怕推磨的同时也盼着推磨，那情形就像用功学习头疼但可以获得好分数好名次似的。

那时虽然饿不着，但家家都珍惜粮食。毕竟是定量供应，谁家有一两个大肚子汉肯定吃粮要紧张点。这样省下定量有了积攒的人家，就可以支援一下别的亲戚朋友。答谢这种支援一般也不直接用钱，而是互通有无，回赠节省下来的布票或自家种的蔬菜什么的。即使没人接济也饿不着，到饭店吃几顿或到小铺子里卖几个烧饼、馒头、麻花等也是非常方便的，那时到街上买食品或到饭店吃饭还不要粮票。不过一般人家不会这样做，而是用多吃土豆、豆角和倭瓜等顶饿的菜来替补。

1962年全国大挨饿时我已上了初中，从那年我有了极深的挨饿体会，而后又有了关于粮票的记忆。挨饿那两年粮食定量好像是并没变，但就是饿，总是没到吃下顿饭的时候就认认真真饿了。主要是国家遭了大的自然灾害，许多方面都亏空，就使得在多方面作用下肚子没了基础，即使不停地往里填没油水的东西，也不行。就像自行车的内胎扎了眼儿，总是打气也不行，刚打得鼓鼓的很快又瘪了。就这样瘪了打，打了很快又瘪。往年连猪狗都不吃的东西，如柞树叶子炒煳了磨成的面儿，玉米棒子搓掉粒儿之后剩下的木柴似的穰子炒煳磨成面儿，还有其他许多野菜等等，都成了人的吃食。榆树皮、榆树叶子、榆树钱儿则是难找的好食品了。记得春天大地雪还没化净，为了使清明节过得不至于什么像点样的吃食也没有，大人领我们到很远的野地里捡黄豆粒儿。走许多步才能捡着一颗被化雪泡鼓胀了的豆子。晚上将泡胀了才勉强凑够一碗的豆子放到大锅里干炒。要想把湿豆子炒干炒熟，得付出漫长的等待。父亲就一手擎着煤油灯一手不停地掀动锅铲促使豆儿早熟，不想终于熟了急不可耐往出盛时，一灯煤油全洒在锅里。煤油和汽油几乎一个味道，无论如何是不能食用的。可那炒熟了已成半碗又浸了煤油的豆子，一颗没剩都进了胃里。那两年挨饿的事儿我在《父亲祭》里写过一些，不想再重复了。得感谢饥饿使我懂得了粮食的重要。如果我当国家领导人的话，绝对会重视农业的，不管机构怎样需要精简，我也要设立一个“国家粮食部”。这都是现在吃饱撑的说笑话，那时候可没心思说任何笑话，连我们最嘴馋的小孩儿盼吃细粮的心思都没了，所以只要是有粮食的饭对谁几乎都等于过年。原来我还以为只我们那儿的人这样，后来参军到部队也听到不少这方面的事，才懂得那两年全国人民的肠子都如扎了眼的自行车胎。解放前参军长我十好几岁的老兵老田，一提当年挨饿就反思自己因为不到二两干粮而怀恨战友的事……

1964年我离开家乡小镇到县城去住宿读高中，粮食关系便随着学籍转到巴彦一中。那时不正常的挨饿已经过去，我们高中生的粮食定量又最高，所以没留下饿的印象，倒是开始有馋细粮馋好菜的印象了。高中那三年，我的定量基本够吃，即使缺一点儿，每月从家里带点儿干粮儿也吃饱了。在学校吃饭比在家要省事儿，不用每月干“领粮”的劳务。记不清“粮票”具体是从哪年实行的了，我是从1966年“文化大革命”开始后对粮票有较深印象的。粮票一般是国家工作人员出差才从粮本上起出来用的，我们学生不存在出差不出差的事。但“文化大革命”开始不到一年，大、中学校的红卫兵开始了全国大串联，这就遇到了离开学校的伙食到外面世界去使用粮食关系的问题。那时学校已基本是红卫兵说了算，我们便以红卫兵的革命需要为理由，从学校总务科管伙食的老师那里把一个季度的粮票和助学金提前领出来，再管家里要上三个月的伙食费，开始了从家乡到北京4000多里的徒步长征。我们的长征串联队一共13人，除队长外，还有宣传委员、文艺委员、卫生委员，还有一个生活委员（也叫伙食委员），这个委员就是我。每天都要赶路，每天都要住宿，每天都要吃三顿饭，我这个伙食委员就比别人多操心。各城镇都有红卫兵接待站，哪路红卫兵到了都是同样的饭菜，吃完交了钱和粮票走人。到了农村就得现找生产队领导安排，安排在谁家吃就把钱和粮票交给谁家。到了穷困一点的地方吃的是地瓜，我们也要交粮票。我们出省带的都是全国粮票，里面已包括了油和细粮。省内粮票不带油和细粮，到了外省也不好用。因为途中丢了一回伙食费，加吃病号饭的人次越来越多，我们带的钱粮提前用光了。后来那些日子，每顿饭都由我统一用从学校带出的介绍信打好欠条留下。当时国务院有通知，对有特殊情况的学生红卫兵可以凭介绍信打欠条吃饭，返校后寄还。经我手打的欠条，返校复课闹革命后都一分一两不差寄还了。因为那时我们叫毛主席的红卫兵，对毛主席号召的向解放军学习，遵守“三大纪律八项注意”特别当回事。一路上就直接听解放军面授机宜好几回，不仅一分不差交钱一分不差交粮票，还帮房东挑水，扫院子，打场，理发，干力所能及的活儿。有的贫下中农看我们干了不少活儿，便执意不收我们的饭钱和粮票，我们都通过种种办法悄悄留下，以实现“走一路红一线”的誓言。

我是在“文化大革命”高潮时的1968年从学校直接参军的。从此粮食定量就从每月的32斤变为40多斤。那时部队的粮食基本够吃，主要是靠自己养猪种菜保持够吃的，也难有什么结余，有结余的单位差不多就是先进单位。那时吃饭总是狼吞虎咽的，吃慢了就容易最后缺半碗。吃细粮时缺的危险性就更大了。军营里有句话：“兵好当，岗难站，高粱米籽最难咽。”连队的高粱米籽是最难吃的，我吃一年多后就调机关当新闻干事，是干部了，开始每月领工资吃饭交伙食费。那时要经常下部队采访，写了稿子也常到报社去送，这样就得频繁和粮票打交道。下部队或到上级机关开会以及到报社送稿，第一件事就是起粮票，数量根据出差的天数而定。粮票印制的精美程度和纸人民币很接近，所以粮票在人们心目中并不次于人民币。但省级地方粮票印制要差点，最简单的要属北京粮票。像三张现在的五毛钱普通邮票横着连起来那么宽窄，纸也较普通。电视剧《小井胡同》中那个那六爷之所以能在挨饿时伪造粮票，就因为是在北京。那时候年轻，独身汉子，几乎每周都要离开自己的伙食单位出一次远差或近差，所以有五件东西几乎是随身带的：毛主席语录本、笔、小本子、最基本的生活保障费，还有粮票。那粮票时时提醒你，“斤斤计较”这个词是不适用的，粮票是每个人的最重要的生存票之一，应该“两两计较”才对。记得有一年我在长春的《吉林日报》学习，我们团政治处主任去看我，报社一个朋友请我和主任到他家做客。吃过饭走时主任向我那朋友家交了两元钱和半斤粮票。那年代的军人，脑中都有根死死的弦儿，“不拿群众一针一线”。一针一线是最微不足道的，都不能白拿，何况那么重要的粮票呢！那时我们中国是一个彻头彻尾的票证国家，肉票、糖票、布票、自行车票、电视机票、理发票、洗澡票……而粮票则是最重要的生命之票。

人被太多的票证所累，生活也够沉重的。但那时的票证带有共产主义的性质，于底层百姓有利。家庭人口多的贫民人家，钱紧不能将票证用完还可用于和亲友们互通有无，而既没钱又无票证的百姓们就真的一无所有了。尽管如此，我还是挺喜欢无票无证的生活。在军队供职那二十五六年中，只有四五次较长时间离了粮票吃饭。最长是刚入伍在连队当战士的近一年时间，那是真正的军事共产主义生活。从官长到士兵，从新兵到老兵，一律同吃同住，伙食平等，不用斤斤计较两两计较钱粮，一心出力作贡献就是了。平等的挨累，累死也不觉得，反而累得心情舒畅。高粱米饭大白菜，谁都一样吃一样干，累也不算什么了。

这种生活当了干部调到机关后又经历过两次。一次是1976年粉碎“四人帮”前发生举世瞩目的唐山大地震时。快傍晚时接到通知，让我和另一位老同志当夜随路过沈阳站的抗震救灾部队军列出发。我们只来得及开了张采访介绍信和军人通行证，从自家划拉点钱和粮票，就背着行李爬上了一列深夜通过的军车。救灾如参战一样紧急，和部队一同赶到现场后，一片废墟的唐山大地，什么票证也无用了。水靠当场排队分发，食品靠当场排队分发，活人是唯一好用的票证。我们就靠一个大活人这张票证在废墟的唐山采访了二十多天。再一次是在云南的老山前线，我随对越自卫还击作战部队过了一个多月真正战场共产主义生活。那些天一次粮票没动用，到了哪个部队，赶上吃饭了只要把嘴递上就行。赶上分东西了也是，只要当时你人在现场就分你一份儿。战时军事共产主义更让人心理简单，不用提防什么贪污腐败，都是必需的实物，你多贪占了往哪里放？战场上又没有市场。即便是收放好了，怎么往大后方带？再说，看到活生生的战友变成了死人，看着健健壮壮的同志变成了腿断臂残的伤员，看着红土地上出现了一片片新坟，你怎么还会有心思贪占啊！

真正历史性地结束粮票所累，长在自己头上的一张嘴长在自己身上的一只胃可以随心所欲地购食所需的粮食，是1992年秋天，我从部队转业了。先是办完了转业证，再落好了地方户口，然后一件大事就是落粮食关系。那时虽然粮食已经十分的不成问题，但粮食关系的概念在每个人头脑中还根深蒂固着。家属随军了的部队干部，虽然不像地方有个粮食本，但使用的军用粮卡性质是一样的，卡上写着总定量，还分写着细粮、粗粮、豆油等等的分定量。结余的粮油都可以积存着，调动工作时可以随卡带走。我往地方转粮食关系时，攒的军队粮卡已有厚厚一叠，我家其他成员的粮本也在军粮店使用，全家结余的粮食共有一千好几百斤，说明当时全国的粮食已富富有余。那时市场和粮店都有了略高于供应粮的商品粮可以随便买，还有副食品十分充足，都是家家大有余粮的原因。

那次转落粮食关系我跑了五次，耗用的时间足足有四天。光是打听该怎么落，到哪里落就用了一天。然后去找落关系的那个粮店。因为房地产开发，那个粮店已经动迁。找到粮店又足足一天，粮店说他们直接落不了，得先到区粮食局。待我找到区粮食局，太阳又快落了，工作人员已掏出锁头说明天再来吧。折腾得我都不想再去了，有人也说粮食已经随便买卖了，粮食关系还有什么用？有人则说咱们中国的事不能看眼前，一时一个变化，说不定哪会儿又拿本斤斤计较了！我就又跑了一大天，终于把粮食关系落上了。尽管这样，也比落户籍关系办居民身份证省事不少。同时也感到粮食部门比户籍部门的工作人员素质好。转粮食关系才跑了四五天，彻底办好户籍关系前后大约经历了四十多天的跨度。尤其印象深的一个细节是，当户籍员把我的名字往妻子为户主的户口簿上我儿子名下写时，我发现儿子的籍贯却是“辽宁省长春市”。我指出写错了，女户籍员却白了我一眼，说当初是你们自己说是长春市的。我说我们说长春市并没说辽宁省。她竟惊讶说长春市不是辽宁省的吗？

既可惜也可喜的是，自从我办好了地方的粮食关系，一次也没用过，户籍关系也不像以前那样绳子似的拴绑着你了。

尽管没谁宣布粮食关系已经作废，事实它已无用了。但我还是精心保留着，也许它真就连同保留下的那些粮票永远成为一种文物啦！

1998年10月18日　写于沈阳

（刊于《中国作家》2014年第10期）

幽默是青春的伴侣

青春是万能的礼物，没谁不乐意接纳它，而且都不会嫌多。幽默则可与青春等价，半斤幽默换八两青春绝对公平。这样比喻也许过于俗气了，若把青春和幽默看成一对情侣，大概就比较贴切。两者是互相吸引、形影相随、相得益彰、自愿为侣的，它们意气相投、品性一致、相互有情，是最匹配的一对儿。

青春使人兴奋，使人激动，使人欢愉，使人愉快，使人温馨，使人充满活力与希望；幽默何尝不令人活泼欢快，不令人轻松自如，不令人温暖发笑而对生活充满了热情呢？！

幽默可以让人化紧张为轻松，化愁苦为欢愉，化尴尬为自然，化被动为主动，化老气为青春……化泣为笑，哪样不是促人年轻叫人焕发朝气的！幽默让人永葆青春，不然卓别林、马克·吐温、阿凡提、济公等人，不会连少年儿童都认为是他们的朋友。如果年轻人具备了幽默感的话，他就可年轻得成熟，成为大度而完美的青年。

而一个正值青春时代的年轻人，他总是不苟言笑，刻板呆滞、眉头紧锁，说话办事都那样严肃冷漠，不要说幽默，连句笑话也不会说，人们难道不说他老气横秋、小大人、小老头儿吗?

幽默使人笑（而笑是人与人之间最短的距离）。幽默感便是化解隔膜缩短两人之间距离的最便宜的药剂。

幽默不是玩笑人生。让人于幽默中常笑，生活的严肃性也不会消失。幽默是让老人年轻让青少年成熟的既浅显又深刻，既通俗又高雅的人生艺术。怪不得有人说没有幽默感的人就像没有弹簧的马车，路上的每块石头都会对他造成颠簸呢。幽默这人生之车的弹簧会帮我们在人生之路上太紧张时松弛一下，太松弛时又紧张一下，是保佑我们一路平安的好助手啊。

幽默对于每个人都是一种才能、一种质量、一种人生境界。幽默的素质既是天生的又是可以学来的，一点点学习，一点点运用，在学习和运用中逐渐培养。这不同于学数学掌握一个公式就能运用，须于天长日久中领会吸收幽默的神质，使幽默的细胞不断增长，最后成长为你人格中的一个不可分割的部分。生活中，那些言谈举止自然轻松，往往能一两句话化解紧张气氛尴尬局面，我们就说这种人有幽默感。

如果我们具有了幽默感，就等于办了一份生活的安全保险。青春焕发的年轻朋友们，想想吧，当你深爱着的女友误会了你，严肃提出分手时你幽默地说：“我一点都没想到你会提出分手，但因我爱你，不能不尊重你的意见，那么就暂时分一下手吧！分手前是不是得握握手啊，好道声再见！”这样分手后，待她把误会弄清了会主动来赔礼道歉的。而你若按不住气愤大骂两句，或比她还严肃地说几句伤害对方的话，也许真的就彻底分手了。再如，当你与领导或同事产生隔膜，好长时间不说话而想说话时，不妨也用幽默的润滑剂这样抹一抹：“我这个人连牛都不如哇！你们就当我是牛呗，对我弹弹琴，没准我能听懂呢！”也许从这句话开始就说话了呢。某国法庭给一个骂“国王是个大傻瓜”的人判成诬陷国王罪，正直的律师说：“不，等等，他还犯有泄露国家机密罪！”律师的幽默多么有力量，承认国王就是大傻瓜，而法庭又拿他没办法。

我十分喜欢幽默，更爱接近冷幽默，也祝愿朋友们都寻一个幽默来做伴吧！

（原载《辽宁青年》文学专栏）

听雪书屋

我没敢把自己的书房叫成“斋”，一是觉着“斋”学究味浓了点，二是感到自己不配。1949年出生的人，古学底子不厚，又热爱新生活，干吗叫文诌诌的斋呀。若直接叫成斋的白话文意思，书房，又觉过于没味道，于是便按自己的情调命名为听雪书屋了。

还因为雪在我心中有极大的位置，可以说我有恋雪情结。小时候生长在黑龙江，参加工作到了吉林，而后一直在辽宁，都是多雪的东北。这几年雪少了，越是如此我便越珍惜从前雪留给我的记忆。我长这么大，性格中有多少雪的营养和影响真是说不清了。还有，雪在古今中外许多名著中都是高洁的象征。《红楼梦》的作者曹先生就挑了个“雪”字放在名字中。所以我的不少作品也下意识涉及到雪，甚至连文章名都带了雪字：《雪夜童话》《因为无雪》《雪国热闹镇》《风雪撩人》《雪黑雪白》等等。

多大的雪我都喜欢。雪下着的时候我愿出去走，仰脸看雪往不怎么干净的人间来时那美丽的姿容。尽情让雪落在脸上，落进脖领里，嘴里，还有眼里。那是全身心欢迎雪呢！雪后我更愿意长久地散步，那既是检阅雪又是在用雪涤洗自己心境。我一看大雪蝶舞着落时，身和心便都激动不已。雪停了，整个世界都被它笼罩出一派高洁。用心地看一看那朴素清白自信的大雪，你浮躁污浊低俗了的心境能不宁静下来圣洁起来吗？

听雄健大风时的呼啸雪声，固然是种享受。但能听见无风时的落雪声，那才是一种修养一种锻炼一种功夫，非有一种很高的境界不可。看雪浴雪踏雪吃雪玩雪都不难，唯有听雪太难。听雪其实是一种寻求和期盼，不是爱到极处绝对听不到的。一般听到的也不是雪声，而多是与雪捣乱的风声。世风太嘈杂利欲太熏心了，能听见雪声的人才能潜心读书写作。为此我挂了听雪书屋的招牌来告诫、引导自己，一定要修炼听雪的功夫。雪实在是太美了，她的哪种状态没有诗意呢？落时静时白时黑时都应听见她的呼吸声。我现在还没有做到。我应该做到。我相信能够做到。我正在努力做着。其实我曾偶尔听见过的，不仅在夜深人静时，有时就在嘈嘈杂杂的青天白日下。所以，我才敢把听雪书屋这几个字叫人题了正式挂出。

我的书屋就这一个名字，没变过,原因是我特别喜欢。房子倒是随着搬家变动了三次。1978年我因工作调动，家从长春搬到沈阳。在长春时住的套间房，那时安家不久，一个远离故乡又调动了好几个驻地的军人，身边没有多少书，也就用不着有个专门书房。到沈阳已是粉碎“四人帮”后了，书忽然就多起来，1979年我又从文化部调到创作室当了专业创作员，便把两间同等面积的屋子腾出一间专门做书房了。专业创作员就是现在所说的专业作家，不用到办公室坐班，坐家里写作就是上班，那书房就等于我的写作办公室了。先是两个书柜，后来一次买了五个新的，自己又请人个个接上一截，便顶天立地排了满满一面墙。另一面放了张大写字台，上面有台电话，再最节省面积地放了一张床。窗台养一盆不开花的花，只看它富有生机的绿叶就行了，开花的花都不好养，没那么多闲心伺候。我的短篇小说《雪国热闹镇》，中篇小说《啊，索伦河谷的枪声》《黄豆生北国》《船的陆地》，长散文《父亲祭》，和长篇小说《绿色青春期》都是在最初这间最简陋的书房酝酿或完成初稿的。那时我父亲正随我在沈阳，他也多次进过那屋子，使我至今留着许多艰辛苦涩的记忆。现在看来，人生最艰难的日子也是最宝贵的日子。

1989年春天搬到一套三间的房子了，我就挑了最大且通阳台的一间当了书房。房里布局和原来大致相同。略有不同的是，原来是长方形，五个书柜正好排满一面墙。这回是正方形的，有个书柜就拐了个弯儿。还有一个不同是原来住二楼且没有阳台，这回是六楼高高在上又有了阳台，读书写作累了不用下楼就可到室外透透气，望望风，蹦跶一会儿，黑天白夜都不影响别人。因此我把通阳台那侧窗下放了一对小沙发和一只小茶几，自己读书时舒服，朋友来了也方便。这样就显得比原来紧巴了。我因地制宜搞了一次改革，把原来过于宽大的制式写字台桌面扔掉，留其两支箱腿，横放在拐弯那书柜一侧的空墙处，再把一张腿可折叠的木床折了腿放于其上，便成了占地面积虽大，屋子却显宽敞，而且可以当床的一张既独特又大方既节约了空间又很实用的特大书桌。上面压张两米长的千人合影照片都可以，写起东西来顿觉心胸格外开阔舒展。再就是比原来那间屋子又多养了一盆花，仍是不爱开花那种花。在这间屋子里写下的主要作品有中篇小说《因为无雪》，散文《感谢跳舞》等。那阶段又是下部队代职深入生活，又是全军换装授衔我们被改成文职，加上买电脑换笔，要求转业到地方工作等等，那间书房的日子心态比较浮躁动荡，没有写出很好的东西来。倒是学习补充了一些新东西，从书房的外在变化看，就是自制的特大书桌旁又多了台电脑。刚学使用电脑那年是相当影响文采的。

1993年我既转换了工作环境又转变了生活环境，转业到地方作家协会工作，但三间加厅的新房子仍是部队分给的。我图站得高看得远心里敞亮，特意选择了既不顶天又不立地还高高在上的七楼正房。站在窗前一望，瞭望塔似的，眼界好开阔啊。深夜灯还不熄的话，我那屋简直就是灯塔。我选了面南通连阳台那间我认为最好的做了书房。房里布局基本没变，连一应用具也都没变，只是书房的方位由原来朝东的厢房变为朝南的正房了。还有，在书房最初阶段就买了的钢琴因儿子已不用，我把它放于书房了。我不会弹琴，但放了它似乎屋里添了琴韵。再把电话放在琴上，琴离电脑桌很近，铃声一响犹如琴声响了，并且回身可接。对于我来说的一台死琴就因此活了。唯一变化了的要算电脑桌，原先用一个床头柜代替，这回换成真正的。电脑本身也跟着升档，变为多媒体的。书比原来更多了，柜子里放不下，又把有了电脑后已不怎么用的大床桌上罗起一大面，既方便且壮观。换到这书房我就由原来坐家里写作的专业作家，变为每天到办公室坐班的业余作家了，要做许多事。所以需大块时间潜心构思的小说就写得少了，多写些散文随笔类东西。书屋的题字没有拍下照片来。我倒是在书屋楼下拍过一张有年冬天沈阳下大雪的照片，外地人一看定会吃惊的，那雪大得把立着的自行车轮埋住多半截啦。即使这落地的雪，潜心听来也能听出吱吱的叫声。

我结集出版的第一本散文集就叫《高窗听雪》。

写于沈阳听雪书屋

（原载《时代文学》）

一次遗憾

人一生中遗憾的事不会是一件两件。以往对亲人对事业的遗憾，有的说了，有的淡漠了，倒是最近一个新鲜的带着露珠般的遗憾还鱼似的在心水里游动，有点发闷，写出来也许就不遗憾了。

也就前几天，我到一个叫柳湖的宾馆参加一部书的研讨会。现在的研讨会，一般都是围圆桌、椭圆桌或长方形条桌相对而坐那种，人多点就在桌后再加一圈椅子。我参加这次是围绕三四丈长、两三米宽那种长条桌而坐的小型研讨会，三十多人，一律在前排就座。再就是现在的研讨会都开得短，不管参加者要说的话说没说完，开饭时间到了必得结束，顶多往后延个半小时。这是按经济规律办事，再开的话又得多一顿饭钱。

那天的会是上午开的。春天的上午，春意从门和窗缝弥漫进会场，与会者嗅着春的气味，精神爽爽朗朗的，我也是。我那天刚换上春装，自觉穿的比以往得体，也觉与自己白得很厉害但又掺着绺绺天然黑发的颜色以及春天的气息都很协调，因此心情比较轻松。

会已经开始到介绍完了参加者，并开始了第一个发言时，又进来三个人。他们正好把我对面空着的位子填满了，而恰巧与我直面相对的是位少女，并且是全会场除服务小姐外唯一的女性。不用说，这道离我最近的风景使我下意识多了几分谨慎。我想不想看她她都在我眼里坐着，同样，她想不想看我我也坐在她眼里了。单就我俩而言，这是否就叫缘分？

看去她也就二十二三岁的样子，到底多大年龄我也无从说准。这位黑衣女子一头披肩又不过长的黑发，脸不算白但在格外黑的浓发和黑得适度的毛衣衬托下，不仅显得白而且显得很有一种独特个性和英俊气质。她身材苗条，但给人感觉不是文弱，而是有点健美。

最后进场又在众目睽睽下能泰然就位并敢检阅一下所有人的目光，在我看来那就是英雄而不是普通的二十多岁女子了。她扫视完全场便坐正了姿势，于是眼光自然就落到我这里，若不落到我这里反而不正常了。我感觉她眼光落我身上时似乎跳动了一下。然后她从挎包摸出一本书，打开放在桌上，两手的指头分散开往披肩发里一插，双手托头，两肘支桌，管自看起书来，研讨发言她好像并没听。

不管她听与没听，她的出现，无声地为会场添了一道风景，说人是环境最重要的一部分可能就是这道理。我爽朗的情绪又谨慎地增了一份舒爽。就是在这样的心情下轮到我发言了。发言效果嘛，我从少女慢慢把头从书上抬起来而面向了我，感到还是可以的。

发完言我便愈加轻松，可以时而闭目养神时而睁眼环顾着听了。在我忽然一次睁眼时，正好与这女子的眼光相遇。我眼睛被舒服地刺激了一下。说实话，我很愿意她这么望着我。可是，习惯性地，我怯懦的眼光迅速被动摇，局促地在她注视下收敛起来。我是借往本上写字收敛目光的，其实没什么要写的，只是胡乱画了一阵而已。

画过我忽然又一抬头，少女纯真无邪却很有魅力地注视着我眼光，又与我局促的眼光相遇了。那一刻我有了被她捕捉的感觉，忽然十分强烈地猜想，她是干什么的？记者？编辑？作者？肯定不是研究人员，死读书读死书的研究人员是不会有她这种有力眼神的。她看的是被研讨的书吗？她看进去了吗？

她根本就不看了，在注视我。她真怪，也真大胆，她为什么注视我呢？和我直面相对这当然也是理由，但她可以将目光移向别处的。她不移，反而捕捉似的等待着我的目光，而且一旦等到就捉住不放。我被她捕捉得将游移的目光定了定，忽然产生一个奇想，她的眼是不是有毛病不好使啊，是否不是注视我而是空洞无物的茫然。

不是，绝对不是。她即使是戴了隐形眼镜的近视眼，看书的距离证明两三米内看人也是没问题的。我连她的眼睫毛都看得清清楚楚，我眼光一与她眼光接触即刻便有火花跳跃的感觉，那是活生生的火花！于是，我全身都似有温暖的火花在开放。我也忽然有了勇气。我向自己下了动员令：面对她如此美丽而欢愉的火花你干吗违心地躲开啊？你满头白发完全是她父亲的年龄，反而颠倒过来弄得你是少女似的羞怯？快点挺起胸来勇敢地翻身上马，接住她的目光较量一番！

我真的这样做了。她似乎就等待着这一刻的到来，立即用灿烂的目光将我也灿烂起来的目光撞击出无数火花。这火花只在我俩眼里闪耀，并没打扰了别人。我再次在心底赞叹起少女的有趣和勇敢。她真是了不得。她在向我的什么灿烂呢？挑战呢？白发吗？与她有些近似的黑衣服吗？抑或是我的发言？还是我总在凝思的眉头？

我进一步鼓励自己，不仅是鼓励，而且擂起了战鼓。向这少女学习，勇敢些！

我更勇敢地与她对视，全身是紧张的愉悦的甚至含有深深的幸福感。我的目光之线连通的不光是她动人的眼睛，还有与眼睛连着的半身雕像。她似乎在与我比赛专注和勇敢的同时，变成了一尊美丽的雕像。她端抱着自己的两臂，稍有点厚的嘴唇抿得紧紧一丝不动。她小小年纪怎么会有如此的定力！

她长久不动的眼光和微动起来的嘴唇再次动摇了我底气不足的眼睛。我坚持不住眨了眨眼，并将眼光偏移了一下。她后于我好一会才眨下眼，微动的嘴唇流露出刚好可以察觉到的微笑，那是胜利者的微笑，似乎还有对我这不堪一击者的一丝善意嘲笑。

这是我看世界看了四五十年的眼睛第一次发现的目光。我不敢再看，又忍不住还想看。我没有看够也没看明白那目光啊。

我闭目养神又酝酿了一会儿勇气，再次朝她睁开眼睛。那双我没看明白的少女的眼睛还在等待着我。她是个观察家和思想家呀？她看透了我准会再次向她看去的？

由于充分酝酿了勇气，我这次不感被动了。我有了与她势均力敌的自豪感：我成长得多快！瞬间就由怯懦变得敢和大胆的少女进行第三回合的比赛了！要尽情发挥自己，决不能再败给她。这可是战胜自己性格中最大弱点的关键时刻，以往你总是在你喜爱和向往的事物面前却步。如果这回你抵不住少女的目光，往后你就仍在喜爱的事物面前低头发呆吧。

我一个劲儿为自己擂鼓助威，而且越战越勇。我们都眼一下没眨坚持了两三分钟，那是多么激烈艰难而漫长的奋斗啊！

这中间我想到了“交流”二字，也想到敌手攻心时使用那种叫“照”的眼战手段。所以我等于既与她进行了异性的交流，也与她进行了“照”之战。

直坚持到应该疲劳了但我仍没疲劳的时候，我动了眼眉和嘴角，意在动摇她的眼珠和嘴角。她起先还能雕塑似的凝眸着，当我第三次挑动眉头时，她眼睛终于眨了一下，紧接着又一下。我马上微笑起来，只是让她明显可查的微笑，嘴一点没张，眼也丝毫没眨。在我微笑指挥下，她的嘴唇抿动两下之后终于流露出认败的微笑。

于是我俩都张开嘴会心地出了口气，她战败累了似的伏案歇息了。我继续阅读着她伏案的姿势。

不一会儿工夫，她这位大思想家知道我一定仍在注视她似的抬起头来，我们的目光又一次相撞了。

这次没等“照”出胜负来，会就结束了。我们就停下来若无其事随大家走出会场。

吃饭时我们隔着好几张桌的人头，还相互看过一眼，只一眼，饭后就半声招呼没打各自去了。

她的任何事情我都一点儿不知道！

那天我一直陷于激动中猜想，她是把我当什么人注视和交流的呢？不会当心存不良的坏男人而“照”的吧？不会的。是她在我还没注视她的情况下先注视起我的。那么是突发奇想的一次游戏？一概不得而知！回到家里我好长时间心神安定不了，妻子问我发生了什么事，我就如实把这件奇妙的事儿讲了。我问妻子，她究竟是出于什么想法呢？

一个人究竟被别人怎么看怎么想，是最难得知也最想得知的。那少女到底是怎么看我的想我的，我无法得知了，而我是想得知的。

妻子说：“你过后为什么不问问她呢？”

我十分遗憾地说，这正是我的遗憾！

（载《海燕·都市美文》）

肉体慢点走，等等灵魂

一生骑牛慢走，主张顺其自然无为而治的古人老子，为什么至今还活着，活在许多乘高铁坐飞机日行万里巡天遥看千河的今人心中？而多少迅速成名且名噪一时的今人却速朽了！

古时没有高科技飞来驰去的交通工具，马就相当于今天的飞机了。牛慢，相当于火车吧。老子却选择骑牛而不骑马，他坚信欲速则不达，坚信只有一步一步把该走的路扎实地走过，再在走过的地方耐心细致地言传身教，他的《道德经》才能种子样发芽生根，开花结果。如果他骑着追风快马，像传报军情那样日夜疲于奔命，没谁会知晓他《道德经》真谛的。纵马狂奔，适合攻城略地侵占别人的领土和家园，但那也只能是侵地掠人，而霸占不了人的心。心即灵魂的方方面面，不通过慢功夫一点点潜移默化，化至一种别样的境界，是绝占据不了的。

这样看来，慢就既是一种信仰也是一种能力了。凡需慢悟的事，哪样不需韧性和毅力？而当今的问题却是，许多人既缺乏信仰，又个个被“拜金教”收容了去，每日唯恐被金钱冷落片刻，因而疲倦而不懈地按“拜金教义”不停狂奔。奔来奔去，奔成了钱奴、权奴、色奴、房奴——却失去了宝贵的慢节奏从容生活的自由人格。

生活，说白了，即生和活，对应的就是死和亡。所以，生活二字，应该包含了人生的全部内容。什么叫慢生活？慢是相对快而言的。慢生活就是适当放缓生活节奏，实现较为人性化的从容生活，是现代生活方式的一种。说穿了，就是减慢走向死亡速度的一种生活方式。

现代人，连活着的许多内容都没时间亲自体味了，一切都被“快”字所奴役：快挣大钱，快谋重权，快得美色，快住洋房，快坐好车——这些东西若能从容正常获得固然也不错，但若以变为其奴作为代价，就本末倒置了。须知，变成什么奴，都得以失去自由为代价啊！所以有识之士说，不自由毋宁死。

但许多人就这么执迷不悟或无奈地“快生活”着，却一点都不快活。所以这个时代便成了“挣命的时代”“有病没工夫呻吟的时代”“灵魂被肉体抛弃的时代”“不够（钱不够花，时间不够用）的时代”等等。就因为生活已快得灵魂都跟不上肉体了，所以不愿灵与肉分离的人们开始呼唤“慢生活”。

不少人却认为，呼吁慢生活的人是站着说话不知道腰疼。其实这样认为的人，是只知腰疼却不知想法直起腰来歇治一下。

全社会的“快生活”或是“慢生活”，虽不是单个人决定得了的，却是每个人可以选择的。其实认真想想，我们多数人的生活并没窘迫到忍饥受冻的程度，是有能力放慢一些生活节奏，做个“亲自生活”者的（不少人忙得都不能亲自生活了）。比如自己亲生孩子要自己亲自养育，别都扔给父母；自己父母病了自己亲自陪一陪，别都扔给钱；自己爱人有喜事或愁事了，自己亲自置酒说说祝贺或安慰的话，别只到想做爱时才吝啬地说一声我爱你，等等。活了小半辈子或大半辈子的人了，却没亲手养一盆花，没亲手买一次菜，没亲手做一次饭，没亲手抱一次自己的孩子，也没亲自交个朋友，就知一门心思追求利益和效率了。那你是个什么父亲，什么丈夫，什么儿子——什么人啊？

时间对什么人都一样，就那么多，用来快，就不能用来慢。快还是慢，这完全取决自己的态度。而最好的态度是选择慢一点，其实就是别被快绳子死绑住，过“不紧不慢”的生活。古今中外的实事都说明，没几个人能忙成伟人，能像长江黄河或大海那样掀涛作浪。那我们多数人就从容地甘做不大不小的河，顺其自然地向生活海洋流淌吧。美学家朱光潜先生就在《美谈》中提到这样一句话：“慢慢走，欣赏啊！”欣赏就是审美。一点审美时间都没有的生活，无论如何算不得幸福生活。所以我们不管怎么忙，也要挤时间唱一会儿《马儿吆，你慢些走》。慢些走就是“要把那迷人的景色看个够”！即使没那么多时间看个够，也要腾出点时间看个新鲜儿，或想个够哇。想是灵魂的事，也是审美。

有篇发表于30年代的散文《遛跶》中说："遛跶自然是有闲阶级的事儿，然而像我们这些'无闲的人'，有时也不妨忙里偷闲遛跶遛跶，因为我们不能让我们的精神终日紧张得像一面鼓！"像鼓不过躁得一敲便响而已，若精神终日绷得像琴弦，一触便会断的。命若琴弦，绷断了，也就命短了。所以提倡慢生活并不是在号召大家游手好闲过懒日子，而是警示我们提高生活质量。这个质量，绝不能单以钱和物论，一定要关乎精神，关乎幸福质数。

所以我们别再以是否有闲来对待自己是否有资格享受慢生活了。我已痛切看到：物欲太强的人，不会有闲；样样不舍的人，不会有闲；而无闲的人，一定会有时间生病；轻视慢生活的人，一定会快速走向坟墓！

让我们的肉体慢点走吧，等等灵魂。灵与肉永不分离，即使走进坟墓那天，也是幸福的。

2012年3月8日　草于沈阳　听雪书屋

（原载2012年5月11日《光明日报》文荟副刊）

怀念一颗种子

我怀念的这颗种子，是一个人，一个我年届六十才见过一面，而那一面，又是在不足一个钟头的匆匆酒聚时偶遇的人。他姓费，我叫他老费。和老费匆匆一聚后的第三年，这颗种子，便落入了泥土。

这个已归于故乡泥土的种子老费，享年76岁，是与我没一点亲缘关系的农民。他所以能成为我心田的一颗种子，因为他不仅仅是个农民。这老费，大我一旬多，我们虽是老乡，却没有一点儿交往。令我特别怀念的，正是他曾作为文学种子之一颗，无意间落入了我少年时的心田。而今，他仍作为一颗文学种子，长埋于我们共同生长过的故乡，永远为那片巴掌大的土地延续文脉了。

我说老费曾作为文学种子之一颗，落进我少年时的心田，是因为还有另一颗生命力更强的文学种子，于青年时落入我心田。这另一颗种子，就是与我故乡紧紧相挨的呼兰河的女儿，萧红。萧红虽在我出生时就早已英年而逝，但她的名著《呼兰河传》，却成为不朽的种子，落在了我心里。萧红这颗文学种子，是在老费之后落入的，虽然她对我产生的影响比老费大，但老费在先。老费的先入之功，却是萧红不能替代的。

不管孰大孰小，孰先孰后，反正他们都是种子，都不可替代地落入我心田了。一个人，能成为某类种子，落入别人心田，而且成活了，那无疑有非凡的意义。回忆老费作为文学种子落入我心田的少年时光，我便想，人若都能活成一颗种子，在后人心田开花生果，那就不枉来人世一回了。老费能作为土生土长的文学种子，在不少乡亲心田发芽以至成活结果，他真的没枉生一回，的确值得我认真怀念。

记得我是在故乡巴彦县西集中学读书时，知道我们西集兴旺村有个会写诗的农民叫费忠元的。在一个初中生眼里，本镇能有个在《巴彦日报》《哈尔滨日报》《黑龙江日报》《北方文学》发表诗歌的人，那就是大名人了。所以他的名字影响我们一些同学都很重视语文课。后来到县城读高中，又知道，老费还和当时西集另一个名字不能见诸报刊的人是朋友，我就更加觉得他了不起了。那个名字不能见诸报端的人，叫李兆鸣，也是诗人，不过他是个在大学读书时被打成右派分子且坐过牢的人，后来被遣送回家乡劳改的。这个右派分子诗人，我是在伯父家的果点铺里见过的。有年严冬，我们几个想蹭伯父的糖果吃又怕挨冻的孩崽子，赖在小铺里不走。忽然进来个卖糖葫芦的罗圈腿男人。那男人不仅罗圈腿，个子也矬，一条抿裆破棉裤配一件前襟油亮的破棉袄，日子最不济那种农民形象，他也是到伯父的小铺子来蹭暖的。他走后，伯父说这是个劳改“右派”，属四类分子。我那时只知四类分子都是坏蛋，却不懂“右派”是怎么回事，反正他那一副最不济的模样，加属四类分子的名声，使我从不把好事往他身上联想是了。后来才听说，老费竟和这“右派”劳改分子是诗友。据说老费那时已是村党支部书记，李“右派”写的诗，只能以老费名字发表。当时我的心里，只要能写诗尤其能在报刊发表的人，都非常了不起。后来经历了“文化大革命”运动及粉碎“四人帮”和改革开放，才更加佩服老费能与一个“右派”分子结为诗友，而且以己之名为其发表作品，并给以多方保护，足见其心地的善良。我见到老费，却是离开故乡40多年后的事了。那是我回故乡为“巴彦文学之星”颁奖，得以在同一酒桌上有过仓促碰杯的匆匆一见。而那并非单独的一见，也不过一个小时，饱经沧桑但仍激情饱满的农民诗人，才在我也已饱经沧桑的心田，具象为一颗鲜活的文学种子。那时他已74岁，体弱多病，但激情仍沾酒便燃。他听说他曾影响过我时，一口喝干了满杯家乡自产的白酒，布满皱纹的脸上闪出大片橘红的光泽，重又满了杯，并站起来敬我说，老弟，我没出息，一生没离开故土，没为家乡作点儿像样贡献，只有敬你了！我也站起来敬他酒说，我心里能开几朵文学之花，也有你播种的功劳，若我也能像你那样影响了谁，那也有你的作用!

我说的一点都不是客套话。说这话时，眼前浮现着当年老费往报社投稿的情形。从我和老费所在的西集到县城，有30多里。如果往市里省里或县里投稿，经镇上的邮箱投，要比经县上的邮箱投慢好几天。有年暑假开学，我和高我一年级的一个大同学徒步返校。到了县城，大同学没先到学校，而是去邮局将一个没贴邮票却剪掉一角的信封投进邮箱。这让我很是奇怪，问为啥信封少了一角。大同学说往报社投稿就得这样。我问他是怎么知道的，他说老费告诉的，他就是在为老费往市报投稿呢。我又问老费投的是什么稿，他说是诗稿。不久我真在《哈尔滨日报》副刊读到了老费的诗，是歌唱我家乡那条少陵河的诗。那一刻，我无比激动地想，老费真了不起，把家乡的河唱到老远的地方去啦!老费就是在那一刻作为文学种子落入我心田的。此后好几年，我才知道少陵河西边，与我家乡紧紧相挨的呼兰，出过一个写过《呼兰河传》的女作家，叫萧红，她的作品曾受伟大鲁迅先生的赞美，比老费还了不起。实际这就等于，是老费这颗文学种子，帮我又引进了萧红这颗更饱满的文学种子。但直到从学校参军离家远行，我并没见过老费。40年后偶然见到老费时，我不仅已无数次往报刊投过稿，还能回故乡为一大群优秀的投稿者颁奖了，这怎能不让我感激老费？所以也一口干了满杯家乡白酒。酒桌上，还听在座的人说了几件他培养文学新人方面的事，当然也有关于他的笑话。那笑话的确好笑，但那也属于文学的种子往家乡的土地上播撒呀！大家还说了些他不辞病苦，仍孜孜不倦为歌唱家乡而笔耕不辍的事。他们之所以能于极为匆忙的空当儿向我提及老费这些事，不就因为我是本乡长大的作家，他是从没离过本土的诗人吗？他们希望我能从文学方面为故土撒几把种子，多影响一下青年人，我因之更加感念老费能作为文学种子，在我心田经久不息地生长。如今，老费已在家乡的黑土下闭上了眼睛，但他敬我酒时带有哮鸣音的深重喘息声，却在我耳边愈加清晰，像在告诫我，也该成为一颗种子，叶落归根时落入故乡的泥土。

安息吧，我心田的一颗种子，老费，愿你年年在瑞雪覆盖的冻土下安眠，年年在长风抚摸的暖泥下苏醒，年年在生机勃勃的热土上开花，年年在五谷飘香的巴彦苏苏，继续结果！

（注：我故乡巴彦古时称巴彦苏苏，满语意为富庶的原野。）

2013年12月5日星期四　草于沈阳听雪书屋

（原载《光明日报》文荟副刊）

怀念另一颗种子

大地主家庭的无情，国土沦丧的屈辱，成就了黑土地女作家的叛逆性格和凄美中夹裹讽刺，冷峻中隐含幽默的“女性的纤细的感觉”及“非女性的雄迈的胸襟”与“越轨的笔致”。她是“五四”新文化的女儿、民族魂鲁迅先生的弟子、东北黑土大地的骄傲！向这位永远31岁的文学前辈致敬！

——题记

一

有一年春天，记得正是春风扑怀人人都想解开衣扣天马行空的时节，一个风头正劲的东北作家说，东北没有作家！

那时中国还没人获过诺贝尔文学奖。站在东北黑土地上说东北没作家这位作家，一定是立足世界云端说这话的。其实，他还可以说，中国也没有作家。但他没这样说。这就有可能，他认为中国还是有作家的。他的口气比我当年听到的另一位也风头正劲的南方作家谨慎多了。那南方作家在一次有位外国的文学教授在场的文学报告会上说，鲁迅的小说也没什么了不得，不少青年作家其实已超过了鲁迅。这青年作家的小说我是佩服的，但他对鲁迅先生的不敬，让我心生不快，所以对他的中国没有作家的意思激烈地腹诽了一番。听到那位东北作家说东北没有作家那会儿，我只多遍读过《生死场》《呼兰河传》和《小城三月》等萧红作品，却还没读过她深受鲁迅《阿Q正传》那种老道讽刺风格影响而写出的长篇小说《马伯乐》，对萧红还没有今天这样全面深刻认识，所以心下虽不服东北没有作家这说法，也不过私自腹诽一番而已，嘴上并没发声，笔下也没留言。我腹诽那说法的理由是，中国现当代文学史，最被公认的要属鲁迅先生。由此联想，东北不是还有个很被鲁迅认可，我由衷佩服并深受其影响的萧红吗？

这个在读者心中永远31岁的杰出作家，她的故乡呼兰，和我的故乡巴彦，原来是一个县，后来才分开的，现在又同属哈尔滨市所辖。当年，我离开故乡远行，跨过的第一座桥是两县界河上的少陵河桥，相距不远的第二座桥就是呼兰河桥了。而多年后我每次回故乡，必得先跨过呼兰河桥，才能踏上我故乡的少陵河桥。因了这一地理缘分，我想躲开萧红都不可能。萧红是大地主家庭的叛逆闺秀，因与恪守封建礼教的继母和当过教育局长和督学的严厉父亲感情都很冷漠，从小生成了对大地主家庭中长工及底层人民的同情，对家庭和旧礼教的叛逆心理，对家庭包办的婚姻极为不满，所以逃婚离家，到哈尔滨和北京，求学自由民主新思想，成了“五四”的女儿。后又因反满抗日，与患难中自由恋爱的丈夫萧军一同逃往青岛和上海，成为“民族魂”鲁迅先生的得意弟子，由此成长为爱国抗日的优秀人民作家。她的父亲曾任呼兰县教育局长和黑龙江省政府文化厅秘书，因身为教育官员亲生女儿却在省城读书期间反叛包办婚姻，与自由恋爱的男人同居有伤风化，而被贬至我故乡巴彦，任县教育局督学。若不是考虑负面影响，他也会把萧红带到我们巴彦继续读书的，但那时萧红成了最让他丢脸的事，所以他只把儿子带到巴彦，而将不肖之女由继母带到远离巴彦的阿城乡下，在大地主叔叔家看管起来。后来，萧红自己又偷偷逃出阿城。再后来，日寇发动了“九一八”事变，东北沦陷，萧红不当亡国奴，又从哈尔滨逃亡到青岛，而后又将写于青岛的反满抗日小说《生死场》投给居住上海的鲁迅先生，随后因一同从哈尔滨逃往青岛的共产党员作家舒群被捕，萧红和丈夫萧军一同逃往上海投奔鲁迅先生。萧红的《生死场》和萧军的《八月的乡村》，同时被鲁迅极力推介发表，产生巨大影响。这是新婚夫妇萧红和萧军的笔名同时第一次使用，共同的含义是谐音“小红军”，以示向共产党领导的红军致敬意。从此萧红和丈夫一同开始了以笔为枪的爱国抗战生涯。鲁迅先生去世后，她从留学的日本回到上海。全国抗战爆发后，她曾去往重庆的八路军办事处，又曾去往抗日前沿的山西临汾和陕西西安，后因身孕和疾病，展转到武汉，一路写下了诸多直接描写抗战题材的作品，如《黄河》《逃难》《山下》《汾河的圆月》《莲花池》《孩子的讲演》《朦胧的期待》等等，尤其是《旷野的呼喊》。她既万分憎恨日本侵略者，也十分憎恶国民及知识分子的劣根性，同时更深爱着沦陷的东北故乡。她的奔波与漂泊，都是为了反抗。这个体弱多病的小女子，却是精神极其顽强的自由战士。她主张，一个作家应该以笔为刀枪去作精神的征战，而不是直接持枪去与敌人白刃搏杀，那不是体弱的文人力所能及，作家的武器是手中的笔，战果是笔下的作品，所以她最后与非要直接持枪当红军战士的丈夫萧军分了手，反向逃亡到相对安静的港湾——香港。在那里，漂泊和抗争多年的萧红，比拿枪战士还坚强，但却十分孤寂地一边与病魔作斗争，一边执笔苦写下短暂一生中最为辉煌的一批杰作，《北中国》《马伯乐》《呼兰河传》《小城三月》等等名篇。中篇小说《小城三月》，是她在香港写下的最后一篇文学作品，那哀婉的笔调和凄凉的故事，成了她为自己写下的挽歌。读过她短短一生的全部作品和关于她的多部传记，我无法不极力赞美这个从中国最北端一路与缠身病魔相伴着漂泊过北京、青岛、上海、日本、武汉、重庆、临汾、西安、武汉，最后一直飘零到天涯海角的南中国香港的东北天才女作家。她并不是想到香港过安逸的避难生活，她觉得相对战乱与硝烟笼罩的环境，香港更有利于她的写作。她一直给自己定位于以笔为刀枪的战士，所以在香港，虽已重病压身，她的笔却几乎从未停下来。在香港那段时光，她最大的贡献是，在同一时空完成了两部笔调与风格截然不同的长篇代表作，一部是最能代表其创作风格的自传体田园小说《呼兰河传》，和用鲁迅写《阿Q正传》那种风格写成的讽刺小说《马伯乐》。该作以三四十年代国难当头“逃难”这一政治文化景观为背景，以一个知识分子典型马伯乐为主人公（即讽刺对象）的精心塑造，对抗战以及民族出路问题进行了深省。鲁迅笔下的阿Q是乡间的流浪汉，他被剥夺了劳动权力而糊糊涂涂地走上造反的道路，一事无成却靠着精神胜利法支撑自己，自私而麻木地活着。而被日寇入侵逼上无休止的逃难之路的绅士家庭出身，颇有教养的知识分子马伯乐，也与阿Q具有相同的精神疾病，自私、卑怯、麻木，总是把“逃”说成“退”，把退当成一种出路，与“精神胜利法”是同一病症的两个不同侧面。鲁迅写阿Q，是在画中国寂寞的灵魂和国民劣根性，萧红写马伯乐，是以“逃”的意识从另一角度揭示知识分子的劣根性。学习鲁迅的讽刺手法，继续刻画中国的魂灵，这应该算是萧红对于中国文学的一大贡献，但是，却被当时的主流文艺思潮忽视了，至今也没被重视起来。她这部独具意义的讽刺力作，虽与此前相挨完成的《呼兰河传》风格迥异，却仍属她一贯创作经验的发挥，即她总是写自己亲历的最熟悉的生活。这部完全是在香港写成的长篇小说《马伯乐》，就是萧红多年漂泊与逃难生活的积淀和深有感触的独特发现，不过是用另一种风格的表达罢了。所以，《马伯乐》该算是她别样风格的代表作。其实，此种讽刺风格，在她以前作品里已露端倪，如《三个无聊的人》《逃难》等，可惜都被当时的战乱遮蔽了。也正是战乱年月的漂泊生活，使萧红发现了中国国民性的另一侧面，即“逃避性”的。震惊世界的“九一八”事变，日寇一夜之间占领了沈阳城，不久又风扫残云般占领了全东北，而几十万东北军有礼貌地节节退往关内，使得东北轻而易举变成了日本殖民地的“满洲国”。尔后，又是继续节节的逃退。中国可悲的“逃退”性啊，被不甘当亡国奴的天才东北女作家捕捉出来，给以深刻的讽刺和批判，这是另一种抗战！

二

让我一想起来便不能不欲脱帽致敬的是，病魔已把萧红折磨得离死只有两个多月时，她写下了类似遗书的《给流亡异地的东北同胞书》。

沦亡在异地的东北同胞们：

当每个中秋的月亮快圆的时候，我们的心思被悲哀充满。想起高粱油绿的叶子，想起白发的母亲或幼年的亲眷。

……

我们就要回老家了！

家乡多么好呀，土地是宽阔的，粮食是充足的，有顶黄的金子，顶亮的煤，鸽子在门楼上飞，鸡在柳树下啼着，马群越着原野而来，大豆像潮水似的在铁道上翻涌。

人类对家园是何等的怀恋呀！

……

但是等待了十年的东北同胞，十年如一日，我们的心越着越亮，而且路子显得越来越清楚。我们知道我们的路，我们知道我们的作战位置——我们的位置，就是站在别人的前边的那个位置。我们应该是第一个打开门而最后走进去的人。

……

我们应该献身给祖国做前卫工作，就如我们应该把失地收复一样，这是我们的命运。

东北流亡同胞们，为了失去的土地上的大豆、高粱，努力吧！为了失去土地上的年老母亲，努力吧！为了失去的土地上痛心的一切的记忆，努力吧！

……

病苦中，萧红又给去了西北前线当抗日战士的亲弟弟张秀珂写了一封《9·18致弟弟书》：

珂弟：

小战士，你也作战士了，这是我想不到的。

世事恍恍惚惚就过了；记得这十年中只有那么一个短促的时间是与你相处的，那时间短到如何程度，现在想起来就像连你的面孔还没来得及记住，而你就去了。

记得当我们都是小孩子的时候，当我离开家的时候，那一天的早晨你还在大门外和一群孩子们玩着……

而事隔六七年，你也就长大了，有时写信给我，因为我的漂泊不定，信有时收到，有时收不到。但在收到信中我读了之后，竟看不见你，不是因为那信不是你写的，而是在那信里边你所说的话，都不像你说的……因为我总有一个印象，你晓得什么，你小孩子，所以我回你的信的时候，总是愿意说一些空话……关于你的回信，说祖父的坟头上长了一棵小树。在这样的话里，我才体味到这信是弟弟写给我的。

但我没有读到过你的几封这样的信，我又走了。越走越离得你远了，从前是离着你千百里远，那以后就是几千里了。

……

在这种情形之下，从家里跑来的人，还是一天天的增加，这自然说的都是以往。现在我们已经抗战四年了。在世界上还有谁不知我们中国的英勇，自然而今你们都是战士了。

……

不多时就七七事变，很快你就决定了，到西北去，做抗日军去。

你走的那天晚上，满天都是星斗，就像幼年我们在黄瓜架下捉着虫子的那样的夜，那样黑的夜，那样飞着萤虫的夜。

你走了……我送你到台阶上，到了院里，你就走了。那时我心里不知道想什么，不知道愿意让你走，还是不愿意。只觉得恍恍惚惚的，把过去许多年的生活都翻了一个新，事事都显得真切，又都显得特别模糊，真所谓有如梦寐了。

恰巧在抗战不久，我也到山西去，有人告诉我你在洪洞的前线，离着我很近，我转给你一封信，我想没有两天就可以看到你了。那时我心里可开心极了，因为我看到不少和你那样年轻的孩子们，他们快乐而活泼，他们跑着跑着，当工作的时候嘴里唱着歌。这样一群快乐的小战士，胜利一定属于你们的，你们也拿枪，你们也担水，中国有你们，中国是不会亡的。

因为我的心里充满了微笑。虽然我给你的信，你没有收到，我也没能看见你，但我不知为什么竟很放心，就像见到了你一样。因为你也是他们之中的一个，于是我就把你忘了。

……

今天又快到“九一八”了，写了以上这些，以道胸中的忧闷。

愿你在远方快乐和健康。

这是萧红临终前躺在南中国海边的病榻上，写给在北方前线的弟弟，却无法寄出的信，也是留给人间最后的成形文字。一个不当封建家奴，也不当亡国奴的黑土地的女儿，在抗争与奋斗的艰苦漂泊中，迎来了生命的终点。她心头永难愈合的“九一八”伤口和个人情感的剧烈伤痛，都没能将她灵魂击垮，她最念念不忘的仍是收复家园，收复失地，激励人们为争取抗战胜利而奋斗。一个如她同样心情的战斗群体，也在东南西北用脚和笔以至刀枪，在跋涉着，战斗着，他们后来共同被中国现代文学史命名为“东北作家群”。这个群体的优秀一员，萧红，临终前躺在活动病床上，对守在身边的东北作家群的另两个成员骆宾基和端木蕻良说：

人类的精神只有两种，一种是向上发展的，追求他的最高峰；一种是向下的，卑劣和自私……作家在世界上追求什么呢？若是没有大的善良，大的慷慨，譬如说……若是你在街上碰见一个孤苦无告的讨饭的，袋里若是还有多余的铜板，你掷给他两个，不要想，给他又有什么用呢？他向你伸手了，就给他。你不要管有用没有用，你管他有用没有用做什么？凡事对自己并不受多大损失，对人若有些好处的就该去做。我们生活着不是做这个世界的获得者，我们要给予。

……

我本来还想写些东西，可是我知道我就要离开你们了，留着那半部《红楼》给别人写去了……人谁有不死的呢？总有那么一天……生活得这样，身体又这样虚，死，算什么呢？我很坦然的。

……

1942年1月19日午夜12点，萧红被喉管手术后的疼痛折磨得睡不着，也说不了话，她用手势向守在身边极其困倦的骆宾基要过笔和纸，躺着又艰难写下一句话：

我将与碧水蓝天永处，留得那半部《红楼》给别人写了。

半生尽遭白眼冷遇……身先死，不甘，不甘。

这就是萧红的临终遗言了，写于第二天就被换上“大日本陆军战地医院”牌子的香港玛丽医院。她遗言中说的半部《红楼》，是指她没有写完的《呼兰河传》。她去世后经茅盾先生作序推荐出版的这半部杰作，和她刚从东北逃到山东青岛写成，经鲁迅先生作序力挺而出版的《生死场》，一同成为她的代表作，也成为“东北作家群”的重要代表作。

萧红写下以上遗言的第二天，被日军撵往红十字会设立的圣提士反临时医院后便停止了呼吸。如果没有日寇的侵略，她肯定不会仅仅31岁便丢下了她最恋恋不舍的笔。其时她“仰脸躺着，脸色惨白，合着眼睛，头发散乱地披在枕后，但牙齿还有光泽，嘴唇还红；后来逐渐转黄，脸色逐渐灰暗，喉管开刀处有泡沫涌出……”这个离家出走十余年，在兵荒马乱的动荡年月，随时代潮流漂泊了十余年的东北大地的女儿，怀着对故乡无限的眷恋，只身葬在了南中国海边的香港了。浅水湾畔，她的灵魂日夜想念着逃离出来就再没能回去看上一眼的故居！

三

萧红的故居，便是现在她的纪念馆了，就在我一次次回故乡那条路的左边上，一下车就可迈进她故居的院门，她那永远31岁的塑像就站在门口迎望着每个来访者。在我第一次看见她年轻的塑像时便分明感觉到我们已是神交已久的乡亲。往她那永远年轻的塑像前一站，我一遍遍读过的她那些描写故乡的不朽之作便在心中一页页呼啦啦翻卷开来，于是，已被寒来暑往的时光一年年催老容颜的我，忽然变得同她一般不老了。

她只活了31岁！她永远31岁了！我是她的晚辈，即使早已比她老了，却不该早早老了心态！我的心湖曾一次次被她悲天悯人，凄美而冷峻，有讽刺，有幽默，往往力透纸背的独特而越轨的文字搅起波澜。她越轨笔致下流淌出的文字，写的都是她自己经历过的生活，写的都是她最熟悉的环境和人，比如春、夏、秋、冬里的人，和与人为伴的风、花、雪、月、太阳、树木、庄稼、菜园、牛、羊、鸡、狗、蝴蝶、蜜蜂，等等，都成了见证她思想情感的"人物"了。而那些给她家当长工的底层劳苦人物，都成了她关怀的对象。不管漂泊到哪里，她的笔都蘸着心血动情地写着那些人物和环境。她的作品常常让我既自愧又自豪。这是我们东北黑土大地养育的天才女作家。一个同一块土地生养的写作男人，我没有理由不向她越轨笔致生成的温婉的讽刺和冷峻的幽默文字致敬，并努力从中汲取营养。如认真向她学习忠于时代的精神，不违心地写自己最熟悉的人物和环境以及我的同情心和爱心所及的所有人。同时她小说的散文化风格，和写散文时也使用的小说笔法以及她所有作品的自传性意义，我都有所借鉴。鲁迅先生称赞萧红"叙事和写景，往往胜于人物的描写"，茅盾先生指出她的小说有散文化特点。我原来都把自己小说写作上这样情形当缺点看待，后来索性也当特点发挥了，"叙事和写景"及结构方面的散文化倾向，不仅不改，而且有意为之了。这种情形，几乎在我的长篇、中篇、短篇小说，甚至散文里，都有，即写小说时也发挥散文的长处，写散文时也吸收小说的笔法。我的长篇小说处女作《绿色青春期》，结构方面的散文化，颇受萧红影响。比如全书结构以一年12个月为纬，每月一章，共12章；以我一个红卫兵入伍的新兵军营生活感受为经，生活流式地描写军营文化在“文革”期间的新状态。而第11章这个月，却总共只有三句话，39个字。这一方面是结构的需要，更是受了《生死场》结构的影响。《生死场》一共17章，而第11章《年盘转动了》，只有三行65个字：“雪天里，村人们永没见过的旗子飘扬起，升上天空！全村寂静下去，只有日本旗子在山岗临时军营门前，振荡地响着。村人们在想：这是什么年月？中华国改了国号吗？”而《绿色青春期》第11章的39个字，比《年盘转动了》还少26个字。还有，《绿色青春期》一开头对寒冷的描写：“……离县城十来里远的松花江冻有三尺多厚的坚冰，同时上去几十挂马车十几辆汽车保险压不塌。可寒冷那鬼东西却像有把神刀似的，毫不费力就把钢铁样的冰层割开几里长几里长的大口子。江冰开裂时传出巨人受了刀割而宁死不屈般的沉重呻吟声，我们在城里都听得见。从大江上分出来的小河只剩浅浅一点水在冰下流，小河上分出的细汊子干脆就冻实心了，冻死的小鱼嵌在透明的冰里看去活生生的，准是正游着突然就冻住了的。最厚实最能忍耐的大地也冻裂了，甚至有些人家的单层窗玻璃也会冷不丁嘎巴一声冻裂了纹儿。好出风头的风冻住不刮了，老是呼啦啦响的红旗冻住不飘了，不管是家家的白色炊烟还是工厂的黑烟都像快要冻僵了，像一条又一条奄奄一息的黑龙白龙无力地向天上爬。麻雀那最没出息只会在热闹时凑热闹的小贼东西怕冻破了胆似的躲在屋檐下的窝里不敢出来，屋檐下一挂又一挂的大冰溜子被冻急了眼，谁的手一碰到它立刻就会被咬住。为人遮风挡寒的门冻得最可怜，一推或一拉它都会发出哭一样的吱吱声。太阳的光芒不知是被冻掉了还是收回去暖和自己了，冷冷地缩成一个月亮。比啥都精神的人当然不会在这时候出来踱方步了。”其中不仅对寒冷拟人化的描写是向《生死场》和《呼兰河传》学习的结果，借景物描写烘托时代气氛，及描写天气时使用的冷峻幽默与讽刺，都有萧红笔致的影迹。我在另一部长篇小说《不悔录》中，也借鉴了《呼兰河传》顺时的结构框架和自传体小说的叙述语气。如第九章第79节，《买了个鱼缸》，也短短五行字：“我忽然羡慕起鱼来，于是买了个鱼缸，并且放在办公室阳光可以照到的阳台上。我想养两条鱼。每天能看看鱼在水里游，多好啊。但鱼缸放了两天我又拿走了。我想，人家鱼活得好好的，干吗买奴隶似的圈进小小鱼缸里，让它只能看见光明，而连一米前途也没有啊！”其他几个直接用人物命名的章节，也借鉴自《呼兰河传》。萧红的叙事与写景拟人化手法，对我影响太深了，几乎每篇小说都有。比如，“一登上山岗，豪迈的大野秋风便迎上来，用长长的手指梳擦他汗湿的头发，掀弄他溻透的军衣，抚摸他发烫的脸颊和胸膛，他身上的背包被风用另一只手托起，后来整个身体都像被风用双臂热情地抱起来了。”（《啊，索伦河谷的枪声》）“他背朝着太阳，滑动了浆。小船在树林里穿行，装满了斑驳的霞光。静静的黑水像燃着了，船好似在火上面走。天上就一个太阳。每当太阳这样辉煌动人地升起的时候，江两岸的人肯定都会认为太阳是自己的。他乔连长就认为太阳是他的，和他最熟，对他最温暖。此时不用回头看，他就知道，太阳正在岛子东端的桦树林上面注视着他，正是最红最好看的时候，肯定给自己的草绿军衣也照红了。他在心里和太阳说话……”（《一江黑水向东流》）“风又偷偷摸摸活跃起来，像是被轰轰烈烈的炮声撩拨的。打炮的人们陷在命中率不错的亢奋中，一时竟没发觉风这流氓已教唆炮火向犯罪的道路走去。风是在远离炮阵地和观察所的弹着区开始干坏事的，所以没法被及时抓住。放！大炮怒吼起来了。一缕炮火贼溜溜窜入山脚一丛荒草。荒草舍身助火将自己枯老的身躯也化作火焰。而等了好久的一股贼风就在枯草化作火焰时突然扑上去给予鼓励，那火立即变成一只黑乎乎的大蟒乘风爬上山坡，像群刚刚越狱死不改悔的纵火犯，顺山北坡斜着向东烧去，已烧出上百米宽一长溜黑地，像黑龙江、乌苏里江或者就像索伦河黑幽幽斜着像北山坡上流去了……”（《因为无雪》）类似的叙事和描写有许多，都可从萧红的作品里找到影迹。

2015年7月20日　草于沈阳听雪书屋

（原载2015年《芒种》10月号）

清明祭

我远房从没见过面也从没听说过的一个姨，千里迢迢从老家黑龙江到沈阳求我办个事。怕我不给办，也没打个招呼就把我70多岁的岳父同路给搬来了。

这使我心里很不痛快。岳父也真是的，既不是亲姨，又不是多么重要的一件事，你这么大年纪了，折腾出个好歹谁负责？想是想，我还是二话没说，当天就把事给办了，剩下的就是陪他们喝酒聊聊家常。

老姨家住农村，岳父住县城，相隔也有百八十里路。老姨是那种半巫半仙没文化的劳动妇女，挺能干也挺能取巧同时也挺迷信的。几口酒下肚她就相相我和我爱人的面，号号脉，又神神叨叨发气功似地测巴了一阵子说，你们俩都有病啊，好像是头疼和心疼。今天是清明节，鬼节，你们没给爹妈和别的亲人烧纸吧？好像好几年没烧了。这不行，得烧啊，当多大官儿也不能忘了爹娘祖宗。总不烧纸还能不得病？

有头疼和心疼病及好多年没给父母等故去的亲人烧纸这两件

事儿都叫老姨说着了，但我根本不相信这两者有什么联系，也根本不相信老姨能掐会算。城里人尤其当干部的有几个磕头烧纸的。倒是她的提醒和岳父的帮腔使我想起了故去的父母和其他亲人。离开故乡多年，生活越来越好了，渐渐忘却了和父母在一起的艰难日子，也渐渐忘记了父母和父母当年的教诲，变得人情世故越来越淡漠，甚至连家乡活着的亲人们也漠不关心，过着孤独寂寞不太与人往来的城里人的封闭日子，不求人也不愿帮人。

几杯酒勾起了许多乡情。借着酒劲儿，我说烧就烧吧。一点儿都不是相信九泉之下的亲人能收到钱什么的，就当开追悼会或向烈士墓献花圈那样，完全是为了提醒和教育自己。岳父和老姨见我真的同意了烧纸，竟受了莫大感动，说我是党员干部，亲自去烧纸叫同事看见不好，想叫我买来纸他们替我去烧。中国老百姓的心好赢得，你只要真心实意和他一道办两件他们要办的事，威信马上就有了。烧纸这事我不能在长辈面前搞特殊化，就说给自己父母烧纸的事怎能由别人代？我真的买了黄纸还有印着冥王府银行副行长关羽相的大面值阴曹纸钱及纸香，一一分好写了已故亲人的名字。岳父年纪太大，我没让他下楼，只由老姨指点着到楼外选择地点去烧。

老姨领我到了大街上，她说烧纸必得在路口才行。

夜色下，大大小小的路口燃着无数纸火。那跳跳跃跃的无数火焰映着跪的蹲的无数烧者，也把我被酒兴刺激起的乡情撩拨得更加浓烈。我按老姨说的规矩也选了一处路口蹲下，将纸钱一一摆好。老姨认真地划定方位，又弄过小小的仪式，让我烧一份就念叨一下收钱人的名字，再磕个头。她说不念叨一下名字会被别人收去的。我仍不可能把老姨的话当真，不过受了她虔诚劲儿的感染，想起了小时候奶奶领我们上坟的情景，不免愈加激动。父母生前的样子和嘱咐过我的话历历在目声声在耳，他们真像站在我眼前了一样。我父母都很不幸，死得也都很早。他们生前受过亲友们许多帮助，但因无力回报而生出许多亏欠和遗憾。记得小时候不识字的母亲曾对我说，你长大了能当个队长就好了，咱家就也能帮别家办点事了。母亲说的队长其实指的不过是生产队的队长。我家住在一个镇上，亲友们大多是镇里熟菜生产大队的社员。我家的许多困难都是蔬菜队的社员尤其是队长帮助解决的，队长是我二舅，母亲的弟弟。母亲说的能当个队长就好了，就是期望我能出息得管点事，像二舅那样有能力帮大家做点事。父亲是教书先生，他没有说出当家庭妇女的母亲的话，他的嘱咐是一定要读好书，考大学，有出息。蔬菜社的人们生活都很富裕，但不重视读书，因而没出过什么像样的人物。父亲和母亲虽然说法不一样，但目的都是期望我能出息成个有用的人，不光自家有用，而是对大家也能有用。现在我在家乡人眼里算是出息成个人物了，不然怎么会千里迢迢搬了岳父来求我办事呢？

现在我能办点事了，却越来越不愿替人办事了。想想小时候家里日子艰难求人的难处和得到人帮助时的感激之情，现在真是有点辜负了父母的教诲和期望，且不说党和国家的要求了。本来生活上比一般吃住都犯愁的老百姓已好得许多，但还总是发牢骚，不肯尽全力为大家做事，真是有点忘本有点对不起父母，要得病呢！

面对烧给父母的纸钱这样一想，既悔又悟，还突发出一个奇想，这么多烧纸的有没有人想到给雷锋烧点呢？他可是没有亲人和后人了。他一生做了那么多好事，若烧纸的人里没一个想到给他烧的，那有多悲哀呀。

于是，我把已划着了的火柴又吹熄了。我从那些分叠好了的纸钱里又分出一份，再用笔写上“雷锋收”，然后才一一烧了，并且一一念叨了请他们收钱的话，还给他磕了头。此仍无意恢复什么迷信礼仪，只是为了巩固一下自己的诚心而已。我还想，给雷锋磕头也是应该的，他60年代去世时就22岁了，到现在也是正儿八经的长辈了。

老姨边烧边说我心眼好，还赞同说真是该给雷锋这样的好人烧烧纸了，来沈阳的火车上有的小青年就瞪眼看她老太太站着。

我没再说什么，也不想说什么了，只是默默反思着自己。父母活着的时候盼我有出息，用古人的话诠释一下不就是期望我“生当为人杰”吗？为人杰而不为人民做更多的事情，你这人杰有什么用呢?

清明节那夜的纸，我烧得十分虔诚。之后我回了趟故乡……

（原载《解放日报》朝花时文副刊）

“哎呀”一声忠实去

2016年4月29日清晨，一则微信传来的噩耗让我“哎呀”一声，嘴就张着不动了，一连串的“哎呀”声随之传来，将我的心之鸟一声声呼唤向远方。

大约5年前的春天，我登上了西安郊外的白鹿原。在高耸入云的白鹿碑下站定，往日一欢快便想开玩笑的心情却悄然溜走，心下不由暗自“哎呀”了一声。那次暗自的哎呀，不是我的东北口音，而是10年前走在江西赣南红军长征路上的中国作家采风团团长陈忠实先生发出的，前面的“哎”字要比后面的“呀”字重得多，是被浓醋啊烈酒啊老辣子啊羊肉泡馍的老汤啊，日久天长混合浸泡而成的陕西味儿，那绝对是经白鹿原的长风与灞河劲水熏染而成的陈忠实的口音，与我认识的别的陕西文人如贾平凹、雷抒雁、雷达、白描、白烨、王蓬、邢小利等都不同。10年前那次重走长征路采风，我是陈忠实手下一名团员，过后我曾在《过梵净山》一文中把他独特的“哎呀”戏译为相当于古汉语的“呜呼”，所以，一激动了，大家便一起（连另一位团长张健也带头）学他口音连声呜呼一阵，以示对他“哎呀”的呼应。而我在白鹿原这块文学高地暗自发出的这声“呜呼”，源头就在那次重走长征路。

与作为团长的陈忠实同走了一段江西并贵州的长征路，才有了后来无数次近距离细细端详他这块白鹿原上文学之碑的机会。他抽的烟是格外粗壮的雪茄，还随身带一个装了浓茶的大水杯，这两样提神的东西使他眼睛总是亮亮地在深思，却很少有话，会上也很少有。一旦忽然有了感触，通常也是前面所说那样“哎呀”一声了事，其余都留着力透纸背，或说给确能听懂的人了。至今清晰记得，过梵净山时，当地政府安排了叫作滑竿的简易轿子抬我们翻山，大家都不好意思让人抬，但都没办法拒绝，人家说这是为了拉动经济，好让挣不着钱的农民工得几个工钱。陈忠实没坐，他说身体不舒服，不能和大家一起翻山了，就从山下绕到对面和我们会合。当我们一群坐过轿子、“压迫”了农民工的人和他会合时，我和山西的葛水平请他坐到放在路边的滑杆上歇息一会儿。他刚一坐下，我和葛水平却趁其不备抬他在大家面前走起来，他急得“哎呀哎呀”叫停，还是被我俩抬了好几圈，惹得大家齐声呜呼了一阵子。其实他这个农民的儿子，是最不好意思“压迫”农民工的，才没和我们一块儿翻山。我们却非让他压迫了我们一会儿，心思当然是出于对他的尊敬。那一路上说了太多兴高采烈的话，原因当然和《白鹿原》的作者是团长有很大关系。但那次我却没单独和他说多少话。一是很累，二是我自觉不配浪费他的宝贵时间。但从那以后，每次中国作协开会，我都要和江西陈世旭一同到他房间坐坐，陪他喝杯啤酒或茶，就是表示一下对文学老大哥的尊敬，但也因此逐渐有了感情。记得有一回我自己去他屋里坐，他一口一口抽雪茄烟，我陪着一口一口喝茶，却没几句话。后来他忽然对我说，你该好好写一部长篇。我知道这话的分量，他是指垫棺当枕头那种长篇，我何尝没想过。其实我在长篇处女作《绿色青春期》后，又有个长篇稿子在手里放了多时，只是一想到他那砖头样厚重石碑样高大的《白鹿原》，便丑媳妇不敢见公婆了。后来他说他自己也打算再写部长篇小说，我却表示了不赞同，说再写那么沉重的东西，会把他自己压垮的。较长一段时间后，我还是悄悄把放手里好一阵子的长篇跟他说了，就是上海文艺出版社刚看过的《不悔录》。所以跟他说，是因编辑部看后很感兴趣，想出版但有顾虑，建议我找位著名评论家写个序，再找位著名作家写段评语。我清楚，《不悔录》不该是他希望我写的那部长篇，不想他却满口答应，并很快写了一段至今让我感念不已的话印在书上："刘兆林是位经遭过生活磨难，阅历丰富的真诚作家，却又永远有着乐观襟怀和幽默情调。他曾以小说《啊，索伦河谷的枪声》《雪国热闹镇》和长散文《父亲祭》震撼过文坛，也震撼过我的心。他的长篇小说《不悔录》，又使我受到一次更深刻的感动和震撼。"不用说，这段评语，我既感动不已，又羞愧难当。我不会大言不惭地认为他真就受到那么深刻的感动和震撼，其中是会有感情因素的。但我敬重他的感情，我觉得他的感情很纯粹，很真诚，给了我很大继续写下去的鼓舞。

因了这份感情，才又有了后来陈世旭约上我，分头飞往西安，共赴老大哥的“摘樱桃”之邀。他在电话那边是这样说的：“白鹿原樱桃熟了，你和世旭来原上摘樱桃吧！”我们就千里迢迢去了。到后他问我们除了摘樱桃，还想看看啥。我和世旭不约而同说最想看白鹿书院和他乡下旧居。旧居我在他自传式的创作谈《寻找属于自己的句子》里已反复领略过，如能亲眼看看则最为如意了。他却又是一声“哎呀”后说：“我的旧屋子没什么好看嘛，先看看书院就去原上摘樱桃吧！”第二天，他就带我们直接上了白鹿原。一同上原的，还有他邀来的人民文学出版社原副总编辑何启治，他是《白鹿原》的责任编辑，还有来西安参会的评论家白烨。人多了，想法仍不谋而合，还是都想看看白鹿书院和陈忠实的乡下旧屋。陈忠实仍是那一声“哎呀”说：“我的旧屋子有什么好看嘛，先看看书院就去原上摘樱桃！”这便是陈忠实，人越多，话越少，越执着。

忠实老大哥把我们引进乡间古朴风格的白鹿书院，领我们挨间屋子看了看，便叫我们坐到庭院的凉棚下喝茶，吃黄瓜、西瓜、瓜子、小西红柿和樱桃。那樱桃颗颗如山杏子大小的紫玛瑙或红珊瑚，我以为就是白鹿书院种的呢。环顾一番才明白，环抱着书院的大园子，种有芍药、月季、西蕃莲、毛桃和矮松树等等，这就等于书院是建在花园里了。对怎么办书院，身为院长的陈忠实只字未提，倒是主持书院学术研究的《小说评论》副主编邢小利热情向我们介绍说：“白鹿原上办白鹿书院，名至实归。陈老师在《白鹿原》里写的白鹿书院和主持人朱长山先生，都是有原型的，其原型是蓝田县清末举人牛兆濂主持的蓝田‘芸阁学舍’。而这个蓝田县，自秦设县以来一直沿用至今，蓝田学舍是在为宋代著名的吕氏四兄弟状元学者吕大忠、吕大防、吕大钧、吕大临修的‘四献祠’基础上拓修而成。四兄弟中，吕大临创造的哲学‘合二而一’论，曾被新中国哲学家杨献珍发掘并推崇，后又受到批判，在全国形成一次‘一分为二’与‘合二而一’的哲学大辩论。由‘四献祠’到‘芸阁学舍’，再到小说中的‘白鹿书院’，到现在白鹿原上的白鹿书院，历时千余年，而神脉不断，这就是对中国文化精神的薪火传承，薪尽而火传，灵魂不灭。《白鹿原》中的白鹿终于回到了白鹿原上，实现了陈老师的心愿。”对邢小利这些说法我们频频点头，陈忠实却不时“哎呀”一声，以示这些美好想法能实现多少还不一定。

临要离开书院时，擅长书画的邢小利执意让我们每人都留下一点墨迹。世旭写的是“汉唐雄风”，当然是赞美《白鹿原》的，很大气。我写的只是“寻句白鹿，不亦乐乎”，“白鹿谁云不还童，原下灞水尚能西”。我这两句，写得小气，但也是由衷写给陈忠实老大哥的心迹。他曾写过一本专门谈《白鹿原》创作始末和感想的书，就是前面我说到的自传式心血创作谈《寻找属于自己的句子》，那可真如割破血管从身上放血一样珍贵的经验，读后感到这部书才是打开陈忠实人生密码与写作密码的最佳钥匙。此时能坐在白鹿书院和陈忠实先生一块儿喝茶聊天，怎能不再次想起“寻找属于自己的句子”的新意，和他期望我能写出的垫棺当枕头的书。

在白鹿碑前只站了一小会儿，就有个年轻人跑上前说，陈老师有事我帮你跑腿啊。陈忠实问他是谁，他说是原下的乡亲。看来，原上原下许多人都认得陈忠实，没见过的，也家喻户晓他的名字了。他谢绝了人家好意，就陪我们碑前碑后转起来。

明媚的阳光把我们几个人的影子投映在坚实的原土上，使我更加感觉脚下自己的身影的单薄。而细看阳光下的陈忠实，苍硬的头发衬着沧桑脸上炯亮如炬的眼，不禁想起何启治先生讲的一件事。有位青年作家读过《白鹿原》后不知陈忠实是否还活着，便给他写信谈感想说：“50多万字的《白鹿原》，简直字字都是蘸血写出的，即使作者活着，恐怕也要累吐几次血吧？”此事让我想了许多。在长篇小说年以千计的时下，作家们实在应该写得慢点，再慢点。

因为我们在白鹿书院和白鹿原碑流连时间过长，陈忠实反复说摘樱桃的事儿却没时间了。他只好在樱桃园为我们每人买上两大盒樱桃，叫带回去品尝。人说樱桃好吃树难栽，我却认为，应该是樱桃好吃果难摘才对。虽然现在的改良樱桃比老品种大了许多，仍是不好摘的。我们千里迢迢来摘樱桃，却没亲手摘上一颗。

离开西安前那个清早，我抽空到古长安城下的菜市场闲逛，远远听见有壮年男子扯嗓子喊，白鹿原大樱桃啊，好吃不贵……我赶过去，竟见青青古城墙下，卖主的驴车上，还插着一枝硕果累累当幌儿用的樱桃。听我说认识白鹿原下的陈忠实先生，那男子二话没说便允许我摘了，我不由心下又是一声“哎呀”。

哪想到，那一声声“哎呀”，竟成了我今天的哭声！

2016年4月29日　改写于沈阳

（原载2016年4月30日《人民日报》大地文艺副刊）

往事如荷

不知何故，作家们的代表大会，届届都开在旧年底与新年初交接的日子。这日子又一次临近了。不知不觉间，我宁静的心湖竟探出朵朵荷花来。这个我懂，就如冬眠的莲荷在春风里的复活。

1 春天来了

1979年11月，与全国四次文代会套开的全国三次作代会，标志着迟到十年的中国文学又一个春天到来了。我作为中国人民解放军年纪最小的代表，与数百名年长于我许多的作家们一起虔诚地低了头，向被林彪、“四人帮”诬陷致死的53名老作家、评论家、翻译家长时间默哀。此前，那些被默哀的老作家我一个没亲眼见过，但不少名字和作品一直在心中熠熠生辉，如老舍和他的《骆驼祥子》，多像生命力顽强的莲荷，不朽在北京的未名湖，也永生在人民大众的血液与心灵中。记得和大家一同躬身默哀的作家中，主席茅盾先生和他的《子夜》《春蚕》《早春二月》等等也在我心中放着异彩。这些老辈的默哀者与被默哀者的文学精神与才华，如出淤泥而不染的莲花，默默地深深地溶在我的血液里，使我年轻的心比以往跳得正常了。年龄所决定，我注定当过批判“文艺黑线”的红卫兵，但那是时代规定给我们那一代高中生的必修课，虽然我们都曾口诛笔伐过“文艺黑线”，但“黑帮”们如莲蓬如荷花的不朽之作，在我心底从没真的死过，一遇阳春气候，必定会复活。记得我会间小组讨论发言和会后写的文章题目，都是“与‘瞒’和‘骗’的文学告别”。

那次代表大会对于我，确如阳春天气的一次复活节。许多如雷贯耳名著的作者，他们被抹黑的名字又真切出现在庄严的选票上，并活生生地站在我的前后左右，任我尽情崇敬与圈点，好惬意，好惬意。那时的选票，跟现代化毫不沾边，所有程序都是手工操作。因为年轻，我有幸被大会信任为计票员，记得曾当过小八路的作家邓友梅先生，是监票员。不足五百人的选举，我们一伙唱票员、监唱员、记票员和监记员，一丝不苟忙活了两遍，到深夜才准确统计完毕。第二天在会场、饭堂或院子里再见到被自己一笔笔记过票的主席团和理事会当选者们，我都会暗自兴奋一番，觉得自己作为一名当过计票员的代表，更有资格崇敬他们了，好像从前的崇敬是没资格的。公布当选的主席团名单是：主席茅盾；第一副主席巴金；副主席按姓氏笔画排列为丁玲、冯至、冯牧、艾青、刘白羽、沙汀、李季、张光年、陈荒煤、欧阳山、贺敬之、铁依甫江。另外还有一群鼎鼎大名者如柳青、马烽、马拉沁夫、王蒙、刘绍堂、孙犁、陆文夫、徐怀中、魏巍、李凖、李瑛等等一批作家和诗人为理事。那一长串名字连同真人形象以声音再次在心头深深打了一遍烙印。尤其这样一个细节让我至今记忆犹新：一位年事颇高满头白发拄着拐杖颤巍巍走进四次文代会三次作代会同时开幕的大会场卫生间小便池边，与我相挨解手时，听有人称他朱光潜先生。朱光潜？！我不由大吃一惊，肃然起敬，一时解不出尿了。不是失禁解不出，而是唯恐失敬而不好意思解了，我知道他如雷贯耳的美学家大名！但看他站在池台上好一会儿都解不开裤带，好不容易解开了又点点滴滴难以解出的情景，让我也难以把他与他的美学著作和谐联系到一起了，不禁感慨，努力呀，不能躬身于解不出尿来的前辈面前也解不出尿来啊！

大会期间，团中央特意为30岁以下代表安排了一场联欢舞会。那时的舞会算是新生事物了，我受到邀请，但手拿请柬却犹犹豫豫不敢参加，是一位老领导要走我手里的京剧票，我才红着脸硬了头皮去的舞场。30岁以下代表不多，舞场人便也不会多，我坐在角落里，看人家跳了一曲又一曲，就是不敢下舞池也跳上一曲。直到最后一曲已奏响好一会儿了，我心血才忽然来潮，决心跳上一圈，以免遗憾。就在此时，舞会结束了。事已40多年，我仍遗憾自己思想解放的步子太慢太慢。

2　开不败的花朵

2006年，11月底，全国第七次作代会在北京召开时，年过百岁的巴金主席已经辞世。此前的六代会，巴金主席便因病未能出席，他那次的祝辞，是别人代为宣读的书面稿。所以，七代会最先一件事，当然就是向巴老及六代会以来去世的作家们默哀。但此次被默哀者已没一个被诬陷迫害至死者了。仁者寿啊！百岁而安然辞世的巴老在作家们心中已是永生的。百岁的巴老肯定也会为小他50岁的新主席候选人而祝福的。新主席人选是众望所归的上届副主席铁凝。说她众望所归，有当年主持换届的中国作协党组书记金炳华悼念另一副主席陈忠实的文章可以做证。文中说，征求陈忠实对新主席人选意见时，他推举的是铁凝。炳华书记说也有人推荐了他，而他说，铁凝同志年轻，比我更合适。更合适的铁凝果真在近千人的大会选举中高票当选。

七代会选举的票箱已十分现代化了，投票口严密得与制式的选票宽度以至厚度严丝合缝，想投进一张假票或多投一张真票都绝无可能。当开始投票的乐声奏起，主席台前排同志起身投票时，有工作人员走到已90多岁的马识途先生身后帮助起身，不慎碰倒了坐于马老身后我桌上的茶杯。刚刚用开水泡上的一杯滚烫的茶，一下淹了桌上我那张选票。当轮到我站到票箱前投时，那张泡肿的选票怎么也塞不进去了，后来只好交给选举工作人员处理。

三代会时那种一张张唱票计票的方法早不用了，投票结果很快公布出来，上千人的会场爆发出热烈而有力的掌声，仿佛中国文学一下年轻了50岁。新主席在新一届主席团和全委会上谦逊、热情、沉着、全面、感人且有文采的讲话，让大家感觉，新的领导集体似忽又成熟了50岁。到底是年轻了许多，还是成熟了许多，反正十年光阴匆忙并兴高采烈地过去了。我已由对老前辈崇敬得一时解不出尿来的青年，变成对优秀中青年作家们自愧不如的老代表了。记得离会那天见到的一个细节被我平静地摄入傻瓜相机，至今犹在眼前：在代表下榻的酒店门口，正好遇见90多岁的马识途先生被铁凝主席搀扶着准备上车返程，一老一少，一个笑声朗朗，一个关爱有加，诚如即将分手的亲情父女，让人感到作家协会有如作家之家。

十年过去了，中国文学以从来没有过的英姿走向了世界。中国文学迷人的花朵永远开不败。

2016年11月20日　草于沈阳听雪书屋

（原载《文艺报》2016年11月30日副刊）

轮　声

二十几岁时的光阴，于我已十分遥远了。而那遥远时光里的轮声，却常于梦中或眼睁睁时又在耳边响起。仔细想来，那该是一种沉重的铮铮铁骨之声！

那时我在内蒙古科尔沁右翼前旗的索伦从军。索伦，是白阿线上的一个大站。白阿线，是吉林省白城市通往中蒙边境阿尔山镇的一条铁路线。比我二十几岁时更遥远的当年，日本侵略军曾派重兵长期占领过那一线，不仅有日寇的军营、火车站，还有巨大的军需仓库和多处飞机场。苏联红军很大一个军团就是沿着这条线路开进中国与日军作战的，所以白阿线一带，既残存着日寇的侵略遗迹，又保留着苏军烈士墓。我们部队之所以从辽南沿海调驻白阿线上，就因为当时“苏修”变成了我们的头号敌人。我们到那儿后的一切，便都得从打仗出发，无时无刻不在防备敌人的突然袭击。不过确实没有白防！中国百年屈辱史上，与称霸世界的超级大国领土之战，那是我们第一次得胜，不仅震惊了世界，还令恼羞成怒的苏联当局撤职了自己的一个元帅。那等于是我们用自己的骨头打倒了敌军一个元帅啊！虽然我所在部队并没直接参战，但那是我们所在沈阳军区打的，争夺的不过是中苏边界上并不比钓鱼岛大多少的一个小小珍宝岛，但我们赢得了自立于世界民族之林的莫大尊严。不再受割地赔款之辱的梦想，在那一战中成为了现实。所以，那时我们边防军民，人人都心甘情愿地日夜处于战备状态，这也使本来平平常常的生活，时刻充满了紧张。

多么平凡的事，一旦加进紧张因素，自然也增加了惊险。回想我在白阿线上那些惊心动魄的历险，如果把时代背景抹去，肯定一件也不会发生了。可历史背景是无法抹去的。

当时我是我们守备师炮兵团的新闻干事，我的全部任务就是采写新闻稿件，并只争朝夕地求得发表。新闻稿件最讲究时间性，所以我每天都得抢时间，几乎达到了分秒必争的程度，常常是等不及通过邮局正常寄发稿件，多是利用当天的火车从速送发。从我们驻扎的索伦往上，还驻扎着好几个团的部队，所以每趟列车上都不会没有军人乘客。有时来不及上车找军人捎，就求列车乘务员帮忙。特别重要的稿件，就得我亲自赶火车送往省会长春，或军区所在地沈阳了。有回为了找个认识人捎走稿件，火车已经开动，我还没来得及下车。等我挤到车门时，车轮已经飞转起来。我不顾乘务员制止，纵身跳下车，虽然没造成事故，但胳膊肘和膝盖都擦破流了血。还有一次，已听到火车即将进站的笛声了，我还没粘好信封。我带另一名报道战士挣命跑进站台时，车轮又已转动，我俩就在车尾拼命追啊追。那是冬天，我们穿着棉衣和大头鞋，车越跑越快，我们却越追越慢，最后只我一人勉强抓住车尾扶手，让车长给拖了上去，心动过速得就差没从嗓子眼儿蹦出来了。那位报道战士是南方人，穿北方的皮大衣和毛大头鞋时间不长，任怎么拼命也抬不动腿了，眼睁睁看他被扔在了车下。这位战友后来被解放军报调去当记者，不幸牺牲于赴藏采访的车轮下。如果换成现在的时代背景，这种事不仅丝毫意义没有，而且简直就是笑谈。而那时，许多人就如此真诚地苦干着。因为干得特别真诚，所以实在难以忘怀。

最难忘有一次，我连夜赶往沈阳给军区报社送稿。那正是中国北方最为寒冷的冬季，我穿戴着羊皮大衣和羊皮帽子，连脚上的大头鞋也是羊皮的，手上戴着用布带挂在脖子上的羊皮手闷子，这些防寒衣物足以说明，内蒙古的白阿线一带，冬天会有多么寒冷。车窗上的霜花厚得看不见窗外，车窗逢儿也被很厚的冰霜焊死，用手使多大劲儿也别指望能开启它。车内的厕所个个冻结着石头般坚硬的大便小便，想想深夜奔驰在兴安岭山谷的列车外会是怎样的奇寒吧。

车里十分拥挤，不少人站在过道上，谁想通过一节车厢必得花费好大气力。我没吃晚饭，很饿了，想过到餐车去吃点夜餐，而餐车和我所在的车厢还膈着四五节车厢呢。我便头脑简单地想了个简单办法，当火车在一个小站一停，就跳下去，通过站台直接奔向餐车。等我奔到餐车下一看，天啊，餐车那节车厢的门没开！不仅没开，而且也像每个车窗一样，被冰霜焊得严严实实。那个小站只有两分钟停车时间，我想往回跑时，车轮又转动了。站台很黑，没人发现我是怎么回事，而我带的东西，包括要送的稿子都在车上的挎包里，这使我不可能改乘别的车了，匆忙中只好纵身跳上餐车的外踏板。抓住车门扶手时我才意识到我连手套也没带呀！幸亏我的手很干燥，不然零下30多度的铁扶手会把我双手沾下两张皮的。白阿线大草原的夜风敌我不分，太冷酷无情了，我的双手很快被它吹僵。我急中生智，把双臂插进宽大的门拉手中，并且把双手相对抄进棉袄袖里。手是保护起来了，可冷酷的风肆无忌惮地穿透了棉衣和棉鞋，很快全身将被冻僵，以致冻死。餐车的门玻璃也冻了一层厚霜，我只能借灯光看出过道里排队买饭人们的身影，但我没法儿松开手去敲门。我只能用脚踢。那微弱的踢声完全被饥饿的轮声吞吃了，好半天都没能引起车里人注意。我冒险抽出一只手来，摘了帽子，以头撞窗，同时声嘶力竭大喊。靠近车门的人终于发觉了我，可门缝被冰霜死死冻住，胶粘铁焊一般，我都听见里边拳砸脚踹声了，门就是开不了。哪想得到那门是用一条很结实的木板别住后，连木板一块儿冻住的。不管怎样，里面的人发现我了，而且心齐得很，呼喊着很快把门撞开了裂缝，又呼喊着撞断了别门的木条，但那门仍死赖着不开。我脸和脚都已冻木，后来听里面有人建议紧急停车。我受着感动，一时心热得不行，身子似乎也烘烘地热了起来。车门终于打开了。我在轰隆隆轰隆隆的轮声中，被齐心协力的人们拽进了餐车……

体验到了危难之际渴望救助的心切，也体会到了得救时的感激之情，因而一遇谁有难时，我便在那轮声呼唤下尽量把自己并不怎么有力的手伸出去。我想，不管以后的列车是否还有轮子，自己心底那遥远的轮声，不该绝响。

2014年6月6日　于沈阳听雪书屋

（原载《解放日报》《朝花副刊》2014年7月10日）

大沟乡风景

大约十年前，我在沈阳和辽阳交界的大沟乡，买了两间早已无人居住的小泥屋。那是离乡上还有十多里远的臧双台子村唯一一座茅草苫顶，拉禾辫垒墙的黄泥小屋，烧火炕，饮用从窗前土井里手提的水，除窗上的几块玻璃和挤住被炊烟和岁月熏黑的窗框的那几十块砖，其他都是东北的原始风貌。因小村最初以臧姓人为主，并设有两座遇敌情点狼烟的烽火台而得名臧双台子。

这是东北大平原上普通得不能再普通，没有丝毫奇特之处的小村，夏天如浩瀚绿海上米粒大一个小岛，冬季就像抛锚茫茫雪海里一只小船。染有烽火岁月味道的村名，对一个从过军的男人也是有点魅力的，我便花不到三万元人民币买下了。村里人却不理解，农民弃之不住的破泥房，你个省城人偏要买来住，图什么？

我图的是可以不像城里人，家家挤住在狭小的“空中”，每天连一小时接到地气的工夫都难得。还图可让自己只用于纸上谈兵的手，也能用于脚踏实地干点活，治治常年活在“空中”而积下的一身毛病。因此一到双休日或节假日，我都要到苏家屯管辖的这臧双台子住上两天，退休后便随心所欲地住了。只要一住下，就可日夜贴地生活，处处自己动手，事事求助左邻右居，想脱离体力劳动都不可能。一来二去的，多年积下的各种身病和心病，先后不翼而飞。

原先，整天坐办公楼里，喝的是别人烧好的自来水，上下楼有电梯，出门有车，洗澡花几个钱就有人给搓，开会见到的人，都是每天夸夸其谈，动口不动手，却心情总是苦不堪言的脑力劳动者和管理者。这个群体，不是患有肩周炎抬不起胳膊，就是脂肪过剩蹲不下身子，或者高血压、高血脂、高血糖，再不就是神经衰弱睡不着觉的，等等，心脑血管也多不怎么好。而一住到村里最简陋的泥屋，去哪儿都是步行，顶多是骑自行车。上厕所必须得蹲，用水也必须自己从井里一桶桶提。现在虽已用自来水了，但洗澡也要烧水或阳光晒热的水，浇地冲厕所仍得从井里提水。培垄、点种、锄草、摘瓜果蔬菜等等都要低头弯腰，每天这样下来，全身的筋肉和血脉都舒展开了。开初累得浑身酸痛疲惫，长了便浑身舒服有劲。尤其随时入眼的景物，多叫你赏心悦目而不添烦恼。

我坐窗前写这篇文字时，纱窗上正落着一只蝴蝶在扇动翅膀，窗前樱桃树上蹲一只绿头红嘴鸟儿，与晾衣绳上一只麻雀唧啾着什么。盛开着白花的土豆地里，一只花翅大喜鹊在仰脖静听，但并不插言。偶尔一只白猫匆匆从葱垄间跑过，后面追着一只比这猫大不了多少的小黑狗。小黑狗追到园子边没追上白猫，便跑向水沟边去戏弄几只刨食的鸡。井边一株红牡丹下趴着我家那只小黄狗，责任心极强地守护着院里唯一一朵盛开的大红牡丹，防止鸟儿们前来践踏，但一见追猫不成的黑狗又去戏弄鸡，便忘了护花，而箭一样向鸡那边射过去。空中成群的燕子不和猫狗们一般见识，忙着在空中翻飞，像在提醒各家，夜间可能下雨，天有些旱了，没来得及栽种各种秧苗的赶紧趁机栽种啊！右边邻居家一棵大柳树上的布谷鸟飞到我园子里叫了几声，似来催促趁雨前赶紧补种些秧苗。

我的菜园小，又无大田活儿，什么苗也不缺，所以有闲心停下电脑将目光越过水沟的鸡鸣狗吠而望向远处。那是一条沥青公路在无边的绿野通往乡上去了。20多年前乡里统一把沙石公路取直，并铺成宽宽的柏油路，原来那条小蛇样的弯路就变成现在大蟒样粗壮的直路，可通省城了。

路边那座大房子是我家的隔院邻居。他家房前一座比住房高点的播种兼铲蹚机库房已派不上用场，但主人还舍不得拆掉，留在那里作纪念。那库顶是灰色的，库墙是红色的，与住屋后面那座比两层楼还高的大型联合收割与脱粒机库颜色正好相反——红顶灰墙。他家这座两层楼高的新机库，又和后院薛家那座比机库又高出一截的红顶白墙的新楼及楼下一间蓝顶白墙轿车库，在公路边生成一道高低错落、颜色起伏的风景。这风景与我家的两间低矮泥房又组成另一道反差很大的风景：城里人来接地气住老式泥房，而乡下人则向往拔高一层，住空中，又不离地。不过，我住的泥房虽然还低矮地蹲在地上，但已变了几次面目，先在原来苫的茅草上盖了层灰瓦，这样就既抗风雨又保暖了；后又在四面的黄泥墙上加了一层铁丝网，再抹上一层水泥，并粉饰了白涂料，既美观又防雨水冲刷而不用年年抹泥了。加上房前屋后栽了几棵别家没有的树，如桑葚、梧桐、樱桃、石榴，我那光秃秃的黄泥小屋已变成了绿树掩映的水泥白屋，虽仍然矮小，却不煞风景，也不羞于见人了，也在邻居眼里成了另具美感的一道小景。

因而不时有老乡进院来看看，并颇感慨地告诉我，这小屋初建时也曾是全屯爽眼的一道风景。原先穿屯而过的窄路小蛇样弯着，是从我家小屋前穿过的。在老乡眼里，路边房子既方便又体面，所以20世纪60年代来了一位本溪市下放干部，村里给他在小蛇样弯曲的路边盖了这座窗明几净、窗框外包了几块砖的泥房。20世纪70年代那下放干部返城了，又由他前来插队的知青儿子接着住。后来插队知青娶了本村媳妇也返城了，这房便几经辗转卖到我手里。

等这小房成了我的自疗所，也成了村人眼里一道小景时，我无意间又发现了一道风景。这风景是一个人，比公路边那道颜色起伏错落的外在风景更美。

有一回，天正大雨瓢泼，偏巧有个电子邮件急需发走，而我的无线上网卡又出了故障，去乡里找网吧发，我又没带身份证，另外那由瓢泼而变得倾盆的大雨，也让我去不了，就只好找后院邻居老冯帮忙。老冯最是热心人，谁有忙都找他帮。他一听上网发邮件，说这点事好办，我侄儿冯波家电脑能上宽带网。我问哪个是他侄儿冯波，老冯说就是咱村的“一把手”啊。我说我不认识咱村谁是“一把手”，老冯“嘁”了一声说，就是你家东院盖新机库那个一只胳膊！

我不仅吃惊，一下“顿悟”了好几件事：一是知道了那个断臂壮年男子叫冯波，而且是老冯的侄儿；二是惊奇村里的一把手竟少了一只胳膊。当时还联想，一只胳膊动手不便，正好适合当动口不动手的一把手领导。

老冯嘲笑我，你一天光研究怎么种菜锻炼身体了，村里一把手都不知道，真够“两耳不闻窗外事”了。咱村说了算的一把手是两只胳膊，一只胳膊这个“一把手”我侄儿，是机械化种田能手，一到农忙都找他！

我忽然自责，一个精神劳动者竟然没发现隔院住着个有故事的“一把手”。我问老冯，他一只胳膊，农忙找他帮倒忙不成？老冯说，你光看他家机库顶天立地好看了，没见机库里好几台大机器吗？春忙时找他蹚地播种，秋忙时找他收割脱粒，他比说了算的一把手还忙！我又吃一惊，他一只手怎么开那么大机器？老冯又“嘁”了一声说，就因一只胳膊，他才啥事都得靠机器，正应了一句话，农业的发展在于机械化！我侄儿这个“一把手”，是臧双台子机械化的“带头人”！

我便借到这个“一把手”家上网发邮件的机会，去串了次门。一进院见他正披着雨衣用一只手把个独轮车推得提溜溜随他转，可想他一只手开机器手艺也必然不错。

我从老冯口里得知，他侄儿冯波少了一只胳膊那年，才是初中生。冯波从小就心灵手巧，愿意鼓捣机械玩意儿，总是用巧劲儿帮父母干农活儿。17岁那年放暑假，他为减轻家里负担，到乡砖厂打工，右胳膊意外被砖坯机轧掉了大半截，从此成了独臂小伙子。在艺术家眼里，独臂的维纳斯是美。但一个还未成年的少年，哪个少女愿与乡间独臂的他过一辈子啊？

冯波并不因此想入牛角尖。他想的是不就是没了一只胳膊吗？这只胳膊是机器给弄没的，就让机器偿还这只胳膊！他又想，这只胳膊掉在了农村，就还在农村往回找！父母囫囵个养大了自己，自己却给父母弄丢了一只胳膊，自己一定要活得比父母有出息，才算父母没白生养自己一回！他还想，农民与工人比，不就差在工人用机器工作吗？自己也靠机器种地，不就是技术农民了吗？都靠机器谋生了，还有什么差别呢？他想透了自己这一连串反问，便立志一辈子扎根农村，从只手练骑自行车开始，誓做一个有出息的技术农民。

一只胳膊无法铲蹚播种，他便率先买了播种和铲蹚机，并且学会了用一只手驾驭。有些家，主要劳力都进城打工了，便找他用机器帮忙。他不仅帮助了别人，又多了种自家地之外的收入，日子竟过得比别家还好，所以连婚事都没用父母操心，有眼光的好姑娘主动嫁来，能干的媳妇使他又多了一只胳膊。两人齐心合力，一心琢磨怎样过上有出息的日子。他们想，脱离土地不是农民真正的出息，农民的真正出息，在于从事机械化大农业，于是又率先买了大型联合收割与脱粒机。他家各种农机具最全，谁家什么工具坏了缺修理零件，都好上他家去找。我就不仅去他家借用过电脑上网，还借过电烙铁、螺丝扳子等。几次上乡里买修房子的工具和农具类东西找不着车了，都是他主动用农机车给捎回村的。

冯波不仅率先在全屯买了播种机、铲蹚机、联合收割与脱粒机，而且率先在全屯使用太阳能热水器、电动摩托车、电冰箱、移动电话、电脑和宽带网……他虽一只胳膊，开机器，摆弄电脑，比村里谁都自如，那断臂的身影和自信的笑容，衬托着大沟乡葱茏田野里通向省城的路，成了我心中一道永难磨灭的风景。

写于苏家屯大沟乡藏双台子听雨庐

（原载《人民日报》大地副刊　2013年7月10日）

老来乐享大孤独

见谁都套近乎说是知音的人，也在说孤独，我想他所说的孤独大概是寂寞。连寂寞都耐不住的人，我想他不大可能体验到孤独，他说的孤独大约还是寂寞。经常有机会抢过话筒述说孤独的人，他所谓的孤独怎么可能不是寂寞呢。如果抢话筒述说出的孤独赢得了雷鸣般的掌声，他可能连寂寞都不会有。如果硬说有，那一定是他自己又新编了一部辞典。

我曾开“英雄所见略同”这句话的玩笑说，庸人所见才略同哪。英雄各有各的独到见解，且很难容得下别人的独到见解。就因他的见解太独到，往往得不到他人的理解，他便极为孤独，即使天天置身闹市也孤独。

“理解万岁”的口号被喊得那么响，恰反证了理解的不可能——声嘶力竭地千呼万唤尚且呼唤不出来呀！其实真正的理解只能是自己对自己的理解。只能是自己对自己的理解，那便是孤独。不少人脱口就说理解了别人，或说得到了别人的理解，其实多属误解，顶多达到了谅解，尊重，宽容，不与之计较，可以相安无事相处的程度而已。

估计大思想家都是很孤独的，他很难和谁同日而语。

孔子和庄子比，谁孤独呢？我猜想，孔子常有的是忧虑和烦恼，焦躁与不得安宁的劳碌。回答几千个巴望当官的弟子的请教就够他忙了，何况还得四方奔走，向各国王侯兜售自己的学说，希望能得到认可并得到重用。稍许的寂寞对他老先生可能都是难挨的。庄子虽食不饱人间烟火，却可与天地万物沟通：举茶与流水共饮，洗耳听清风歌唱，一切顺乎自然。他是孤独的，但他又超越了孤独，获得了自由。

孤独者中也有强弱之分。弱孤独者孤独到深处往往就自杀了，如画家凡·高，诗人玛雅可夫斯基，作家三毛……还有也当过大官但终究还属诗人的屈原。弱孤独者往往出自艺术家。艺术家的孤独多由善良和脆弱铸成。他们获得不了大自由。

庄子获得了大自由。孤独的司马迁敢与历史对话，也超越了孤独，获得了历史长河般巨大的自由。毛泽东也是个大孤独者。十亿中国人都说他的话一句顶一万句，都说祝他万寿无疆，都说海可枯石可烂忠于他的红心永不变，其实是不拿他当人看了。十亿中华找不到一个拿他当人看的，那是怎样的孤独啊。但他宁肯高呼“与人奋斗，其乐无穷”，把所有不理解他孤独的人统统战胜，也决不去干那种无能为力就一逃了之的自杀勾当。孤独的强者多在政治家、军事家里。他们的孤独主要由强力和雄狠铸就。

只有真正爱着同时又获得相应的被爱者才不孤独。但这几乎不可能。可能也是短暂的，实在难能。

孤独是一种卓越的精神。

孤独是一种超常的感觉。

孤独是一种超人的行为。

因为我的庸俗，很难真正感到孤独了。即使偶尔感到一点，那也是弱者的孤独，不敢去深求。恐求深了走火入魔，达不到自杀反弄成有的人那样，没给后代留下什么精神和物质财富，却患了给亲人及周围人造成极大危害的精神病。

老来乐想大孤独吧。

（原载《鸭绿江》文学月刊）

第2辑·家事

父与子

你终于死了吗，父亲？你那日夜消耗也经久不衰的生命之灯真的突然熄灭了吗？我不敢相信这“喜讯”是真的。前天夜里还梦见和你搏斗，我和你厮滚在一起，在一个大江边的悬崖上，你往下推我，我拼命挣扎，挣不脱我就死死拽住你。你不再推了，再推就将同归于尽。可是我爬起来时竟将你撞下悬崖，你便如一块瘦硬的山石带着哨响落入江水。我喊叫着从梦中惊醒了，难道那一刻真就是你停止了呼吸的时间吗？我不信。但一纸电报分明地写着这“喜讯”：父亡速归。

父亲，你确实是死了！是到山上捡柴滚下悬崖摔死的吗？还是冻死在雪沟里，或是截车死于轮下，也许是触电、掉井……据说家乡已使用了自来水，没有辘轴摇水那种能淹死人的井了。不管怎样，你是死了。

我知道，把你的死说成“喜讯”，人们在感情上都不会原谅我的，可这就是我的真实心理。没有眼泪，没有留恋，只有你59岁的一生百感交集地向我涌来。从你咽气的时间看，遗体怕早已在火葬场的电炉里化作一缕青烟升入家乡浩浩的蓝天啦。我努力想让自己悲伤些，以为多看几眼电文中的“亡”字便能催下泪水来，可平时动不动就暗自流淌的泪水哪儿去了呢！只有你遗体化成的青烟和你如烟的往事在我眼前飞绕。那些往事，那些刻在心上刻出了伤痕的往事啊，我怎么会像法官审理卷宗似的审视着你那些往事！无情岁月何时默默将一个不道德的想法偷偷塞进我心室暗处的潜意识角落：父辈的死亡才会真正加快生活的进步；该死者的死是值得音乐家们谱成颂歌儿去纵情高唱的。

爸爸啊（是你最先在家乡那地久天长的小镇上让儿女叫你爸爸的，所以我从没像别人那样叫你爹或父亲，还是用爸爸这称呼和你做最后一次长谈吧），完全是为了让我、让兄妹们忘记你，我才奔回遥远的故乡为你送葬的。你的孙子正在读书，我把他从课堂领出来去挤火车。他也一点儿不哭，只是懂事地不在我面前说说笑笑了。火车上他见我和一个人说话时笑了一声，便悄悄问：“爸，你说小时候家里狗死了你都伤心地哭，爷爷死了咋还笑哇？”我的心被刺了一下，眼仍干涩干涩的。

是的，爸爸，我11岁那年咱家养的一只小黄狗死了，我哭得抽抽咽咽，饭都吃不下，你生气地骂我：“滚外边哭去，再哭我揍你！”那是非常非常寒冷的冬天，咱家外屋厨房用草帘子包着的水缸几乎冻实了心，如果像现在这样生活过得宽裕，那快要冻实心了的水缸当作一个盆景观赏是再好不过了，但那是盛着须臾不得离开的水的缸啊。“贫寒”二字做何解释用不着查字典，看看咱家当时的水缸就知道了。即使在厨房小黄狗也冻得直抖，晚上我把它从厨房抱进里屋，想让它在炕上过夜，你却给扔到地下了！深夜，里屋也冻人，得把头缩进被窝里才不致冻醒。小黄狗在地下冻得不停地哀叫，扰得全家睡不好觉。我还想把它抱上炕，怕你不让。这时，爸爸，我听见你下地了，抱起了小狗。小狗不叫了，爸爸，你不会知道，当时我是多么高兴，多么感谢你，我认为你也如我想的要把它抱上炕。可你推开门把小狗扔到外屋厨房去了。门吱呀关了，狗的叫声听来是弱小了，但我做了半夜狗叫的梦。早晨起来，那小狗僵硬地躺在水缸旁，永远地不叫了。我不由自主地哭了，哭得抽抽嗒嗒，你却扒了狗皮做帽子，把狗肉煮了让我吃，我哭得更厉害了，于是你怒视着我骂：“滚外边哭去，再哭我揍你！”爸爸，你不知道孩子的心。无论我怎样回忆，也想不起你和蔼而疼爱地抚摸过我的头，也想不起你像别的爸爸那样和儿子嬉笑着做过一次游戏。每见别的孩子攀着爸爸的脖子撒娇或骑在爸爸肩上做乘马游戏时心里都酸酸的，我就尽量给儿子些自由和欢乐，有次竟让儿子把我当电动玩具狗骑着。他在背上乐得前仰后合时，我又默默湿了眼睛，那无声的泪是因为自己给你做一回儿子却没得过父爱的委屈浓重得液化了。火车上我问你的孙子、我的儿子还记不记得爷爷了，他说怎么不记得，记得你脸色吓人地管束他的样子，记得你衣服总是脏脏的，也不愿洗澡，记得你总是一支接一支地抽烟，好像烟里有世界上最美妙的营养。你屋中总是被你吐出的烟云笼罩着，使人一进去就咳嗽不止。我跟你的孙子说，爷爷对你的好处怎么一点不记得呢，爷爷给你买过好多次东西吃！你孙子说那东西他一点都不爱吃，你非让吃，都吃吐了！爸爸啊，你那少有的爱施怎么也主观、严厉得让人成为一种负担。

一个白天半个夜晚的奔波，我和你的孙子赶回故乡的家，看见了装着你的又高又厚又俗气的大花棺材。啊，爸爸，原来你没火化。家乡不早就实行火化了吗？一直守候着你的小森弟弟说你什么遗嘱也没留，是乡亲们不叫火化的。乡亲们谁死了也不火化，据说头两年要求得紧，土葬完了的也都扒出来，可是火化后骨灰又都装进棺材埋进土里。乡亲们说幸好今年管得松，你才得以将身体完整地埋进土坟中。在我看来，那简直是压给你一座大山啊，我的忠厚善良而愚昧的乡亲们！爸爸，也不知你愿意土葬还是火化，你是读过书又教书的人，你该懂得科学。可是你没有遗嘱，不管你愿意怎样，反正已把你装进了棺材。棺身那恐怖的花纹棺前那阴森的灯火就是你不幸一生的缩影吗？不管生前幸与不幸，死都应该是美丽的结束，可你结束得这样丑陋。公元1987年了，在挂着“文明镇”牌子的咱们家乡当过教师的你竟还被装进棺材，将要压在土里。

爸爸，我打开了棺盖，和你的孙子一同最后看了看你的遗容。虽然你比我妈多活11年，也只有59岁。那头发、那眼睛、那嘴、那脸竟比159岁还显苍老。那牙齿、那手指、那腿脚，枯黄干瘦如一具风干了千年的木乃伊，只有嘴唇裂纹里的一丝血痕证明你三天前还是活着的。这时我才深信不疑，上帝是没有的，有的话也该诅咒他怎么会让一个他那辈中千里挑一读过书教过书的人活得这样惨不忍睹。我这时才流出一阵悲悯的泪来。

爸爸，我的泪滴在你脸上时，乡亲们把棺材盖上了。“盖棺论定”是中国的一句古语。爸爸啊，作为儿子，我该给你做个怎样的论定？

家乡年年如此的雪依然落着，一片一片，急急忙忙，像鸟飞，像蝶舞，棺盖上掀掉的雪又落满了，白白的厚厚的覆严了棺面，四周一片缟素。

你没有向我讲过你的童年。是奶奶说的，一岁那年爷爷用箩筐把你从山东挑到黑龙江。担子的一头是你，别一头是全部家当。你是七个孩子中最小的一个。姑姑、伯伯和奶奶跟着爷爷的挑筐走到漫野大雪的西集场落下脚，那儿有地种、有柴烧，干活就有饭吃。春天打了草、脱了坯，借些木头自己就盖了房子。不知西集场是什么时候有的，反正后来人们都说先有西集场后有巴彦县。咱家祖辈都是农民，爷爷奶奶带领姑姑伯伯们用血汗建立了家业就供出你一个念书人。县城的国立高中毕业，那时在咱们家镇上你就是最有学问的了，因而让你当教师、当校长。现在咱家镇上从职工到镇长凡当年念过书的都是你的学生，可谁的生活都没有你不幸。

大自然的规律应该是年轻人哭老年人，你却亲手埋葬过5岁的小儿子和24岁的大女儿，你哭得无声无泪却至今想起来还让我惊心动魄。

我5岁的弟弟你最小的儿子，27年前的冬天就死了，死于现在听起来令人难以置信的感冒。感冒会死人吗？那时候，你当家长的咱家就会。头两天我还抱着活蹦乱跳的小弟弟玩，玩着玩着就咳嗽不止，烧得脸如一颗滚烫的红杏，第二天就憋得咳不出声了，脸由红变得青紫，你这才叫我用手推车推上弟弟去医院看病。你没给我拿钱。你手里没钱。你每月不到50元的工资养着五个孩子和我们没有工作却多有疾病的妈妈。你还要抽烟，苦闷极了还要喝酒，咱家就很少有五角余钱的时候。你叫我先推去看了再说钱的事，说时嘴里还抽着虽然不贵却是盒装的香烟卷儿，那时候咱家的镇上抽香烟卷的人没几个，你每月的香烟钱就将近10元，拿余下的不满40元糊七人之口，细粮和肉蛋甚至荤油是不可能有的。咱家的大米和面都换了别家的粗粮，连国家发的布票也跟别家换粗粮吃了。没带钱，我用手推车推着弟弟去医院。医院离家二里路，还没进门小弟弟就不再呼吸了。不知你是否还记得我小弟弟的名字，他叫小瑞。小瑞没了光泽的死滞了的乌灰色眼睛还睁着，雪花落在眼珠儿上他也不眨了，青紫的小脸儿承接着一片一片缓缓而落的瑞雪。我就摇他的小手呼唤：“小瑞！小瑞！小瑞啊！”小瑞不吱声。我光流泪不敢哭出声来，我怕人们听见哭声都围过来看我们家的死人。泪水有几滴掉在小瑞睁着的乌灰滞死的眼珠上。我用手给他合上眼皮又往家推他。我把落了一身雪没了生命的小瑞弟弟抱到炕上，那是我有生第一次见死人。我的小弟弟，我们家中最有生命力的幼小希望变成了死人。那天我感到天低了，地窄了，雪是热的，火是冷的，电杆摇摇晃晃，嗡嗡作响的电线里流淌的是水。那时我还没听过哀乐，也没听说过哀乐这个词儿，只觉得风在呜呜咽咽地嚎。家里人都在默默流泪，没一个出声哭的，咱家的人都被生活压抑得性格过于内向而畸形了，似乎觉得不能把那不幸的哭声丢给人家当热闹听。只有我的胸膛、肺腑和喉咙一起控制不住地起伏作梗而露出抽抽嗒嗒的哽咽。妈妈泪水满面，从没擦过胭脂的带有许多在我看来十分好看的雀斑的脸被泪水冲洗得干净而难看，这是我生来第一次见过的大人哭。在我当时的思想里，大人是不能哭也不会哭的，每次我或弟弟妹妹们哭时爸爸你不是都说“我看你敢哭，不许哭，哭我揍你”吗？我们便将那由衷的哭声先是压抑得抽抽咽咽而后慢慢弱下去，直到最后停止。由于压抑，停止后嗓子总是又肿又疼。妈妈那天哽咽得嗓子都哑了，眼红肿得像两颗二十年后才见过的水蜜桃儿。那天我才懂死人是世界上最悲痛的事了，比死狗令人伤心得多，不然大人怎么会哭呢。爸爸，你没哭，但你烟抽得轻了，对我们说话也和蔼，没有像平时那样可怕地喊“别哭了，滚外边哭去”。我以为最伤心的事男大人也是不哭的，哭是女人们的事。我便也减弱了那哭，跟上你，肩着镐，迎着风，踩着雪，到咱家西边的少陵山脚下去给小瑞弟弟挖坟。以前我都是夏天到少陵山上去的，去挖药材，去采野百合花，去打柴。打柴总是你领着，你虽然是教书先生，买不起柴就只有自己去打。你总是愿意在坟圈子里打柴，因为那里边有人的尸骨做肥料柴草长得茂盛。坟圈子因柴草茂盛就更加阴森可怖，我总是一边割草一边猜测，防范着坟里会有什么怪物跳出来。那次，我却破天荒在冬天亲自为小瑞弟弟挖坟。大概就是从那次（也许是从小黄狗冻死那次）我心里播下了悲伤的种子，致使我直到现在还喜欢悲剧。

少陵山尽管夏天有蛇有狼有野蜂有各种虫子，但那挖不完的药哇，柴胡、狼毒、庞风、桔梗、地鱼……那采不完的花儿啊，黄花儿、野百合花、石竹花、山芍药花、耗子花、喇叭花……还有摘不完的野果，山里红、赤玫果、酸葡萄、野核桃、山丁子、托盘果……足以抵消所有令我讨厌的东西，而把它当成乐园。而冬天的少陵山真是太残酷无情了。八面山风上下左右横刮斜扫，一踩嘎吱吱响的硬雪把夏天暄松的土捂盖有二尺厚，铁石样硬。我们一锹锹从雪地里铲出一块块土来，你用镐刨，我拿铣挖。我的铣是挖不动的，就像蚊子用腿踢不疼老牛一样，你的镐下去也只能钻一小块土，就像蝈蝈一嘴下去只能咬下一小点点黄瓜肉。我们就这样你刨我挖整整大半天，只鼓捣出个灶锅那么大的圆坑，一只装着小瑞弟弟的六块薄板钉成的小方箱子放进去还露着一半，埋完土四只箱角飞檐似的还露着。我们手也僵了，脸也木了，再也无力把小瑞弟弟的墓穴挖深。爸爸，你说用雪埋一埋，等到春天雪化了土软了再重新挖。我们就用雪把坟培好，培得大大的，那形状我多年后知道了就像全世界有名的日本富士山。修完了埋小瑞弟弟的富士山，爸爸，你什么也不说领着我往回走，你总是什么也不对我说，要做什么就只管带着我默默地做，我有什么想法你也不问，好像我什么想法也没有或什么想法也不该有。往家走时日头快落尽了，冬天不温暖的夕阳照着小瑞弟弟的富士山。我想，太阳总是这样寒冷就好了，小瑞弟弟和他的富士山就会长存。家里少有地做了一顿有肉的晚饭，奶奶还拿来酒给你喝。爸爸，那肉也不知谁家送来的。你默默喝着酒，我悄悄嚼着饭，奶奶在唉声叹气地唠叨，她总是无休无止地一边干活一边唠叨，把一辈儿一辈儿传下来的神话、真事儿加道听途说的各种故事顽强地不知疲倦地往下传播着，那就是我们家的文化根源吧。那晚奶奶说在山东老家时也有小孩像小瑞弟弟这样咽气的，他爹用嘴卡住喉咙使劲吸就把痰吸出来，小孩又活了。奶奶边唠叨边后悔当时没用嘴给小瑞吸吸痰，说吸一吸兴许死不了。那一夜也不知你睡没睡，爸爸，我是睡了，梦见小瑞弟弟喉咙的痰被我吸出来，他又活了。这个梦我也没对谁说，说它有啥用。妈妈刚做早饭你就把我也叫起来，每天那时我都还睡着。你从柜里拿出一条没舍得用的新毯子叫我抱着，你扛了锹和镐领上我又往小瑞弟弟的坟走去。我以为你要用毯子把小瑞的坟遮一遮，免得无情山风把小瑞坟上的雪吹掉又露出那四只飞檐一样的棺角来。到了山上，你却把小瑞的坟扒开，把小瑞的棺材撬开，把小瑞的衣服脱掉，你用手捂着他的胸口，捂着他的喉咙，捂着他的小脸。爸爸啊，你又伏下身，把嘴贴在小瑞弟弟的嘴上，给他吸痰。山风从八面聚来，上下左右横穿斜跑，看你做着世界上最动人也最为愚蠢的举动。爸爸，那已经是人类历史的公元一千九百多年了，你在中学里当老师，还教过我生物课，你不知道你抱着的是一具在中国的最北方黑龙江冻了一夜已硬如铁石了的僵尸吗。你慢慢地，深深地，长久地吸着，用一种宗教式的虔诚。现在我才理解，你一定不是幻想能把儿子吸活，而是在向欠了债的儿子深深地忏悔而求得心灵的解脱和感情的平衡。不管你表现得怎样愚痴，我感动地原谅了你当年冻死小狗扒了狗皮吃了狗肉那种令我憎恨的行为。我把你从地上拖起来，和你一同用那条新毯子把小瑞包好，装进薄棺里，重又为他筑起一座富士山。啊，爸爸，恐怕那是你对儿女们最为辉煌动人的一次壮举了。以后虽然也感动过我几次，但绝没有如此的壮丽。再后来，你就无论如何也没法做出令我感动的壮举了。

爸爸，大芬死那是七几年你还记得吗？你大概不会记得了，因为你的精神已经分裂，只是刚刚出院处于短期的正常状态。我远离家乡当兵四年了，那时你和我妈先后患了精神病，妈妈先患的，你是后患的，什么原因我都不知道。上帝怎么那样狠毒，竟让我的父母都成了疯子而且连致疯的原因都不让儿女知道。小时候我把地主、富农、瞎子、哑巴，后来连富裕中农都算做坏人的，当然疯子也算在坏人之列了。说来幼稚得可笑，我在小学五年级时对一个挺好看的女同学挺有好感，六年级时得知她哥哥就是全镇有名的那个大哑巴，她在我心中的形象便罩上了阴影。轮到我的父母成为全镇著名的疯子了，咱们家在别的孩子眼中会不罩上阴影吗？肯定会的，不然大芬死时我回去埋葬她怎么没一家人上门给我提亲呢？别家的儿子当兵探家时提亲的一个接一个，我那时都当干部挣工资了，还不如一个战士值得人家上门提亲。大芬也是这原因，24岁了没人上门求亲，不是她没文化，也不是她没工作，她高中毕业不能到外边去工作，我是老大不在家，两个疯人维系着的家庭重担需要她来承担，她没出嫁却得像母亲那样缝衣做饭照料弟弟妹妹们。辛苦劳累不可怕，她守着你们两个没有正常理智的长辈，青春的苦闷没人诉说，孤独和抑郁何等残虐地无时无刻不在啃噬着她的生命。我虽说在外逃避了家务的重责，还总惦记着大芬。部队有个家乡的战友了解我，理解她，也看重咱家都有文化便愿意和大芬订亲，让我写信问她是否同意。

我发走信，盼她回信的时候，却收到“芬亡速归”的电报。我不明白上帝为什么这样屡屡坏我。我悲伤地为从小和我一起患难没享过一点欢乐便突然死去的大芬妹妹流着泪赶回家乡。那是一个灼热灼热刮着热风风里带着瓜果味儿的盛夏，我热汗洗湿八次军装又八次晒干赶到家。晚了，大芬已经入棺，已经入土，新坟就在跷着脚便能望得见的菜社瓜地边儿上。咱家在镇子的最边上，扒着柳条障子跷着脚往西一望就瞅见了溜平的绿地里兀地隆起的一座黑坟。爸爸妈妈怎么谁也没掉一滴眼泪，什么事儿也没发生似的，爸爸在炕上安详地抽烟，妈妈在园子里慢腾腾地摘菜。40多岁就一人一头白发的爸爸妈妈，白发隔着窗玻璃互相辉映着，好像大芬妹妹刚刚找到给菜社看瓜的美好工作并且新盖了三间大瓦房已经结婚了一样，爸爸你竟慢悠悠吐了一口烟问我：“你大老远跑回来干啥？”我忍不住愈加替大芬悲伤。我没法怪罪你们，我的爸爸妈妈，你们先后失去了正常理智！我不能在家里面对你们为24岁的苦命妹妹痛哭。我放下旅行兜就直穿那片很大很大如碧绿湖水似的瓜地走向大芬的新坟。夏天的土松暄好挖，又在平地上，那坟筑得又高又大不像富士山而像大地母亲一只鼓胀的乳房。我在坟旁全身剧烈抽搐着在心里哭诉着她的苦处，忏悔我把重担推给她没尽到当哥哥的责任。哭够了，我又直穿碧绿如湖的瓜地，记不得绊掉了几个瓜了。那瓜地是不许穿行的，看瓜的乡亲理解我的不幸什么都没说我。回到家我问你，爸爸，大芬是怎么死的，你竟不很清楚。说死前两天还啥病都没见有，第二天说肚子疼，你们就让她自己到医院去看。爸爸呀，难道你们不知道她性格内向，吃苦耐劳，不到万不得已的时候是不会向你们说病的吗？她自己走到医院，也没喊叫着说疼得要死，医生只给开了几片止疼药。爸爸，你们还以为她没事，叫她挑水做饭。第二天她就又拉又吐，捂着疼得不敢直腰的肚子在地上打滚，你竟说她：“没出息，逮着好吃的就往死里吃，还不自己上医院看看去！”大芬是自己捂着肚子弯着腰挨到医院的。那二天正赶上医生们去水库钓鱼，只一个医生值班，那医生叫大芬排长队等着，轮到她时已疼得站不起来了，医生检查时才发现已生命垂危，马上叫人抬到公共汽车站要往县医院送，公共汽车还没到来，她就惨叫着死了。爸爸，大芬死得那么惨你们咋安详得没事儿似的呀，问我回来干啥。我惦着人家向她求亲的事，她什么话也没留，我写的那封信也不知哪儿去了。翻遍她的日记，也没有，只在死的前两天写她又到奶奶的坟上去了，说奶奶的坟头已长了几棵小草。奶奶死去不久。奶奶是当时家里唯一能关怀她的人，如果奶奶在或许她不会死？大姑来了。大姑继承了奶奶的全部性格和习惯，凡事不管事前事后都要唠叨个没完，大姑说，大芬是个石女，石女是不能提结婚的，一提就得死。到现在我也不知石女是怎么回事，到现在我也不知大姑的话是迷信还是科学，反正大芬是在我给她提亲的时候死了。她是石女吗？大概是根据她死在提亲的当口而判定她是石女呢？还是知道她是石女才得出因为提亲她才必死的结论？我们谁都没细细追问就不了了之了。爸爸啊，好端端的活人，死的死，疯的疯，糊糊涂涂地死了，糊糊涂涂地疯了，面对24岁女儿的死，你和妈妈竟能泰然处之，你们得道成仙了吗？我伤心欲绝，晚上独自跑到田野里躺在温暖的黑土上，面对星空纵情而又不能放声地大哭。哭透了，平静了，我还躺在地上痴对苍茫夜空不肯起来，那夜空在我看来无论如何都像一座大大的坟墓，生的死的都是墓中人。是的，都是墓中人。爷爷不是头十年就把一口棺材做好了吗？放在外屋，天气一好时，阳光射在他的棺材上，他便坐到棺材旁边去，抑或是摘菜，抑或是磨刀，抑或是搓绳，抑或是捉虱子，仿佛生和死都是一样的，不过换个环境罢了，大概就像他当年担着你和衣物，率着妻儿从山东迁到遥远的黑龙江来生活一样。一颗流星在我眼前倏地逝灭了，还不如划根火柴燃得长久，那肯定也是颗极年轻的星星，要不它陨落时该会燃得长久一点，星星都在不停地死灭，只长一颗血肉心脏的人算什么。我忽然对爸爸妈妈对生死泰然的态度有了理解，不必追究你们是坚强还是麻木了，也不必责怪你们失职或是无情了，若不是上帝把你们好端端的脑袋弄失常了，你们怎能承受这太重的打击。也许该怪上帝，不是上帝叫你们双双失常，大芬怎么会抑郁成病，又怎么会有病而得不到及时医治草率死去呢？爸爸，在咱们那个缺少爱的家庭里，什么责任也是追究不清的，就像在这个神秘的世界上无法追究清楚你们糊糊涂涂就变成了疯子的原因一样。小瑞、大芬、奶奶，紧接着就是爷爷离我们去另一个世界了，不过就像远离家乡到遥远的异乡异国去工作不能与亲人见面罢了。爸爸，不要怪我，亲人们一次次的死亡和后来我的同志一个个早逝，使我也如你们一样可以面对死亡而泰然处之了。我的感情已经千锤百炼百折不弯失去了弹力，所以面对你枯如朽木的尸容我仍不悲哀。爸爸，尽管你对大芬的死能泰然处之，可我返回部队后立即就得知你疯病又严重发作的消息。我肯定，那是因为亲人的死对你残病的神经大刺激的结果。人非草木孰能无情，疯人也是人。

爸爸，尽管无情的岁月使你我都变得对死亡无所谓了，妈妈的死还是把我悲痛得折去了好几年寿命。妈妈是因为先于你患疯病的所以才先于你与世长辞吗？她比你早故十年，只有49岁。对于妈妈的死，我也不知该去怨谁。中国人实在是太多了，因而质量就实在太低，就人命如蚁般死得随便。在我童年妈妈还没疯时就为妈妈的病忍辱向我鄙视的人低过头。记不清妈妈那次是什么病了，反正是实在挺不住了（咱们家的人怎么都这样啊，各自的心事都装在心里，不到万不得已时是不会说的），那时她还没精神失常，她喘息着有气无力地叫着我的小名：“好孩子，你给妈跑一趟，到南街张大夫家请他来给我打一针，叫他张四叔，别啥也不叫！”我从没叫过他张四叔，我不想叫，我鄙视他，因为什么鄙视我记不住了。妈妈病那样，我不能不听她的话，我硬着头皮去了。我没叫他四叔只叫张大夫。张大夫正在吃饭，还喝着酒，听了我的话也没怎么抬头说：“今天忙，过两天再说吧！”我心里非常疼痛，妈妈在家喘哪，张大夫他忙什么？忙喝酒吗？我又带着哀声说：“张四叔，我妈病得起不来炕了！”“回去吧，知道啦！”我回去了，等到吃过晚饭张大夫也没来。爸爸，你吃过我做的晚饭又到学校去了。你怎么也没问一问我妈妈的病，我妈妈怎么不让你去请张大夫哇，大人的面子总比小孩儿大吧。妈妈知道光这样说一声大夫是不会来了，她叫我把屋外箱子里冻着的一个猪肘子送去。我不干，我实在干不了送礼求人尤其是我鄙视的人这种事。妈妈几乎哀求我说：“好孩子听话，你跟张四叔说我下不了炕，你爸又不在家，去！”妈妈那样子实在叫我难过，我忍着莫大屈辱抱上那肘子又去张大夫家。那对于我真比什么事都为难。我硬着头皮，咬着牙，含着泪，把肘子放张大夫家只说了句我妈叫送的就走了，像偷了东西似的羞辱地逃走的。一出他家的门我就哭了，我在心里发誓，不管将来干什么工作，有病人求到我我一定尽力而为。张大夫还算有人心，他来了，给我妈妈打了针。可是我不明白，那肘子他能吃得下吗？过了几天，爸爸，咱家来个客人，是你领来的客人，你要烀那肘子和客人喝酒，知道送给了大夫，脸就变了颜色，骂妈妈道：“老娘们儿发贱！”妈妈没敢辩白，掉下一滴泪来。我说：“爸，是我送的！”这一说，妈竟哭了。爸爸，你领着客人到饭馆吃去了，大概又是赊的账。爸爸，不知你在饭馆吃的什么肉，喝的什么酒。我给妈妈煮的小米粥，想煮个鸡蛋也没有，只放了几把饭豆。粥煮得烂烂的，又切了一碟白菜心，为了让妈妈吃得香点，我炸酱时比平时多放了些油。我把饭菜端给妈妈时说：“妈，我长大了挣钱都给你买鸡蛋吃，不给爸爸！”妈妈的眼泪噗噗掉进小米粥里，把金黄的粥面砸出一个个小坑，说：“好孩子，妈不想吃鸡蛋，小米粥好喝。你长大了，说个好媳妇，不能光对妈好，对媳妇也得好，记住了吗？”为了让妈妈高兴，我说：“我一定挣好多钱，说个好媳妇伺候你，你想吃啥就让她给你做啥，你们一块儿吃！”爸爸呀，我对妈妈的誓言没能实现真是终生遗憾。等我结了婚刚想接妈妈来享享福时她竟与世长辞了。现在我们有了许多钱她却一分也不能用了。爸爸，你知道吗，因为你对妈妈无情才使得你在我心中没有一点位置，你伤透了妈妈的心，所以到现在我还恨你。我的心头刻下了多少道妈妈在您面前或是背后流泪的不可磨灭的伤痕啊。记得有一回过年吃饺子，好像是你从饺子里吃出个瓜子皮（或是别的什么），便勃然大怒，一股气把桌子掀翻，饺子淌了一地，把妈妈和我们都吓哭了，我和弟弟妹妹去捡，你不让，还大骂我们。爸爸呀，如果你能再生一次，千万好好想想吧，你该认认真真为妻子和儿女们写一本《忏悔录》。爸爸，妈妈去世时也是冬天。给我拍电报时不知你是否知道，电文是“母病危速归”，那是怕我受不住打击才说病危的，爸爸，电文要是你拟的我该感谢你，你念那么多书，识那么多字，怎么从不给我写封信呢，如果亲手拍了那封电报我也不枉有一回识字的爸爸。那时我已经提了干，有了工资，我要实践童年时向妈妈许下的诺言。那是北方冰天雪地的冬天，我却花高价买了金黄的香蕉，鲜红的苹果，水灵灵的鸭梨还有一些我认为贵重其实在高贵大院的垃圾箱里常可捡到的药品，满满装了一大提兜，往家赶得急如星火，分秒必争，以为早到家一刻妈妈便可早一刻恢复健康。我下了火车又下了汽车，扛着重重的提包走在通往家园的小路上遇见了邻居的王婶。王婶远远就送给我一声怜悯的叹息：“唉，啧啧，你要早回来一天就能看见你妈了，昨儿个出的！”爸爸、妈妈这两盏疯狂燃烧却不添油，也不给家庭带来光明只增加阴影的灯先熄灭了一盏。母亲这盏灯虽不带来光明，但还给过我们许多温暖啊，哪怕病中的一声叹息和怜爱的话语也都是温暖啊。又仅仅是一个重感冒就把母亲49岁的生命之灯吹熄了。爸爸，你正犯着疯病，狂躁型的精神分裂症一发作起来真凶残怕人。你手挥菜刀大骂为母亲送葬的亲友们在闹派性……你看见穿军装的我也从部队赶回来，先是问回来干啥，接着便把骂锋转向我，骂我指使参与派性的乡亲向妈妈下了毒手……爸爸，你骂完我又骂妈妈，骂她在家庭内部搞分裂，骂她贱骨头，骂她活该，骂得天花乱坠。爸爸你那天花乱坠的骂声，使我怎么也联想不出竟能出自一个曾是教师曾是校长的人之口。你越骂越凶，我一言一行一举一动都能被你看出不良用心而骂出花儿来，最后你竟用刀逼着我老老实实地写交代材料。妈妈都被埋进土里了，我再也见不到妈妈了，我们悲痛难忍，你却在像野兽一样发疯。你那刻毒的嘴，讨厌的眼睛，张牙舞爪可恨的形象，你无情，你自私，是你折磨死了妈妈，小瑞弟弟和大芬妹妹的死都有你的直接原因，你是个魔鬼，你是凶妖，我恨不能一把掐死你为妈妈、小瑞和大芬报仇。那一刻我气恨得也几近精神分裂的边缘，我控制着没有去掐你，但我怎么也克制不住飞起一脚踢飞了你手中的菜刀，又暴怒地一推，像推一个残暴的法西斯分子，将你推翻在地，双手按住你的双手，双膝抵住你的双腿。你越挣扎我按得越凶狠。我召来了弟弟，让他解开你的裤带丝毫也没有消毒就在你屁股上注射了一支强镇静剂。我看那针管就如一柄刻毒的刺刀扎进你的肉里，当时，扎死你我都不会悲痛。药液像百万神兵魔勇攻占了你的全身，把你每个细胞都捉住了，毒打了，打得一个个昏死过去，你整个人便昏死一般大睡，睡了六七天，神志清醒了，理智恢复了正常，你又如一个文明的教师那样说对不起我，见到被你骂过的亲友也赔礼道歉。越是这样，我越心酸，爸爸呀，这个世界谁也无法理解你了，你的痛苦大概要比我深重百倍。

我去给妈妈上坟。咱们家族的坟妈妈是第一个埋在这远远的少陵山腰上的。那年已禁止土葬，非要土葬就得葬在既不能种粮也没栽树的远山坡上。那年的雪也很大，怎么在我的记忆里，一件件不幸的事大多以雪为背景呢。冰冷的雪，无情的雪，美丽洁白但如孝布一样的雪啊，你把我的母亲我最亲的亲人又给裹进了坟墓。我五位亲人的坟不在一条直线上，不在一个平面上，也不在一点上。一座山腰，一座山脚，一座山沟，两座在平平的西瓜地边上。上帝有眼的话在天上俯瞰一下，正月十五送过灯的五座坟在你眼里一定就像我仰望见的你们天上的北斗星。是的，那点连成线形状就如一把勺子，绝对像北斗星。妈妈的坟就是勺子边缘那颗星。我老远老远就看见了那颗星，那颗漫野皆白中醒目耀眼的一颗黑星。新落的大雪把前几天送葬者踏出的路覆盖了，被新雪覆盖了路的野地里又有一行脚印，那脚印蜿蜒起伏伸向妈妈，不知是谁踏出的。我就沿着那脚印走到妈妈的坟前。爸爸，你不知道那一刻出现在我眼前的情景让我的心苦涩而热烈地颤动了多久啊：坟前的雪上放着我带给妈妈又转送给你的水果和药，香蕉是金黄色的，苹果是鲜红色的，每个梨则让早霞染了似的金红色，药瓶是宝葫芦形，就是我拿回来那瓶。旁边一堆纸灰。是谁来了？我看见纸灰旁边有几支烟头，再看那脚印，明白了，是你。爸爸，你给我妈上坟来了。爸爸，你为什么要那样孤僻，那样内向，那样封闭。一颗小小的心对外封闭着装满了忧郁、痛苦和孤独，这些有毒的东西装得太多了一点也不往外交流释放，能不鼓胀得破裂吗？一个人封闭就是愚钝，一个家庭封闭就是死性，一坑水封闭就是腐臭，一个国家封闭就是落后。不论你的孤僻和封闭是清高还是不俗，反正是坑了自己，害了亲人。你不好把你的心事跟我们、你的儿女说说吗？如果认为我们听不懂，那你一个朋友也没有吗？一个人若是连个朋友都没有那还有什么意思那还算人吗？人是各种关系的总和。你把什么关系都堵塞了把自己封闭成绝对的孤独的人那不是极端自私吗？活着还有什么意思？你当家长的我们家便理所当然地成了缺少爱而盛产不幸的作坊。每次亲人惨死后你在坟前的动人之举不过是出自求得心理解脱的自私目的而已吧！

爸爸，我就是怀着这样复杂的心情为你送葬的。你在家乡的镇上以疯和疯前的教师身份而著名。虽然你给家庭亲友和四邻造成许多不幸，给你送葬却来了几百人，送葬礼的人名就记了一大本子，葬礼钱竟近有5000元。是出于对你的追念缅怀吗？你的儿女们都长大成人了，在亲友们认为不错的岗位上工作。儿女们谁都不像你没有朋友。弟弟妹妹的同志和朋友们见到我都要诉说一通你的仁义，说你虽然是疯子也比有些正常人讲道德，从不偷着或是公开拿别人的东西。到街上买东西不管是小摊上的还是商店里的你分文不少付钱，哪个认识的人出于友好不收或少收你的钱，你丝毫不让常常是把多余的钱扔下就走。还说你尊重妇女不管病犯得多么严重从未无端辱骂过女人，也从不欺负小孩，还常常把自己的东西给一些小孩吃。你除了不太讲卫生不珍惜自己的身体和对亲人太严酷之外，在乡亲们嘴里你简直成了做人的典型。咱们家西边老李头是个光棍汉，是个酒鬼，是个无赖，常常喝起酒来就发疯打人，就调戏妇女，就影响社会治安。人人怕他，就连公安派出所都有点怵他，唯你不怕他，敢骂他，敢打他。有一次，他发酒疯拦道时你把他打得满街直跑。那些和你同代的叔伯们又免不了当我的面夸你毛笔字写得如何好，课讲得如何明白，穿着如何朴素，艰苦奋斗精神如何如何强等等。虽然我是在外边大城市的大机关里工作、乡亲们眼里的一个不小的“官”，可一切仪式都由乡亲们安排好了，不管我同不同意，他们说多大的官儿也要入乡随俗。我就一概不管，我已十年没回家乡什么也管不了啦，我盼着快点送葬完毕好倒出时间来安抚一下受爸爸之苦多年的弟弟妹妹们。

出殡开始了，爸爸，在咱们这个小镇上为你举行的仪式够隆重的了。起棺前那一系列生动有趣体现着生者美好愿望但实际一点用也没有的细节我不想细说了也说不明白。二弟弟腰扎着孝带，头戴大白孝帽，跪在门口将一只瓦盆摔碎，然后打起灵幡引导着众人把你的棺材抬出咱家的院子。戴孝帽，摔丧盆，打灵幡的事本该长子我做的，一来我不愿做，二来我穿着军服乡亲们认为我是大官儿，三来政府又禁止土葬，大家便让我二弟树生代替我了。树生也是党员。可乡亲们不管党员不党员，说树生脱胎出生时头上就戴顶白帽，我知道这是真的，说那白帽是不吉祥的孝帽会妨老人，当时就把白帽剥下挂在树上，算作树生的，后来院中的树相继死了，爸爸妈妈还是没逃脱早死。有这么多理由在，树生便没法说一句怨言就扛起灵幡。有两个人搀扶着他，他的前面三十来个晚辈抬着十多个花圈，他们后面是一辆拉棺材的马车，几辆拉送葬人的卡车，还有一辆小吉普车。天太冷又到远山送葬，在我的制止下才免去了哭天嚎地的妇女方队。爸爸，我就站在拉你棺材的马车上，我穿着便服没像别人那样扎孝带只戴了条黑纱。那天风无端大了起来，忽然又飘起非常大非常大的雪，雪片很大，像漫天纸钱飞舞。我扶着你的棺材置身于浩浩雪浴中。几个乡亲非拽我坐进小车不可，心中没说的理由一定还是我是“官儿”该坐小车。如果我坐进小车更会心里不好受的。自己的父亲死了，凭什么要别人代我受罪而自己坐进小车里。乡亲们的心里，官儿的位置比神比鬼都重要的。爸爸，我还是扶着棺木和乡亲们浴在雪中体会着人的滋味，那感觉此生不会再重有了。我听见乡亲们夸赞我是孝子的啧啧声，可是，只有我自己知道，透过漫天飞舞的纸钱似的雪片，我直接看见和想着的是我的亲骨肉弟弟树生。爸爸，树生真是够苦了，生下来就成了咱家院里那棵榆树的儿子。不久榆树死了，你和妈妈都成了疯子，他便从七八岁起过上比没有父母还缺少欢乐的生活。我不知他是怎样熬到18岁的。那年听说他要参军离家，我特意从部队赶回来送他，赶上他还没换军装，一见他面我就心酸酸地流泪了。他那么瘦，一脸营养不良的神色，棉帽破得都没有毛儿了，棉裤不但薄而且补了好几块他自己补的补丁，棉袄稍好些，一问竟是二舅家小友子借他穿的。可是我可怜的二弟树生没说一个苦字，他不知道什么叫甘才不觉得什么叫苦哇，他高兴得像即将去天堂享福一样。那时我在部队已生活了十来年我知道部队不是享福的地方，因而见树生越乐我心越酸，暗暗咽进肚里的泪水越苦涩。我尽着我最大的努力给树生买了些糖果带上，爸爸，这事应该由你来做的呀。树生根本没想到你该做这事儿，他还觉得活18岁了自己还没挣钱给爹妈买点什么是无能，是不孝呢。他把我给他买的糖果都悄悄留给了你和妈妈，那都是他走后家里人才知道的。咱家人都是这样不愿把任何事张扬，只让想要知道的人在心里知道就行了，再让别人知道干什么呢？树生当兵四年你没去看过他，不知他那一千五百多个日日夜夜是怎样度过来的。那时我还不知惦念他感情上的疾苦，我只觉得他是个孩子比在家时不用愁吃饭穿衣就行了。他很能苦干又忠实可靠竟在服役期间入了党，同时也患下了胃病和动不动就犯的咳嗽，这他在信中从未说，而是复员时路过沈阳看我我才知道的。他长成大人了但更加瘦，而且脸上长得像妈妈那样的雀斑也分外明显。我开始担心他回家是否能找个称心的妻子，这担心是因为你还在，并且疯得越来越重。因为你，我必须对弟弟兼尽着父亲的责任。实际我工作在外是无法兼尽父亲的责任甚至连哥哥的责任也没尽到。是他自己找的对象，自己成的家，举行婚礼时你在精神病院，我也没能赶回去，只寄了一点钱。如今他已成了爸爸，也是个不怎么健康的爸爸。

风实在是太无情了，摇着树生弟弟扛的灵幡，刮割着树生弟弟的手和脸。大自然也太残酷了，怎么在地上设置了那些道沟因而人就得造那些道桥，每过一道沟桥树生弟弟就得转过身来跪下朝你的棺车磕头。我不知磕那头有什么意义，反正那是该我做的活儿却推给树生弟弟了。灵幡飘摇，雪片飞舞，长风看押着送葬的队伍。我不敢回头后看，那寒风中的无数目光一定在瞅着我和树生弟弟，我仿佛不是为你在送灵而是为你站在马车拉着的审判台上受审。我觉得送灵的路太漫长了，不该让树生弟弟扛灵幡走这么漫长而寒冷的送葬之路。那坎坷的雪路连马和汽车司机也跟着活受了罪。爸爸，你为什么不在去年夏天死啊，那样，送葬的几百人就免了这多艰苦，弟弟妹妹们的几家人也就能过上一个安乐的新年啦。

因为要把你和妈妈合葬在一起，你的墓穴便挖在了接近山头的山腰上妈妈的坟穴边。坟穴在高处，汽车上不去。人们跳下车来，推拥着、牵引着、呼喊着那马车，驭手嗷嗷地挥着长鞭，驷马欢蹄，众人急跑，雪滑坡大，马失前蹄旋又蹿起，人跌倒了马上又爬起来，往山上的墓穴奔，活像一个加强连用拐子马在强攻几近山头的碉堡。真是艰难而危险极了。坟穴在陡坡上马车也接近不得，乡亲们使用绳索木杠将你的棺材连抬带拖弄到了穴沿上。抬的人们已经腿肚乱颤了，有个嫩点的小伙子竟然直叫“不行了，不行了”，主持的人仍镇静地指挥大家坚持一会儿，叫过打灵幡的树生弟弟在坟穴上口跪下磕头。爸爸，树生是背朝山头跪在斜坡上的。脸朝下坡磕头时差一点没栽进穴坑里。然后你的棺材才艰难地落进穴坑。妈妈的坟被挖掉了一半，露出条条朽烂的木片，正好和你的大花棺材挨在一起了。主持人又做了些象征你和妈妈团聚以后吉祥的民俗，说了些我也没听清的这类话，然后开始填土。第一锹土是由我先填的，爸爸，就像某项重大工程破土动工时奠基的第一锹土由最高领导人先填一样。我端那锨土一扔下去，无数把铁锨便飞动起来，二三十人刨了一天才刨出的土转眼飞向你，飞向妈妈，旋即叠起一座高大的新坟。劳累过后的人们带着仿佛你和妈妈已经有了新屋，已经团聚，从此幸福美满安居乐业似的心情离去了，我却在爸爸妈妈合二而一的新坟前伫立良久。

爸爸，你和妈妈恩爱过，团聚过，幸福过吗？无论怎样努力搜寻记忆仓库的每个角落，我也找不出一件这样的事儿来，相反，你们那些无休止的吵骂、憋气，不是故意而是天生就无法一致的别扭而导致双双精神分裂。爸爸，我几乎没有你在妈妈面前笑过的印象，如果算有一次的话，我记得那是我的姨来咱家找你补课。她好像是在六年级，不知那时候的学校怎么回事，我记得姨六年级好像就有十六七岁。那时候咱们家乡，六年级大概就是妇女中的最高文化水平了。我姨有六年文化水平，并且我印象很深。那次可能是星期天你休息，给我姨补完课咱家又包饺子。记得你、我妈、我姨都有笑容，并且都有笑声，我当然高兴得过年似的，一会儿扳姨的脖子，一会儿搂妈妈的腰，所以连那天饺子的馅儿我都记住了，韭菜馅儿的，窗台上还有一盆月季花。爸爸，我至今弄不明白你在妈妈面前为什么总没笑脸却只有那次笑了。天长日久从妈妈嘴里片片断断地知道了一些你的经历。妈说你虽然念大书没干过地里活儿，但念书时也挺苦，吃的穿的也很不像样子。能在“国高”念书的绝大多数是地主富农和官绅们的子弟，爷爷奶奶是靠十二分的省吃俭用供了你念书的。日本人办的学校，军事化要求，可严酷了。冬天叫你们去野外大雪里围猎兔子，你没有好鞋穿脚冻得化了脓。不管怎么苦，读了书就开始与父母有隔膜，读的越多隔膜越大越互相不好理解。也不知你在外边有没有心上人，也不问你喜欢什么样的人，爷爷奶奶在家给你包办了妈妈这门亲事。妈妈不了解你，你也不了解妈妈，你很少回家来看看妈妈，妈妈在家等着你毕业好结婚。刚要毕业那年日本鬼子投降了，学校一时乱作一团没人管理，你拿了两箱子学校没人管的书回家，匆匆把书埋在园中。也没和妈妈结婚就与一帮同学跑到当时的敌占区也就是“国统区”长春，你说当时的目的是继续上学。

待了一个月没上成又回到家乡，爷爷奶奶忙着硬把你的婚事办了。婚后你脾气变得坏了，我妈妈一个字不识，你和她没话说，常常跑到赌场去要钱。那一段时间你还没参加工作，年轻轻有的是精力没处用，有的是想法没人说，赌场便成了你的发泄所。妈妈不敢去叫你让奶奶去叫，你不敢违抗我奶奶的意志，离开了赌场却把一厚沓钱撕得粉碎粉碎，以致妈妈和奶奶想粘都没法子。你肯定是不喜欢妈妈，不然为啥总是没有笑容，总是脾气暴躁哇。后来家乡办学校，你就从事起教育工作，先是在小学后来又到中学。学校的老师有男有女，有说有笑，妈妈多羡慕，妈妈多难过，怎么在学校高高兴兴的一来家就没好脸子，是因为自己不识字吧？妈妈就开始买看图识字书，妈妈就开始带着我和妹妹去上夜校。妈妈有了两个孩子，妈妈还有许多家务活儿，生活也不富裕，妈妈又得做家务以外的不少劳动，如侍弄菜园，捡柴等等，所以妈妈就没法坚持识字了，因而最终，还是个睁眼瞎，还是没法和你知道的一样多，还是和你没共同语言，还是没法使你脸上有笑容。天长日久妈妈就开始恨你，嫌你，不关心你。你便更加脸色不好，更加暴躁，为一点小事就大发脾气，你不愿见她，她不想看你，盼你到学校去值宿，盼你外出开会，我们当然是感情用事站在妈妈一边。我们和妈妈不能从你那儿得到爱，你也无法从家里得到温暖。你喝酒，你抽烟，你欠债，你穿破衣烂衫，你和妈妈就愈加无法和睦。你气她，她气你，气是有毒的，天天在伤害着你们的五脏六腑和心灵，你们便日渐多病，日渐苍老，每个人都比实际年龄老上20岁，30多岁都银丝缕缕啦。你们用一支支恨的刀、气的箭在互相射杀，伤得好惨。你们惨伤后不能相互照顾，祸水便流向了儿女。我们在感情上都站在妈妈一边，行动上又不能不把大部分精力和时间消耗在你身上。你经常犯病，一犯病我们就得像对付既敏锐得惊人又勇敢得惊人的敌人那样同你斗智、斗勇。你智勇双全，奈何不得你时就得借用外界力量镇压你。妈妈坐家看斗，只是含糊不清地叨叨些什么，脸上毫无喜怒之情。你们的婚姻生活恶劣到这种程度，怨你还是怨我妈，还是怨我爷爷奶奶，还是怨别的什么我不得而知，只知你俩生前在一起是那么不幸，是妈妈的早死才使你们得以分离和安宁，如今你死了又要给你们合坟，我恨不能就地将那合坟扒开分成两座。你们互相射杀了一生难道还要关进一个死牢里再互相射杀下一辈子吗？爸爸，你我都无能为力将这合坟分开了，既然分不开，你和我妈就和好吧，你们能在另一个世界过得幸福，等我们也到那个世界时就不至于以往的伤疤再隐隐作痛了。爸爸，但愿你能这样吧，过几天我再为这合坟填土，填得严严实实的，一丝缝儿没有。

爸爸，三天后我又去给你和妈妈的坟填土了，带着我的两个弟弟和你的孙儿，还有晚辈亲友。亲友们预备了许多黄纸让我们带上为你烧掉。说是给你送钱。我的11岁的儿子问为什么不拿上一叠十元的真钱给你烧哇，大人向他解释说真钱在地下不好用，只有把钱印砸在黄纸上才好用。我的儿子便伏在你生前住的床上，用铅笔和黄纸为你画了洗衣机、电冰箱、彩色电视机、录音机，还有一台电话，我们家目前有的贵重东西他都画上了，只有那台钢琴没画上，他不爱学钢琴，学得太累，他不认为那是好东西。大人们为你烧纸时，他也跪在火堆旁，虔诚地将那张画纸烧给你了。盼你以后能用孙子送的录音机和电话把你和妈妈幸福生活的情况告诉我们吧。爸爸，尽管我是不主张土葬的，我还是和大家一块把你的坟填得高大庄严，上面盖满了花圈。当年妈妈的坟是孤零零的，如今已坟头一片了，但山坡上还秃秃的没有树。政府禁止土葬禁不住的同时，为什么不规定谁家土葬必须在坟边栽种几棵树呢，那样的话，这片布满坟头的山坡岂不是一片密密的树林了吗？爸爸，我会嘱咐弟弟妹妹们在你坟边种上一圈树的。我想你一定会同意在这儿栽树的。你不应该忘记了自然灾害那年挨饿，咱家在山上开了几片荒地种高粱。为了往山上送粪，往回拉粮拉柴，你自己装了一辆胶轮手推车，什么都齐了，只缺一根轴木，你想了好几天办法也没想出来，最后你无可奈何说，犯一次错误吧！你带我上山砍了一棵碗口粗的榆树。车轴是装上了，可你不安得几个夜晚睡不好觉。尽管乡亲们装手推车的轴木都是从山上偷砍的，你却感叹说自己是国家干部，人民教师怎么能偷砍国家的树哇。那是你一生唯一一次占了点国家便宜。

我们做儿女的为你坟上栽些树来加倍偿还这笔债吧。我要离开故乡返回部队了，大弟弟小森把乡亲们送的葬礼单子给我看，葬礼钱去了安葬所用的一切花费还剩两三千元，加上爸爸剩下的几百元存折，弟弟们让我主持处理完再走。我按各家情况做了处理。弟弟妹妹们非要把那几百元存折归我，一是这笔钱是在我这边储蓄所存的，二是我为爸爸操了许多心，不要不行，非要不可。那七八张存折是七八年前存的，已变了颜色。夹存折的小本子记载着他每天收支数目和怎样为攒这几百元所订的劳动计划，其中有几首他写的诗。我从来不知他还写诗："为着五百节衣食，糠菜充腹香烟忌，孤静勤劳真情趣，胜似古刹一僧侣。公元八七春风日，病体复康归故里。严控零嘴缩用菜，少抽烟，穿破烂，为儿女。"

爸爸，今年正是你诗中说要归故里的日子，不想却归天了，看着你的存折和诗，我心又酸涩地激动起来，爸爸，我恨你也好，爱你也好，还在母腹中时就注定了我们的这种关系，"没有你哪有我"，我的血质，我的性格，我的事业。

爸爸，你的粗暴严厉我决不会去赞美，但我做事严肃认真的态度绝对和你的影响有关。小时候，每当你从学校回家拿起我的作业本一翻，我就紧张得不行，想自己是否有些微马虎的地方。还是小学三四年级的时候，有一次我作业写得不整洁，你看了看叫我重写，写完还是不十分整洁，你不容分说飞起一掌，啪地将我手中铅笔横着打到窗外，击中了十几米外的一根黄瓜，那根刺穿了黄瓜的铅笔一直刺激着我一生不敢马虎。

爸爸，不管怎么说你给家庭带来了不幸，可是现在每每记者们、朋友和文学爱好者们问起我喜爱的格言时，我竟总也忘不了这一句，“不幸是一所最好的大学”。在您办的“不幸”这所大学里三十多年，我学会了吃苦，学会了顽强，学会了坚韧不拔，学会了奋斗，学会了独立自主，尤其你用连绵不断的磨难使我养成了什么环境都能生存的能屈能伸的性格。还有不幸的学校里使我饱尝缺少爱的滋味，所以我又学会了同情人，爱人，平等待人，还懂得了“有爱才能有才华”这句格言。从考入高中住宿读书开始，我就养成了不依赖父母的习惯，凡事自己做主，完全靠自己的努力达到目的，有了困难或犹豫不决之事找自己的朋友。“文化大革命”中我和几位同学相约去徒步长征串联。那是我第一次出远门。外面到处兵荒马乱，我们几个中学生要走着去长征，我跟你连招呼都没打自己就决定了，从学校出发走几十里路过咱家时你才知道。那时你还没患精神分裂症，你仅仅感到很意外竟没阻止也没批评，还亲自动手为我们长征队全体同学做了顿饭送行。爸爸，那次我真感激你。一个高中没毕业的孩子能在严冬里自己背着行李和炊具苦不堪言地一天又一天行走几千里，没有你的磨难培养的吃苦能力是不可能的。那次我多少对你有了点感情，长征途中还时常想到你，想到出生18年来你跟我说过的有数几句话中我并没接受的一句。那是长征串联前不久一次回家你对我说的。你说，“眼看快填大学报考志愿了，你千万不能报文科，考理工科吧，将来当个技术员、工程师什么的最好！”你自己是教文科的，却叫我学理科，我当时不理解为什么，不过我在内心已经坚决否定了你的意见，到时我一定偷偷报文科。想起来，这决心和后来的走上文学道路仍然与你有不可分割的原因。是你对家人毫无感情，却每夜躺在油灯下看的一本又一本小说引诱了我。你不爱妈妈，不爱我们，却半宿半宿和那厚厚的小说说话。我也偷偷看那小说，看不着你的，我就自己去借。你自己私有那些书我也都偷偷地翻过。没有你让我们读书，没有你的书里出现过萧红这个名字，我怎么会早早就知道咱家西边不远的呼兰出过一个了不起的女作家呀。青少年的心田不管怎么贫瘠都是一片土壤，播下什么种子就会长出什么秧苗。你读的小说和萧红的名字都是当时无意掉在我心田的文学种子吧。爸爸，正好相反，“长征”路上想着你反对我考文科的话我反而更想考文科了。当然，后来什么科的学校都不招生了，我便投笔从戎。爸爸，一说起投笔从戎我心里有点内疚，似乎对不起你。我说了，由于你，我早就养成了独立自主的习惯，天大的事我自作主张，不与你商量，因为你很少有什么事跟家人商量，更没有同家人说过心事。我自己在学校报了名，满腔热情等穿了军装去干革命，没想到晴天霹雳响，政审不合格。我这才知道你是“中右”，你有历史问题（说是你在日本投降后跑到国统区长春那一个月考入了国民党的士官学校还可能参加了三青团或国民党）。这在“文化大革命”当中，对于我这样无知、幼稚、热心革命的中学生是无法形容的沉重打击。我在父子感情上恨你却从来想到你会有什么政治问题，以致我连参加革命队伍的资格也没有了。我简直变了一个人，觉得天地翻了个个儿，太阳是黑的了，天昏地暗，原来我连参军的资格都没有哇！我在学校住宿，整天躺在床上解不开你这个可怕的谜。在感情上我可以说你不好，在政治上，无论如何我也看不出你是敌人，你给我们讲共产党伟大，讲社会主义救中国，讲人民公社好，讲要一心为集体……你工作埋头苦干，当过模范教师，怎么会是敌人呢？这个谜太大，我想不清楚，我又不甘心被排除革命队伍之外，我哭着找接兵部队首长，讲重在本人表现的道理。我的眼泪我的血书打动了首长，同意接收我入伍，但明确指出得同父亲在政治上划清界限。我不懂得怎样才能划清界限，我表示听党的话，我得到了入伍通知书。临出发我才回到离学校三十里路的家，说了我当兵要走的事，其中那曲折的经过我只字没提，爸爸你当然就无从知道。当时妈妈已患了精神病，对我离家当兵漠不关心，你只是肺病手术在家休息，精神还是好好的。对于我去参军，你如同我去长征一样，没有表示惊讶，没有表示责怪，也没表示赞扬，只嘱咐一句话：“当兵也别忘带几本书去，抽空学习，回来也许还有机会考大学。”你的话是语重心长的，我知道是为我好，而且以前你从没这样有感情地对我说过话。越是如此，我心里越矛盾重重，五味翻滚，一句同你划清界限的话也说不出口。我鼓了半天勇气想跟你说句严肃的话，可出口又变得富有父子之情了。我说："爸，我不能帮家里干活了，好在少了一个吃闲饭的。我当兵一走，咱家就是军属了，你是国家干部，有什么问题千万别隐瞒。"你说你的那点问题已向党多次交代过了，什么组织也没参加。我管不了许多了，耳边响着首长"划清界限"的话只身离家去县城集合。在全县的欢送大会上，我代表全体新兵讲话，咱们家里没一个人听得见，也没一个亲人像别家那样哭哭啼啼难舍难分去送我。汽车拉着我们上路了，欢送的人如河如海，有的哭着喊"别想家"，有的跑着追车扔东西，牵肠挂肚，催人泪下。相比之下，我心里涌起一股浓烈的苦味。我多么盼望能看见人群里出现妈妈或是弟弟妹妹的面影啊，即使不是面带泪水跑着追车，哪怕笑着也能安慰我的感情平衡些。我努力高兴些使劲朝同学和老师们摇手，使劲摇，谁知道我是想通过用力摇手把浓重的"酸苦"二字甩掉哇。汽车缓缓驶出古老的城门了，城楼飞檐上风铃轻轻抛下一串低回留恋的道别声，送行的人们被城墙划开了界限。这时城门外路边忽然有人喊我的小名，我一看是你，爸爸，你独自一人站在城门外的雪地里，随着喊声你向我挥动胳膊，一团东西朝我飞来，"拿——着——"东西落到别人手里，传给我看清是一双毛袜子，一双毛手套，还裹着十元钱时，我再回头向风雪弥漫的城门看你时，眼中薄薄的泪水和风雪已使我看不清了，我忽然站起来哽咽着嗓子朝城门喊了一声“爸——爸——”我就这样告别了你。到部队一直没给你写信，信都是写给妈妈弟弟妹妹们的。我不是因为你从没给我写过信。而是我记着首长“要划清界限”的话。一年后家里来信，说你疯了，我也没能回去看您。爸爸，那几年人们真是统统疯了，人人都在狂热地干着疯事傻事。为了忘掉家中的事，我拼命工作，训练、劳动之余读书、写稿，搞各种活动常常深夜不睡，累得连梦都没精力做，有一天你忽然来部队看我。弟弟妹妹们都小，是我二表哥陪你去的。远在他乡见到亲人应该是怎样的欢喜呀，可我不知该怎样对待你。指导员和蔼的话至今让我感动得不能忘掉。“划清界限是指政治思想上，你父亲有病，老远来看你，你陪他玩两天吧！”指导员的话暖得我眼湿了，我陪你在营房周围的山上转了不到一天就让你走。没什么可玩的不说，首长的话在耳边响着，陪你玩长了怎么能算划清界限呢。爸爸，让你走的话我说不出口，你已经不再是以前的正常人，一旦受了刺激发作起来怎么办。我说我要外出执行任务，并让班长配合我去说。你信了，答应当天晚上走。我又假装在你走之前离开连队，我背着挎包走出营房，漫无目的往前走，只是骗你相信我是外出走了。你又扔给我20元钱，叫我买东西吃，还一直站在营房外边的山脚下看我沿着稻田埂小路往西走。夕阳血红血红正要落下去，我脚下的田埂路是那么难走。我不时掉进水里。水里有二寸长的鱼儿游来游去，我也不敢细看那鱼儿。稻田里的鱼游得多不自由。夕阳已有半边落下地平线，我想爸爸该回营房了，因为你要乘晚饭后的火车走。我把脸从夕阳那边扭过来一看，爸爸你咋还站在那儿不走哇，双手抄在一起，一动不动仿佛一尊紫红的望儿石立在营房门口，二表哥也还在你身旁站着。我的心像突然被刺破了，泪囊也像突然被刺破，泪水奔涌而出。我喊了一声爸爸，可嗓子胀疼得只传出一点点声音，爸爸你不可能听见。一股不可扼制的冲动激使我想奔向你，我要把你送上车。刚跑一步便滑倒在稻田里，鱼儿在我身边乱蹦，我几乎全身湿透，脸上也是泥水，等我从泥水里爬出来，一阵阵冷战把我刚才还不可扼制的冲动抖掉了。我冷静下来。把爸爸刺激犯病怎么办？爸爸不走怎么办？我又慢慢转回身，沿着窄窄的稻田埂一步一步朝落尽了的夕阳走，身上的泥水滴滴嗒嗒和我的眼泪一块儿掉……

爸爸，你只来部队看过我一次，那一次便成了我们父子关系的里程碑，立在分水岭上的里程碑。那以前我恨你，似乎同你毫无感情。我长大了，成了公民，当了军人，你对我有感情，我们却又开始划清界限。那时我真盼望你能像从前那样无情，我能像从前那样恨你，那我们的划清界限也就不会使我心里有说不出的矛盾和痛苦了。

以后我们的感情真就沿着这个趋势急速向前发展，爸爸，因为家里没人理解你也就没人照料得了你，你的病频繁发作，屡屡入疯人院，一次比一次重的药物摧残，你神志每况愈下不可挽救，家里谁也管不了你，谁都怕你，镇上的人都怕你。从那以后最使我心惊肉跳的事就是怕接家里来信或电报。你病一发作得谁也管不了啦，就拍电报叫我回去送你入疯人院。每送一次所消耗的精力怕是比三年的工作量还大。我第一次回去送你住院是15年前，还没进家门就在小镇的街上遇见你。你一手提把斧子一手提只绿铁皮信箱往家走。信箱上留着斧头砸砍的伤痕，显然你是在邮局门口用武力摘取的。不知这信箱怎么惹着了你。你看我瞧你手中的信箱，愤怒的眼里闪出酒精灯似的蓝火苗警惕着问我：“你回来干啥？谁让你回来的？”我说：“爸，我休探亲假，回来看你！”“放屁！看你个三角裤衩吧。搞阴谋诡计骗我，我是火眼金睛孙悟空他祖宗，你那两根黑肠子爬着几根蛔虫我看得一清二楚。你说，你眼睛瞅着我说，你把我给至高无上英明无比光芒万丈的党中央的信送哪儿去了？你敢放半个谎屁不是你爹的生殖器甩出来的，杂种！”你眼里的凶光和手中的斧子逼着我，稍有不慎，怕你真会朝我抡起斧子的。我心里响起一声悲叹，爸爸怎么会变成这样啊！我就地放下提包，掏出军人通行证用对付疯子的话跟你说：“爸，这上边不是写着探亲嘛，你看这军印！”你接过通行证左看右看，忽然又问：“探亲为啥带枪，带子弹？你个杂种，快给我交出来！”你指着通行证上“携带手枪/支，子弹/发”中的两条一似的斜线。我解释你指的那两个一字是代表“无”的两条斜线，若是“一”应该大写成“壹”。你又搜了我的衣兜，确信没有枪才说：“走吧，家去吧，帮我查查派性分子怎么断绝我和光芒万丈的伟大太阳毛泽东主席同志的联系！”我莫名其妙和你回到家，进门你就撬开信箱一封封查信。我悄悄脱身问弟弟才知道，这回犯病总骂派性分子搞阴谋，一封接一封给毛主席写信上告，邮局知是疯人的信便退给家里，你不知道，日夜盼着毛主席回信，接不着回信，你认为是邮票贴得少，第二次就贴两张，第三次贴三张，等到第三十封信时，三十张邮票把信封贴得无处再贴了，你才怀疑可能是邮局的问题。你想大概这邮箱是废了不开的，也许三十封信还都在邮箱里没动，你便摘来邮箱。查看过后又勃然大怒骂我：“你要不是杂种痛快给我查办邮电局去，他个派性分子阴谋小爪牙如不从实招来，老子亲自去取他的首级，然后无线电报告党中央，光芒万丈的伟大太阳毛泽东同志曾授予我对派性阴谋分子先斩后奏的权利，老子有尚方宝剑在手！”他晃起手中柴斧：“你是不是杂种？快说，是不是！”听我说了不是，你不容分说命令我一分钟内出发，否则斩首。我不敢跟你儿戏，提了你砸坏的邮箱往邮局走。路上我焦灼地想着怎样才能把你骗去住院的计策，急得像家里有大火在烧房子。一进邮局的门忽然一个灵感闯入我的脑子，我找到邮局领导，详细说了你的情况和我的想法。邮局谁都了解你，他们积极配合了我。我找了一张白纸，又找了一个大点的牛皮纸信封。用毛笔模仿毛主席的字体以毛主席的名义给你写了一封回信：“×××：（父亲名）同志：因外出私访月余，回京方见你三十余信，甚为感动，迟复为歉。你信所言情况至关重要，务请从速来京面谈。致革命敬礼毛泽东×月×日。”那几年毛主席笔体极为流行，我成天没事就模仿毛主席的草书。关键的字，尤其“毛泽东”三字仿得像极了，封好后又在前后各打一个邮戳，该是北京邮局那个戳弄模糊了。我拿了伪造信，心怀野鹿样往家走真怕一见你那冒蓝火苗似的毒眼睛识破我的阴谋。快进家门时我跑将起来佯装气喘吁吁一脸惊喜之色，见面不容你分说我便慌忙报喜：“爸爸，党中央给你来信了，快看是不是毛主席的！”爸爸日夜想着毛主席的回信鬼迷心窍了，见状毫没怀疑便信以为真。拆信前朝着北京方向恭恭敬敬鞠了一躬，口中又念念有词一番：“至高无上的绝对英明的中国共产党中央委员会，中华人民共和国伟大公民×××（你自己名字）先生向贵中央致以崇高敬礼，礼毕，隆重接旨开始！”又在脸盆中洗了手方用剪刀裁开信封小心翼翼抖开信纸。爸爸，我真难以形容你看见信的表情，既像古时赶考中了状元的读书人接到喜报，又像梦中做了皇上的阿Q，还有点像装疯卖傻的小丑。你面对屋里的毛主席像敬了三个举手礼，鞠了三次躬，又磕了三回头，跪在地上捧信一字一顿诵读一遍。然后，你起身把信让我看了一遍，要回装进贴胸衣兜，直呼我的全名吩咐道："你是军人，不用我多吩咐，该懂得落实最高指示不过夜的道理，随我星夜出发。"这是我没料到的突然情况。入院手续，钱粮衣物和看送人等都没找好，真要连夜出发一切全措手不及。我便进一步哄骗你说："今天已经没有车了，无法出发。这是进京去见毛主席，你衣衫褴褛是对毛主席的不敬。该理理头发，洗洗澡、换上干净衣服，还需起些粮票带上等等！"你认为我的话极有道理，便一件件认真办起来。一办这些具体小事，你又像平时没犯病的你了，小心谨慎，扎扎实实，钱粮该带多少算得精精细细。自己刮的胡子，让我给你理的发，换上我以前邮给弟弟的军装。这样一打扮，爸爸你那一身苍老和疯人气没了，年轻得侧面看去像我们连的二排长，既高兴又严肃，跟常人一样。跟我说话从来没有那样和蔼过，所有的警戒全放弃了，说大政方针定了一切由我具体安排。爸爸，你对我的欺骗给以那种真诚的信任实在让我心里难过，我真不理解骗子们骗了可怜的好人时怎么会吃得下饭睡得着觉。我不得不赎罪似的把探家带回的水果一个劲给你吃，好像你吃一个水果就是吃去我的一分不安。你只吃了两个，其余全分给弟弟妹妹们，妈妈也分到了，这在你的犯病史上是没有的。一纸假信竟胜似所有灵丹妙药。爸爸，我计算好了车次，一切准备停当之后，咱俩先乘汽车出发，弟弟和你学校的陪送老师乘后边的汽车，这你全然不知道。我们在火车站等车时你忽然发现他们，他们像捉迷藏样想躲，我看要露马脚，忙上前和他们打招呼，演戏一样说着骗你的谎话：“你们去哪儿，咋没跟我们同车走哇？”弟弟随机应变答得也一样成功：“我们单位忽然接到沈阳长途电话，同齿轮厂的订货出来了，厂长派我去发货！”我又问爸爸学校的老师，他说到沈阳一所有名的中学学习教育革命经验。爸爸一点儿没怀疑，还给他们烟抽，很高兴说：“正好咱们是个伴儿，凑手打扑克吧！”你掏钱在火车站售货亭买了盒扑克，在车站就要打。我穿军装在车站不好玩扑克，你不答应，我怕坏了大事只好同你玩。我不时出错牌，因为我在琢磨买车票和买完车票以后的谎话怎么说，主要是怎样才能使你同意在我的部队驻地沈阳下车而不是去北京。沈阳的精神病院我有办法联系住上，其他的实在难。精神病人竟多得提前几个月预约而住不上院，各地的精神病院都是如此，那几年中国怕是精神病人最多的国家了，听弟弟说以前爸爸住过的一所精神病院，旁边一个粮库失火，全体精神病人奋不顾身争先恐后没用消防队来人就把大火扑灭了，不少病人烧伤了，若论表现起码有几个该记二等功的，可他们是疯子，没有正常理智，没有被记功的资格，他们的事迹只是被当为笑谈传传了事。精神病人们啊。我忽然想出了计策，假托上厕所时溜进售票室，同售票员讲明情况请她配合。爸爸，买票时我故意让你听见要买的是北京票，售票员也故意让你听见大声说：“进北京要省以上机关介绍信！”我装模作样拿出通行证，售票员看后扔出来说：“上面只写沈阳就只能买到沈阳！”你都听见了，因此我跟你说必须先到沈阳下车换了通行证才能进京时你欣然同意了，并且补充理由说：“那可不，北京当然不是什么人都随便进的！”所以一路顺利，在火车上谁也没看出你是精神病人。我产生了幻想，觉得精神病没什么可怕的，一切不是都很顺利吗？下了火车，是你主动打招呼让弟弟和你单位的老师到我家去一块儿吃饭的，这就更顺利了。你安安稳稳过了一夜，夜里我就要好了车，第二天顺顺当当吃了早饭我又骗你说通行证已经换好，车送我们到火车站去。我又说叫弟弟他们一块到车站送一送，你非常高兴，以为晚上就可以到北京了。可是车却朝精神病院开去。你轻轻松松愉愉快快我们却紧张得心要跳出来了，我们早就分好了工，一旦你发现车开进疯人院突然大怒要逃跑时我们便一齐扑上去，我抓你的胳膊，弟弟抱你的腿，老师按你的头，那时不管你怎样挣扎也无济于事了。车开到精神病院门口时你眼里忽然蓝光一闪时我们仨突然将你抓住，你的脸像绷紧的鼓皮，嘴却说不出话来，只是绝望地鄙视地哀哀地叨叨几声：“哎呀！哎呀！哎呀！真卑鄙！真卑鄙！真卑鄙！你们难道还懂得世界上有羞耻二字吗？欺骗光芒万丈的红太阳伟大领袖毛泽东主席同志罪该万死！罪该万死！罪该万死！”你用全身力气骂了十几声罪该万死，肺肯定气炸了，车窗的塑料玻璃被震得嗡嗡直动，你气得吓人的眼珠几乎要飞离眼窝了，瞪着我说：“你倒吱声啊，你是你爹揍的吗？你还有什么脸吱声，算了吧，丑死了……”我不看你，也不跟你吱声。我心如烧热的铁石，滚烫而坚硬。我不害怕也不发愁，因为在精神病院就如监狱一样，你是犯人，你的一切叫骂和疯狂在那里都习以为常。我从容地为你办理着入院手续，一切都停当了，最后检查有无传染病时透视出你正患肺结核。传染病患者精神病院是不能收的，医院非叫把结核病治疗到无传染的程度再来住院。这至少要在我的家里闹半个月！这真如晴天又一声霹雳。我跟医院好说歹说，千求万拜，总算答应至少要注射一星期青链霉素后再送去。

我们把你绑架着拉回家中，从此我说什么话也无法取得你的信任。你狂暴地发泄、肆虐的怒骂，窗玻璃也砸了，灯泡也打碎了，我的话你一句也不再听。为了给你用药，我费尽了心机。第一次还比较顺利，我把安眠药片放进饭里，因为放得少，你吃得又狼吞虎咽没有发现。可是少量的安眠药无法使你入睡，你整夜都不合眼，不住地骂卑鄙，卑鄙，丑死了，丑死了，骂得四邻不安。早饭我便多加了几片安眠药，这次被你发现了，你把吞进嘴里的苦药吐出来，一碗饭全扬在我脸上。从此你不吃家里做的饭，总到街里买点心吃。吃前一定要反复查看十几遍，看是否放了药。不给你吃药你就无法安静，不安静也就无法给你注射青链霉素，不注射七天青链霉素你就无法入院，你不入院我就没法生活。真愁死我了，几夜工夫便生出许多白发。我便求助我的妻子你的儿媳妇，她是唯一没参与对你行骗的一个，她的话你还能将信将疑。我让她把药包进饺子里。她端给你一碗饺子。

包了药那个放在碗尖上，如果按顺序吃，第一个准是包了药那个。她说她过生日没工夫做别的，只包了几个饺子请你尝尝。你很感谢她，说只此一回下不为例。你伸手拿碗中的饺子吃，却偏不拿最尖端上那一个。我急得心尖儿突突地抖，盼上帝能暗中将你的手移向包药那个饺子，然而你只吃了一个便再不吃了。妻子花言巧语好容易说动你又拿起一个饺子，正好是包了药那个。我惊喜得几乎要停止呼吸了，可饺子送到嘴边你忽然又被一句多余的话惹恼，饺子嗖地飞到南墙上又碎落在地。我的心机又枉费了，颓然躺到隔壁听你语无伦次地乱骂。骂声时起时伏，时断时续，忽而自言自语，忽而咬牙切齿捶胸顿足，像用一片锋利的玻璃刮割着我的神经。绝望中你胡言乱语说道："毛主席说以预防为主，预防为主，预防预防防御防御防御一切坏蛋！"我忽然得到启示，又跑到机关门诊部，请我认识的一个医生帮忙。我到街里买了几支氟奋氚近葵酸酯注射液交给他，让他戴上红十字袖标，装扮成流行病防疫人员到我家去打预防针。按约定好的时间医生到了家，我正若无其事在看书，他一进屋，我佯装不认识，问他干什么，他遵照我的嘱咐并有所发挥说："最近发现流行性霍乱，党中央国务院非常重视，周总理亲自指示人人都要注射预防疫苗一周，每天二次！"爸爸，你问医生："毛主席有没有指示？""毛主席批示'同意'！"你又上当了，爸爸，你说你是外地来的，问用不用交钱，医生说免费，你连连谢着医生，撸起衣袖。当医生取出药刚要注射时，你发现药名是治精神病的氟奋氛近葵酸酯注射液。你用过这种药，你知道被这种药摧残后的难受滋味，你立即勃然大怒，一掌将药瓶打碎在地，用最仇恨的语言骂着医生。无辜替我挨了骂的医生真令我感动，他竟能赔笑脸向你道歉说拿错了药（他是想先给你注射氟奋氛近，待你精神恢复正常后再打青链霉素）连忙拿出青链霉素来。你看后仍骂着不肯打：“你是哪国的医生，青链霉素治什么病你不知道吗？我一刀宰了你个兔崽子医生！”医生仍赔着笑哄骗说：“大叔，这是国务院卫生部新推广的，经过实验证明青链霉素兼有预防霍乱的效能。”“那你们先打，你们不打就是阴谋陷害！”本来我和医生已事先商量好，为让爸爸信以为真，先给我打维生素B2之类的营养药然后再给你打的，你的眼睛扫描激光一样盯着医生的手和针，我只好亲手拿过青链霉素药瓶让医生先给我注射，这真是一种残酷而艰难的欺骗，欺骗的代价就是心灵和肉体的双倍折磨。好好的身体每天陪着注射三次青链霉素，我能支持得了吗？当时顾不得考虑这些，忍痛挨了针，你才愤愤地跟着把药打了。消炎药只能消炎啊，于精神分裂毫无补益，我就时刻琢磨着阴谋和各种小诡计哄骗着你，盼着快点过完七天。每天费尽了心机。我还有我的工作、事业和将来，我不能任意糟害我的身体。我便和医生一起将青链霉素和蒸馏水瓶上的字弄掉，注射时我用蒸馏水，你用药液。如果氟奋氛近不是黄色的油脂而是无色的水质就好了，就可以骗过你注射了而达到镇静。可是我们国家还没有这样的药，我只有用我的心灵和肉体的双倍折磨作代价度日如年地煎熬。当然你更在煎熬，你几乎是在用刀子切削着生命。你日夜不合眼地咒骂，精力耗损得太大，眼窝深陷如井，里面放射着恶毒的蓝光。冷不丁见到我的人也都吃惊是否得了癌症面无人色瘦形可怖。第五天我就熬不住了，因为你日夜捶胸顿足声嘶力竭地骂，不但面对我，而且专门在夜深人静时推开窗子点着我的名向外广播着骂。不知详情的人以为咱家里儿子虐待老人，告到街道公安派出所。民警找上门来教训我，我又从民警身上得到启示。我请求他们协助我，装成查户口的，说没有户口的一律拘留审查，尤其扰乱社会治安者。我替你“讲情”说你是临时来部队探亲，并替你保证不再吵骂了，民警得了你的保证才离去。你果真不吵骂了，那一夜只是吃烟一样连连吸烟，在屋子里打转。我以为你是真被吓住才不吵闹了，我便实在无法支持地睡去。第二天早晨我还在死一般的睡中，弟弟将我摇了又摇才摇醒过来，说爸爸不知哪儿去了。从几天几夜未睡而睡的酣睡中强醒过来那不好受的滋味是难以言传的，我和弟弟四处去找你，爸爸。先是厕所，后是饭店，再是副食品店，都说没见你去过。我们又跑到火车站，也没找见你的踪影，查遍列车时刻表，这段时间既没有发往家乡的列车，也没有去往北京的。我们又找了一家公用电话，往全市所有派出所都问过了，是所有，嗓子都说哑了，没有你。我们又尽全力寻找了附近容易出危险的地方，直找到万家灯火齐明家家都在灯前愉快地用晚餐了。在两个角落里我们无意看见两对恋人在拥抱，人家认为我们在寻无聊，被小声骂了两回缺德后只好返回家。爸爸，你哪儿去啦？我心急如焚，七八天来精心编造的谎言和希望犹如气泡噗地破灭，心机统统枉费了。火烤一样的焦虑中我分析了一下情况，你一是回家了，二是去北京了。去北京你没钱买车票，即使去了，北京治安严密你会被遣送回来。所以我叫弟弟和老师赶回家乡去，如果见到你再给我拍电报我再回去。暂时我还得上班工作。弟弟和老师一走，我已无法上班了，一气睡了两天一夜，接着便病倒在床。高烧、胡话、有气无力，噩梦连绵不断，一会儿梦到见你被汽车撞死，一会儿梦见你从火车上跳河身亡。还梦见你在北京见到毛主席，毛主席亲自送你住进医院，精神分裂和肺结核全治好了。可那都是黄粱一梦。弟弟一封长信述说了你徒步跑回家乡的经过。你没钱买车票，即使有钱你也怕被人截住，而不能买票乘火车。你仓皇跑到郊区，沿着铁路线往家走，渴了吃把雪或吞块冰，饿了嚼两块饼干。日夜走，不知你困了在哪睡过觉没有，还是你像红军长征似的边走边睡了。鞋磨破了，掉底儿了，冰雪中不能光脚走，你脱掉背心撕成布条缠在两脚上，两脚都打了紫黑紫黑的血泡。不知你是躺在哪儿还是风雪中脱下贴身背心的，反正你走了一千好几百里，到哈尔滨时饿极了，把全身总共五块钱拿出来到饭店买了一盘饺子，找你的钱也顾不得要，端了饺子到墙角狼吞虎咽活像一个逃犯，饭店的人真以为你是逃犯报告给城市民兵。民兵们不容分说把你抓到指挥部，你骂他们有眼不识泰山，结果遭好长时间毒打，又从你身上搜出我伪造的那封毛主席来信，当即把你当现行反革命关押起来，给咱们镇革委会打长途电话后才知道你是疯子，最后由镇革委会派人到哈尔滨将你送入当地精神病院。一场灾难暂时过去了，可我好像跨越了十年，头发纷纷白了，以后你每犯病一次我和弟弟们就要遭一次这样的罪，而你三五个月准犯一次的，顶多也挺不过半年。这些年来你一共犯了多少次啊，我30多岁的满头白发就是说明。

后来经不起你这样一次次的折腾，就把你接到我部队的家里，一住就是六七年。六七年啊，中间多少离奇曲折难以让人相信的悲惨故事，写两本《天方夜谭》也写不完的。1982年你又犯病闹得邻居忍无可忍告到派出所，告到我们部队，我才不得不把你送回老家。你和我同住这段生活我曾写过一篇小说《爸爸啊爸爸》，读者纷纷写信说写的真实感人，还得了当年的优秀文学作品奖，我却只字没敢向你提过我写了你，我深知你一旦看了肯定又要重重地犯一次病的。你至今都不会知道你年轻却白发苍苍的儿子独自滴落着泪水面对稿纸无可奈何地默默呼喊着爸爸啊爸爸。那篇《爸爸啊爸爸》也算这篇祭文的一部分吧。

爸爸啊爸爸，我不知道你的生日是哪天，你也没举行过生日酒宴让我们给你拜过寿，我也不知道你是否知道我的生日，反正我的记忆里没有点蜡吃蛋糕等过生日印象的。也许你我一生都太不幸都不值得过什么生日吧，今天在我为你书写这篇为了忘却的祭文时又迎来了我第三十八个生日，生日这天我不敢也不能有欢乐。我坐在家里整整一天续写了这篇祭文的三四千字。爸爸，我恨你，但我的生日毕竟是你给的，生日这天，我还是想起了你的几件好事。小时候也记不清是几岁了，有一回我病了，什么病也记不清了，好像是腿上长了个大疖子。不能走路，炎症引起发烧，好像是春天田野里的雪半化没化的时候，我嘴唇烧裂出一道道口子，口渴就想吃什么清凉而且甜的东西，说真的，那时我还想不到橘子苹果之类的水果，所谓清凉而且甜的东西无非是胡萝卜、西瓜、甜秆儿，顶多也就是梨了。春天菜窖里的胡萝卜已经吃完，西瓜是不可能有的，梨一是得花钱买，二是小镇的副食品商店当时也没有了。或许秋天晚熟的苞米秆儿刚割倒就冻了那种“甜秆儿”还能找到，但也不会有多少水分了。妈妈跟你说了我这个小小的愿望，叫你到少陵山脚下水库边的洼玉米地去找找看。爸爸，你看看我，还摸了摸我的额头说有点烫手便出去了。我知道要在平时你是不会去的。你在水库边的洼地里转了好长时间，好不容易才找到一根冻在冰里很细的甜秆儿。你用镰刀一点儿一点儿将冰凿破，取出那根还显着绿色的玉米秆儿，一尝，清凉倒是很清凉，但是不甜。你带着它，又到另一片黄豆地里，用手一颗一颗拨拉着残雪下面的黄豆。黄豆已被黑黑的湿土泡涨了，你捡了满满一衣兜鼓胀的黄豆粒带回家中。那正是闹自然灾害第二年的春天，家家都挨饿，见到一兜儿黄豆简直就像什么高级点心了。

你把黄豆和玉米秆儿拿回家时天已黑了，你让妈妈把黄豆一颗颗洗净，然后亲自用家里仅有的一点儿麻子油为我炸酥豆儿吃。那时咱们镇还没有电，照明用的是煤油灯。你左手擎着一盏煤油灯，右手攥一柄小铁铲不住掀着锅里的豆儿。我躺在炕上听你手中的铲儿嚓嚓啦啦好听地响着，不时还唰地爆出一声豆儿熟了的脆响。你让妈妈把不甜的甜秆儿一节一节砍好，剥了皮儿，放在盘里，说等一会儿就着甜豆儿一块吃。豆子哔哔啪啪地挨个响了一遍之后熟了，放了点白糖你又一铲一铲儿盛到簸箕里。你说豆子是甜的，玉米秆儿是凉的，一块儿吃下去就是清凉的甜东西了。你正兴冲冲往我面前端时，脚下一个东西把你绊个趔趄，左手的灯一下掉在簸箕里，一灯煤油全洒在黄豆上了。当时我还不知道，急着要甜豆儿吃，这可真扫了你的兴，妈妈气得直说你没用、废物。要在平时你准会和妈妈发火的，那次你却没发。你翻出一条干净毛巾把豆子几乎是挨个儿细擦了一遍，一尝煤油味儿还是难以下咽，你用热水洗了好几遍，又重新放进锅里炒。你手中的铲子在灯影下嚓嚓啦啦又响了好久，直到洗湿的豆子又重新哔啪地响开了，爸爸你一定累坏了。你尝了尝说煤油味儿是没多少了，可甜味也一点没了，就那点儿白糖已都用上了，你向我道歉说：“没糖了，就这么吃吧，也挺香的。”我真感激你，爸爸，我吃几颗豆子就嚼几口冰凉的玉米秆儿，在我儿时的记忆里，那是最甜最美的一次吃食了，因为那是你摸过我的额头后亲自到老远的地方捡来又亲手为我弄好送到嘴里的啊。

还有一次，是你患精神病后到部队和我一起住的时候。你刚从病院出来，精神正常着，每天除了做我们两个人的饭无事可做，不像在老家可以做许多活儿。你是读书人，有事没事儿都要关心国家大事，每天听广播新闻、看报纸。我就怕你关心国家大事，那几年国家大事瞬息万变、变一次你就想不通一次，想不通你还硬想，想想就犯了病。你好多次犯病都是这样的。为了让你有事干而不去关心国家大事，我就每天让你帮我抄写稿子，为了让你抄得慢些，不至于抄完了又没事干，我就要求你一笔一画工工整整地抄。你抄得那样精心，每一笔下去嘴角和眉梢都要随之认真地一动，身子也微微地摆，你是像在老家每逢春节用毛笔写对联时那样用心用力写的，钢笔字每格一个，笔笔按书法要求，尽管是用钢笔，经过严格基本功训练的柳公权体还是丰满有力地显出风骨。五百字一页的稿纸每天只抄两页。看着你抄得字帖一样的稿纸我心里十分不安，不值得这样费神去抄啊，寄到编辑部不知是否能用，即使用了七砍八砍排完铅字也就一扔了事。没办法，我权当给你治精神病的一种疗法了。尽管你抄得极慢，但经不住天长日久，加上你又以为我急用便总是长夜灯下奋笔，不久便没什么可供你抄的了。我就想法搜罗以前的废稿或是机关经我手写的一些过时公文材料让你抄。你就像有了意义重大的工作一样天天忘我地从事着你的抄写事业。我省心多了，只需找些可抄的废料就行，实在找不到时我就找本杂志来，指定某某篇文章说需要抄，你便埋头抄。

我以为你这样埋头抄下去便可以疗好精神分裂症。不想有一天中午回去见你只抄了几个字，饭也没做，眼直瞪着废稿上的标题喘粗气。我问你怎么了，你眼里又冒出蓝火愤怒地质问我："你身为国家干部，为什么现在还坚持派性观点？你党性哪里去啦？你们还想搞分裂不成？"我一看那份材料傻眼了，原来那是一份"四人帮"当政时搞的材料，我上班时走得匆忙，没来得及翻看一眼就扔给你了，你大概猜疑气愤了整整一个上午吧。我连忙解释说拿错了材料，可是已经晚了，你的精神分裂症又发作了……

爸爸，我没有勇气再继续往下写你的祭文了，要想写尽你苦辣酸甜，令人啼笑皆非的一生，没有一部上百万字的长篇小说是完不成的。目前我的时间，我的精力，都不允许我再写下去。

爸爸，写了洋洋上万言我还是没法给你下个结论。那就不要写什么结论吧，岁月会洗去一切幸与不幸的。只是我要最后问你几句话，爸爸，你的葬礼是太隆重了，你配享受这样隆重的礼遇吗？作为家长，你没创造一个幸福哪怕只是平安的家庭呢，我认为你是不配享受这等葬礼的！不错，你生了一个咱们县志记有一笔的“名人”，可是仅仅生个可怜的名人这点功德就能对得起你的家庭吗？爸爸！不过，还是愿你安息吧。在我临离开家乡的告别聚餐会上，我的四十多位同学，你的四十多位学生已把四十多杯美酒洒在地上祝你灵魂安息啦。

安息吧，我的可怜的灵魂被撕扯了59年已经分裂为分子，分裂为原子，分裂为中子，分裂为质子，分裂为核子了的爸爸啊……

（原载《东北作家》文学季刊）

子与母

星期天去公园散步，见一卖花女孩的花篮前立了块木牌，上面歪歪扭扭地写着“今天是5月12日母亲节，请为你的母亲买一枝花吧”。

我一下就被女孩这幼稚的字却是命令式的话打动了，不由得停住了脚步。我在她的花前伫立了良久，很想买上一枝。母亲真是非常爱花的。可母亲住在遥远的故乡的山坡上，没法给她送花了。卖花女孩仍不时地喊着，买花呀，为你的母亲买一枝花儿呀！我好久不曾汹涌的灵感之水忽然就冲腾起来，竟跑着回到家中写下了这篇文字，权作献给远方母亲的一束鲜花儿吧。

母亲是哪年生的，生日是哪天，我一概不知道。我记忆中从未留有母亲过生日的印象，所以我活到现在几乎也不曾像模像样过一次生日。生我养我的母亲都没过过生日，我有什么好过的。大概这也是母亲潜移默化对我进行的人生教育之一。奶奶倒是年年过生日，而且每年都杀鸡宰鹅摆了丰盛酒席，聚来儿孙们几十人热热闹闹地过。母亲必得和姑啊娘啊他们忙上两三天。我们小孩光跟着过节似的白吃白喝，巴不得第二天就有谁再过生日，我便带有撺掇性质地问母亲：“妈，你怎么不过生日啊？”母亲好像是说了这类意思的话：“过生日是大人们的事，我过什么生日啊？”经过同母亲辩论，我才懂了，母亲说的大人是指老人们。老人把儿女养大成人了，有了功劳了，过生日，儿女们才买了东西来为他们庆功祝寿的。我幼小的心里肯定盼过母亲快快变老，自己快快长大，既能给母亲过生日自己也能过生日。同时小小心田里肯定也无意播下了无功不能受禄，人活着要少给人添麻烦的思想种子。我长大也要用自己的劳动所得为母亲过生日。

遗憾的是（真是死难瞑目的遗憾），我至今也没为母亲过一次生日，记得的只是她的死日。因那死日不用记，正好是我的独生儿子她的第一个孙子出生的前一天。人类每天都在生着，每天都在死着啊，母爱就伴着生生死死而永存着。

母亲死那年我26岁，她才49岁。当时母亲比我现在的年龄只大3岁。也许活了49岁的母亲已经很满足了，她生前已有3岁的儿子和24岁的女儿先她而逝！

有母亲的生命比着，我从没奢望像有些人那样七老八十地活。再说父亲也只比母亲多活了10岁。我能活到50岁就已比母亲多活了1岁，不遗憾了。若能活到60岁，正好到退休年龄就非常满足了。那已比养育我的母亲多活了11岁（也比父亲多活了1岁）。生命和事业都超过了父母，就算母亲没白生养自己一回。遗憾的是，母亲为我付出了26年心血，却没来得及受我一点点报偿，就与我永别了。母亲活着时的生活状况，我在《父亲祭》里已有交代，不再重复那些令人伤心的话了。此时只想将涌上心头的母爱述于纸端。

别看母亲比父亲少活了十年，也不像父亲那样“国高”毕业而且当校长教导别人（包括我），母亲一天书没念，但我人生哲学中最牢固的部分多来自母亲。她才是我最重要也最长久的导师。母亲的导师作用都是潜移默化的，也是最及时有力的。

我6岁上的学。当时由于左邻右居一块玩的一大帮孩子忽然都报名上学了，甩下一个最小的我，成了离群的小狗掉队的孤雁了。我就哭闹着要和他们一同上学。年龄差1岁，是母亲帮我走了父亲的后门（当时父亲是学校领导）才上成的。入学前后我在同伙中一直最小，所以什么事儿总是跟头把什地跟着人家跑，很难独立创造出点成绩来。上山挖药材回来，母亲见挖得很多，就会问一句，自己挖的吗？拿了蝈蝈或什么鸟儿回家了，母亲也要问一问，自己抓的吗？作文或作业得了很高分时母亲肯定也问，自己写的吗？母亲那一回回自己干的吗的发问，不就是独立自主、自力更生的人生哲学教育吗？所以时至今日，写了许多公开发表的作品或内部印发的材料，我从不肯靠合作借别人力沾别人的光。但小时候同伙里我最小的缘故，总是离了别人的帮助很少有突出成绩的时候。母亲虽然从没表示过我无能的意思，我却有了独立干成点事儿让母亲高兴高兴的想法。母亲过日子勤俭朴素，但非常爱干净，无论屋子、院子、园子都收拾得不见一根草刺儿。她还爱栽几盆花养一只鸟儿什么的。这几样事除鸟儿母亲自己不能捉到，其他都行。我一心想弄只很好看叫声也很好听的鸟儿给母亲，也算我建一次功业。可浑身解数都使尽了也不可能，因那样的鸟儿只能用扣网扣得，用滚笼滚得。这两样工具我都没有。试着做了好几天，手已受伤流血，也当然不能成功。我那等小孩也能做成扣网、滚笼的话，还能叫小孩吗？后来我在我家大西头老王家后园发现，他家滚笼里新滚了两只苏雀儿，红红的脑门儿，叫声长而清脆，让我动了心。我竟连笼带鸟儿一同偷回家中。记不清是想把鸟儿偷出后再把笼子送回，还是想连笼带鸟一同窃为己有了。我把鸟儿送给母亲时，她惊喜而疑惑地又问："自己抓的吗？"我说是。母亲又问："你自己怎么会抓住？"我想编个捉鸟的故事，肯定漏洞百出被母亲发现了问题，她房前屋后转了几圈儿，从柴垛后面发现了鸟笼。母亲虽然没有打我骂我，但原来一脸的喜色全都不翼而飞了。她说："妈不能养这样的鸟儿！”她要亲自领我去老王家送鸟笼，我赖着不去。母亲硬把我拽去了，还让我亲口道了歉。现在分析，母亲这行为等于再次对我进行要靠自己诚实劳动建功立业的教育外，还等于进行了一次有错必改，敢于做自我批评的教育。以致后来工作中，不管有了怎样的错误，并且不管那错误犯得多么尴尬，我都想法鼓起勇气当众承认。

整个童年里，记得只有一次因了我自己的力量创了奇迹，受了母亲的当众表扬。那好像是小学四五年级或五六年级的时候，我和一大群同伙去镇子大西边的少陵河钓鱼。前面说了，这类事离了别人的帮助和施舍，很难有什么成就的。那次却神了。我用柳条做的渔竿忽然被咬了钩，咬得很重，柳条杆都拉弯了。我就手忙脚乱一甩，一条我当时看去非常非常大的大鱼刚出水面就脱了钩。我急得一阵拍腿跺脚之后，在钓钩上又下了大大的鱼饵。不一会儿渔竿又被拉弯了。这回我没敢甩，而是慌忙拉起渔竿就跑，一条将近一斤重的红尾鲤鱼硬被我拖上岸了。那一次，所有大哥哥们没谁钓着一条超过二寸长的鱼。他们欢呼着把我和鱼围在当中，惊叹着总结我的经验，最后一致认为我的成功在于钓饵。他们寻找钓饵的时候，我已被自己童年史上最大的这次功业激动得不能自已了。我急不可耐要向母亲报功，就用帽子装了鱼，渔竿也扔下不要了，往家飞跑。我知道母亲肯定还在大西边的山坡上捡庄稼，就把鱼放进脸盆里，倒满水，然后又往西山跑。半路上迎到了母亲她们长长的捡庄稼队伍。我拽住母亲的手，叫她低下头，悄悄附她耳畔说：“妈，我钓着大鱼了，一斤多沉的大鱼！”母亲抬起头正眼问我：“你自己钓着大鱼了？一斤多沉？”我斩钉截铁说：“真的，唬弄妈不是人！”母亲听了我这句悄悄话却领我走到队外，向姨、娘、姑、婶们大声传送着我的小名说：“我家宝林钓着大鱼了，放脸盆里还露脊梁骨呢。一会儿都到家去看看哪！”

母亲那是对我多么隆重的表扬啊。现在想来，它的重要性，真不亚于参军后大军区首长在千百人的大会上宣读因创作成绩突出而给我记的那个二等功命令。

由于缺医少药和全家的体弱多病，至今我脑中残留了许多病苦和关于药的记忆。我看重药并看重病苦时别人对我需要的药的态度，甚至都到了敏感的程度，我几乎把这看成检验爱与真情的试金石了。有一回我头疼得厉害，放学回家跟母亲叫苦，说脑袋要疼裂了，想让母亲给钱买镇痛片吃。母亲说脑袋疼哪有买药的，你小孩脑袋疼是学习累的，今儿个别写作业了，干点活儿，玩玩就好了。我知道母亲实在是没钱。她自己成天成夜地咳嗽，夜夜都睡不成觉，我们叫她买药她也说咳嗽不用药，吃点萝卜压压就好了。母亲就哄慰着帮我摘了书包，用热毛巾敷了敷额头，又用热水洗了洗头。然后叫我帮她去井边抬水。母亲让我趴在井沿往深处瞅。几十米深的井底往上冒着森人的白气，凉飕飕直冲脑门。抬水的时候母亲把水桶拉到几乎贴了她的身子处，我差不多只起了扛半截扁担的作用。母亲故意一个劲说两人要走齐步子，不然水桶晃悠水溅出来湿衣服。我就全神贯注努力和母亲走齐步子，抬完一缸水后也满头大汗了。肚子饿得咕咕叫，早已忘了头疼的事。母亲便利用饿来继续转移我的注意力，让我抱柴点火帮她烧饭。母亲经常用转移注意力的办法来医治儿女们的一些小病（其实有些一点也不小，放现在有的人身上，早早就住院了），久而久之，我们兄妹都养成了有病也不吃药的习惯。一旦想到上医院，那其实已离死不远了。先母亲而去的小弟弟和大妹妹就是往医院送的路上咽气的。就因为这样的原因，有一次母亲主动给钱让我买药的印象便永远难以磨灭了。似乎是六年级或初中一年级时的事，我不知为什么拉开了肚子，一会儿一次，夜里也起来拉，拉得脸瘦眼眍直不起腰来。受母亲影响，拉肚子怎么厉害也不算病，只有长了大疥子流脓淌血和受重伤包扎了宽宽的绷带才叫病。所以拉得那般难受我也只是自己搂起上衣，趴热炕头烙烙肚子而已。可那次母亲却意外主动给了两角钱叫我上街买几片合霉素，说合霉素是治拉肚子的好药。少年的我能有两角钱在握，就是一笔不小的款项了。两角钱可以买四个带糖的烧饼，或20块很好看的糖球，或好几个像样的作业本……我带着对母亲无限的感激，一手攥钱，一手捂肚子往药店走。似乎有了买药钱肚子的疼痛就生畏了。途中，当我走过一个香瓜摊时，那纠缠我好几天的疼痛竟忽然被我忘了。走过两步后我的头被香瓜拽转过去，那香瓜太诱人了。我经不住那强大的诱惑，停止了去往药店的脚步，又回到香瓜前。两角钱买的两个大甜瓜只简单擦了擦，就地就进入了病着的肚里，回家后理所当然拉得更重了。母亲埋怨药不管用，又怕是药店唬弄了小孩，第二天亲自跑药店买回一袋合霉素片。母亲说吃吧，多吃两片，买了四角钱的呢。母亲说时自己就咳得浑身打战。我很后悔不该买瓜吃而应给母亲买点咳嗽药，就愧疚地叫母亲也一同吃两片合霉素。母亲说合霉素哪管咳嗽呀。我说那你咋不顺便买点咳嗽药哇。母亲还是那句话：“咳嗽也买药吃，你家钱多烧的呀？”夜里，母亲那震耳欲聋的咳声叫我好后悔！好后悔！后来听亲戚们说，其实母亲就死于咳嗽。她患了气管炎长年得不到医治，咳成了肺气肿，便日夜更激烈地咳，遇了一次重感冒就咳断气了。母亲去世时我已是军官，在离母亲很远很远的远方，没能见上她一面。母亲啊，当时我怎么不把津贴费都省下来，或者是借些钱多买点药邮给您呢？！我终生都对不住您啊，母亲！

和母亲在一起的日子里，我想有所作为的念头从没受到过母亲的阻止，并且她认为重要的都给予了鼓励。作为一个没正式上一年学的普通母亲，这也是了不起的啊。记得有一年我坐在饭桌的炕梢那一边写作业，母亲坐在饭桌的炕头那边纳鞋底儿（是给我纳的），她忽然说："你长大也能当个队长就好了！"母亲指的队长是生产队的队长。那时母亲的二弟我的二舅在镇上的蔬菜生产大队当队长。父亲是个教书匠，母亲是个病篓子，许多事，比如年年一次的扒炕、抹屋、抹院墙、种园田地、打烧柴等等，都是当队长的二舅叫了亲友来帮干的。因此在母亲眼里，只有当官管事才能帮别人大忙。我家欠亲友们的情分太多了，我只有当了队长才能帮人家大忙，还清那些情分债。母亲这个朴素的愿望不就是盼我能为人民做点事吗？母亲，您虽没能像岳飞母亲那样在儿子背上刺下"精忠报国"四个字，但你"能当个队长就好了"的期望，就如"为人民服务"五个字刺在了我心头一样。母亲，你去世那年我已是正连职军官了，级别正好就是你所说的队长。可是你没有看见我怎样为亲友或者说为人民办一件事。你看得见我的日子都是我靠病弱的你养育的岁月啊。

为了我能有出息，能成为"队长"，即使母亲后来精神失常为疯人，我在最关键时刻也感到了她的鼓励与支援。高中三年级时候，我正投身史无前例的"文化大革命"。我和十几位同学在全县最先发起徒步大串联。我没同家里商量，擅自迈开了向北京进发的脚步。我们的长征队路过我家所在的镇子时，我担心父母尤其是母亲会把我从队伍中拉出去，因为我家那个镇没一个人参加这样的长征。十六七岁的中学生从未出过远门，忽然就要走着去北京，跋山涉水三四千里的路程不说，身上也没有几个钱，母亲不可能放心的。可出乎我意料，母亲不仅没有阻止，而且和父亲一同把我们十几个同乡都接到家中，包饺子送行，像战争年代拥军的老百姓送子弟兵上前线似的。那是我人生的第一次远行。走出老远了，回头一望，母亲还站在桥边默默地目送着。没有母亲的目光，我怎能背着行李克服了那么多困难而完成刚步入青年时代的长征啊。

在高中度过了第四个年头的我，赶上了“文化大革命”中的第一次征兵，也是第一次从中学生中征兵。我仍没同父母商量自己擅自报名参军了。那一次离家，竟永远离开了故乡，离开了母亲。那是我人生关头最大最大的一次转折。不少同学都因父母的反对没能如愿参军，而走上了另一条路。我选择的路，不管成功与否，也不管成功大小，毕竟是实现了我的愿望。参军离家那天，母亲坐在窗前用烙铁将窗玻璃上厚厚的霜烫出一个透明的方块来。她送我远去的目光就是从那冷静的方块透出来的。她鬓边两大绺银发在我模糊了的眼里渐渐溶入北国皑皑的白雪。我无法得知母亲当时在想什么了，以后的日子里更加无法得知已精神失常了的母亲的心。只是在一次妹妹的来信中知道，母亲曾在多次深夜时披衣而坐，自言自语同远方的我说话……

后来，只回家看过一次母亲。第二次探家就是接到母病重速归的电报了。我把积攒下的津贴费和借的几十元钱买了些药品和水果，连夜往家乡奔。到家才知道家里拍给我的电报是母病故速归。我日夜兼程赶回家，见到的只是一座并非我的手堆起的新坟，那坟坐落在我少年时打柴、挖药、抓蝈蝈的少陵山东坡上，四周是漫山遍野的厚雪。我把带回的药品和水果放在坟头，泪流满面跪在坟前，自言自语同另一个世界的母亲反复说着一句话："妈妈呀，您的恩情我还一点点也没来得及报答啊！"

默默同到了另一个世界的母亲无数遍说过这话之后，第二天才又走了三十多里路去看刚刚出生的儿子。出生三天的婴儿其实还不能算人。我就对着还不会说话只能啼哭也没长出人模样对谁都还没有感情的儿子祈祷："将来，你可要爱你的母亲啊！"

母亲的精神失常，可能跟她自尊心太强而心眼儿不够宽大有关。我上初三那年，有一天上学回来母亲已经精神失常了，正被好几个大人按着头针灸。六七根长长的钢针在母亲的五官上颤颤地立着，我吓坏了。母亲怎么会这样呢？小时候我的眼里，疯子、傻子甚至哑巴都不是好人的，而母亲怎么会突然精神失常了呢？究竟怎么回事，我现在也没弄清楚。反正母亲是精神失常了。

母亲是不该精神失常的。不管多大的事儿，没有挺得住就说明母亲还不够坚强。母亲，我会吸取您这不幸的教训，使自己比您百倍坚强起来而且继续坚强下去的。

（原载《人民文学》月刊）

夫与妻

先离题说几句废话。我想，傲岸地站于高山或天上藐视他人的文字固然易像大手笔，但勇于剖析自身的卑微，以求改进和焕发的文字未必就是小手笔。我还想，种土豆和捡土豆，两者的功绩是不一样的。我的跳舞属于捡土豆之类，虽也有收获，但于种土豆类的跳舞远逊一筹。废话少说，言归正传。

我曾好长一段时间蔑视过跳舞。我妻子比我更长久地鄙视过这一行为（她是鄙视，比蔑视还要甚之）。那时的我怎么也不会想到的，十多年后（多么可怕的漫长），蔑视和鄙视跳舞的人却先后成了热情的舞者。这里无须声明，无论过去现在和将来，我和妻子都成不了舞迷，因为这既需天赋又要精力，我们都不具备。我只是想由衷地感谢，跳舞为我的生命增添了活力，并且改善了夫妻关系。这感谢之情是在犹犹豫豫矛矛盾盾战战兢兢的漫长实践中深重地发自内心的，就像海洋里山一般的大涌是深深厚厚的水体逐渐酝积所成，而不似水皮上轻薄的浪花随意而生转瞬即逝的。这里还得说句废话，我只是想感谢跳舞，并没歌颂说每个跳舞者都多么多么光荣，甚或伟大，也不是针对部队不许军人到营业性舞厅跳舞的规定而言。说来话长。

1979年末的中国，舞事正如太阳初升前的晨星般寥落呢，我有幸参加了拨乱反正的十一届三中全会后第一次盛大文学艺术工作者会议（全国第四次文代会），文艺观念方面的更新之见连篇累牍，令我开心得忽如自己驾了国产的解放牌汽车在中国大地上奔驰起来。可是却还没见过跳舞（指交谊娱乐性的舞，别种艺术性演出的舞如芭蕾舞、自由舞等是见过的）为何物。会间，好像是团中央（记不准了）在国际俱乐部举办一次大型舞会。文代会只30岁以下代表发了舞票，而我是解放军代表团里两名得票者之一，另一个我又不认得。当时拿着舞票真不亚于得了一张出访资本主义国家的通知书样忐忑不安。以前在各种批判会上听说跳舞是诸种不健康生活方式之一，现在我却被邀请了。去还是不去？独自去参加名声不好的活动，领导和其他同志会对我有看法的，不去呢，票又是大会办公室发的，扔了而跟大伙去看那些平时也很容易看到的电影或京剧什么的，不就失了一次开眼界的机会吗？犹豫再三，我还是拿了票去请示领导。经历过坎坷的领导看看票和请柬说："禁了多年的东西又出来了。不过你可以去看看，正好有客人想要今晚的戏票还没着落。"

我就带着审视不轨行为的眼光惶惑着极不自然地走进舞厅。如果从发自内心的审美感觉说，无论舞厅的建筑风格和舞者们的衣着姿容都是美的。但我总以为这外表美里隐有不洁动机。周长百多米一圈座席上只我一人满眼问号在东张西望。这都是些什么人呢？女的有丈夫吗？男的有妻子吗？没有妻子或丈夫的有称为对象那种朋友吗？他们是在和自己妻子、丈夫或朋友跳吗？如果不是，那为什么呢？忽然发现一对年轻女子同跳。全场只这一对同性相舞者，我当即盯住她俩并与那些异性相舞者比着加以研究，同时掏出小本子记录印象。不想舞曲停时她俩一左一右坐在我身边了，还同我搭了句话："你是记者执行任务啊？"我说记着玩的，便乘机想探问她们工作单位、职务、是否党团员。她们马上反问我："不是记者查什么户口？请我们跳舞吧！"我忽然紧张起来，连说不会。因为跟我说话，她们耽误了一支曲子。再奏一曲时有位起码50岁的秃顶胖男人将她俩中更漂亮的一位请去跳华尔兹了。他们的舞步快速而优美，神情极轻松愉悦，丝毫看不出别的什么来。但我还是疑心，要不怎么专请年轻漂亮的？剩我身边这个也很端庄，只是与被秃顶请走那个比稍逊一点。这反而使我有点好感和安全感，敢于壮胆坐那里向她讨问关于跳舞的事了，也许因为没了伴，有人说说话也比独自坐着好些，她竟挺愿意跟我聊的。这样别人以为我俩是同伴，就没人再来请她。中间她和她的同伴曾非常热情友好地硬把我拉下舞池，一人带我走了几步。和年轻漂亮女子面对面搭腰握手，窘得我脸红口讷手脚无措，身子也抖。她们直笑我说解放军跳个舞就吓这样，上了战场还不得叫敌人吓趴了哇。见我不堪救药只好招呼组织舞会的几个男同志来带我。男同志也极热心，仿佛跳舞是项伟大的事业，他们在为事业而宣传群众培养骨干发展队伍似的。我虽仍不理解跳舞究竟是为什么，但此情此景忽觉不会跳舞给军人丢了面子。舞会就在我这念头诞生之时结束了。那两位女伴同我握手道着“再见”，有一个还给我留了家的地址和电话号码。回到会议住地同志们都猜说我有了什么喜事，要不咋会满面春风，我才发觉心情确实少有的好，以致夜里长久不能入眠，直到梦中还与那留了电话号码的漂亮女子握手搭腰学舞。醒来又不时将梦中情景加以回味，那留下的电话号码时时带着铃响和她的音容怂恿我坐到电话机旁。房间里就有电话，但我总觉得电话号码与梦境一样都是假的，不然她为什么给我留电话呢。我又不会跳舞。挨到会议临近尾声，我终于鼓足勇气将那号码拨了，正是她接电话，而且离我很近。她十分高兴，约我到她家去玩。那一刻被她坦诚的笑声感染，我竟答应马上去。可走到她家门口又犹豫了。她是好人吗？她说去玩是指学舞，还是别的什么？一想梦中学舞情景我又退缩了，转身想走时她已开了门来迎我。我便叮咛自己，一旦发现不良苗头一定当机立断毅然离去。她把我领进一道朱红大门，又进一道朱红中门，第三道朱红小门才是她家的独栋楼门。举行三四十人舞会不成问题的大厅里，她的公公婆婆在会客。我才大吃一惊，她公公是中央某重要部门有名的大首长，会的客是某省要员。她把我向她公公婆婆做了介绍后，领到楼上她的住室。她丈夫正教儿子写字。原来她已是两岁孩子的母亲，丈夫是比我英俊许多，工作岗位比我重要许多，各方面都不逊于我的好男人，而且夫妇俩都是中央机关的共产党员。她丈夫十分热情，好像来了自己的朋友一样，亲手削了苹果，冲了咖啡，陪坐一会儿后说孩子闹人，便抱了到别屋去，让我们好好聊。我的那层封闭他人保护自己的小家子气硬壳，忽然在宽松大度的气氛中被自身内在的压力胀裂，心灵深处卑微的小人之念随着一阵热烘烘的脸红偷偷溜掉，整个身心浴着纯洁气息，心被净化了。我们聊到了各自的经历，聊到了事业和业余爱好，当聊到家庭生活时，她说她丈夫原来跳舞比我还笨，是她请那位女伴硬把他教会的。她那位女同伴就是她丈夫的舞伴。那晚因轮到丈夫家庭值日带孩子，才她俩去的。她说她丈夫三十来岁就发胖了，睡眠也不好，不跳舞哪行。她丈夫哄好了孩子又过来和我们一块儿聊。那天聊得非常愉快，我要走时她丈夫非要留吃饭，可是孩子又闹。两人商量后，决定由妻子陪我上街吃去（那天又该丈夫家庭值日，他说定好的制度不能轻易破坏）。送我和他妻子出门时他说：“朋友了，初次来家还能不吃顿饭！”

不消说那顿饭后我对生活有了新的理解和憧憬，我羡慕她的家庭关系和生活方式，尤其赞叹她们别具一格的家庭生活制度。封闭或开放自己，得失多么不同。如果我死死封闭自己，再过十年也不会有这些新鲜感觉。可一离开首都回到家气氛就不一样了，我不敢把这样一个朋友跟妻子说，只试探着先讲了跳舞的事。果然妻子正告我："出息了，敢上舞场了，不定哪天还敢交女朋友呢。以后少出去参加乱七八糟的会！"当时我真庆幸没说出请吃饭的事，不然非吵一架不可。

不管怎么说，从此我不认为跳舞的没好东西了（当然跳舞的里头出了坏东西我也不负责。什么好事里不可能出几个坏人呢？）。跳舞以其神秘的诱惑力居进我心里。但仍是不敢问津。好几年后去北大荒采访，同单位一个学过舞蹈的朋友一路利用间歇教大家跳舞。我本来就笨，又装了妻子的警告在心，越发笨得恨人。那朋友直恨我说："太没出息！大胆学，怕什么呀？"后来看过她找给的《邓肯自传》，跳舞才终于以美好形象在我心中树起，不但开始遗憾自己不会跳舞，而且强烈慨叹，什么时候全中国人民都会跳舞就好啦。

又过了一年（已是距第一次见过跳舞的第六年啦），地方作家协会要同我们军区笔会全体同志跳舞联欢。大多数同志还不会呢，领导不得不临时组织集体学舞。既然是领导组织，回家好和妻子交代了，才暂时没了顾虑。白天写作累得头昏脑涨，跑步、掰腕子、撞拐、散步……什么活动都改换不了思路，一学跳舞不一样了，汗流浃背，身子轻松，脑子也轻松。有一晚正鱼游水般欢畅，自觉动作也如邓肯一样美好，一个反对跳舞的朋友探头睹见我的舞姿，兜头一盆凉水：“我的妈呀，难看死了，不是那块料痛快干点别的得了！”我的自尊心、自信心一下遭了挫伤，冲那朋友好一顿大火：“你太可恨了，好心办坏事！你太残酷了，嫩苗地上驰马！封建卫道士！”他也火了：“你冠冕堂皇什么呀，说到实质跳舞不就是男女调情吗？”我不示弱：“对，就是男女调情——调解情绪，有什么不好？你看你，就会抽烟，一天两包，抽得面黄唇黑嘴臭，屋里成天失火似的烟气不绝，呛得同屋人看不进书，写不了字，睡不着觉——损人又不利己！国家提倡戒烟可没提倡戒舞。你戒了烟，靠跳舞调整情绪不好吗？”

那朋友没想到我会这般发火，我也没想到凡事斗则进他竟被说服了。第二天晚上他陪我到学舞那屋，边看边鼓励我舞姿有进步等等，从此不再说跳舞的坏话。那次联欢会我第一次下场请人了，舞姿照样难看是不消说的，难得的是完成了一次飞跃。学舞信心自此树立起来。

和妻子经历差距越大，看问题便越分歧。这分歧不解决便增加隔阂。因而我越是在外面学了舞心情高兴，回了家便越苦恼。如实说跳舞了必得吵架，不说或说谎又实在难过，长此下去不闹大矛盾才怪！

又过了一年，朋友们好心将我和妻子一块儿邀去舞厅。那天我也有向妻子显显舞姿让她高兴高兴的意思，开场一曲就请人。正跳到得意处见妻子愤然拂袖而去，我立即像断了电的机器人停住舞动，好歹追上妻子，却怎么解释也不管用。她也认准说跳舞就是调情："愿调你自己调吧，别让老婆也跟别人调！"

好心做的事不被妻子理解那是太痛苦了。我心像被她一尖刀横戳进去，左右的伤口都在流血，像流尽了，脸色苍白，无精打采，精神上打下一个结结实实的"跳舞情结"。为家庭太平计，我决心不再越舞池一步。但我们之间罩着的阴影却没散，弄得她精神不好，日益多病，我也情绪不佳神经衰弱。一旦我偶有高兴时候她便以为肯定是偷着跳舞了。精神可以变物质这说法很深刻。精神出了毛病真个可导致身体出毛病。有一天妻子骑车上班，平平坦坦大马路上忽然就摔了一跤，造下腰腿病三天两头疼得不能上班。然后物质又变精神，腰腿坏了使得精神越坏。我整天无可奈何，谁见了都以为在患病。

直到去年春天（1990年4月），我们单位在大连办笔会，听说大连某疗养院治疗妻子那种腰腿病有好办法，领导亲自帮助联系把妻子接去治疗。笔会结束时又是联欢舞会。领导考虑让我能顺心参加，特意做工作把我妻子请了去。我"跳舞情结"尚在，不敢也没情绪跳，默默陪妻子坐在那里。不想领导带头，笔会所有男同志都来请妻子跳舞。安排治病的好意加邀请跳舞盛情，她终于走进舞池。十来支曲子下来竟忘了腰疼，后来还督促我："跳哇，这回你反倒不跳了！"

我简直想当场蹦个高为妻子的初舞欢呼万岁啦，恰巧一支迪斯科曲奏起。我是不会迪斯科的，却突然心血来潮冲进舞池中央，狂跳起来。也不知跳得像什么，反正大家说简直不敢相信是我在跳。我自己也不相信。那是生来头一回有过的狂跳啊，下来后袜子都汗湿了。妻子上前祝贺说跳得挺好，我说为她而跳。她激动地递给我一杯饮料，我举杯一饮而尽。啊啊啊，万岁！妻子跳舞啦！

疗养院专门有个“舞疗厅”。刚入院时妻子从不光顾，那次舞后，开始每晚提醒我带她去了。先是看，继而学，出院后病也见好，舞也入门，每天坚持早起跳上一场，精神日渐愉快。

现在，她反倒嫌我一天也不出屋，光死囚在家里看书写作，脸捂得蜡黄了。她不时跟我谈体会说：“跳舞是好，人变勤快了，讲卫生爱美了，言谈举止也文明了。不然谁请你跳哇？”目前，我倒是必得听妻子讲讲才知道市面舞事如何了。前几天她说：“有些人舞风不正，就会跳感情步。”她把贴得较近那种慢步叫感情步。我就刺激她：“你不爱跳感情步就净心跳你的理智步得了，老干涉别人干啥？说不定哪天你也要那么跳。想想当初，对喇叭裤、牛仔裤，你不是反对一通最后也穿起来了吗？”

这几天她什么也不骂了，一心在提高舞技和选择舞伴上下功夫，舞技越高对舞伴越挑剔，并一再说：“快步也好，慢步也好，交谊舞也好，迪斯科也好，喜欢哪种跟性格有关，不必强求一律。哪种舞都是生命的朋友。”还说：“一个人封闭就自我折磨，一个家庭封闭就相互折磨。跳舞使我性格开放了！”

这篇文章就是妻子叫我写的，写于3月8日国际妇女节沈阳家中。

（原载《解放军文艺》月刊）

和儿子交朋友

儿子小学三年级时，一次吃饭我忽然心血来潮问他：“假如咱家失火，你先抢什么？”

儿子只眨了一下眼就说先抢电视。我又问第二、第三抢什么，他说第二抢妈妈，第三抢小人书。当我盯住他又追问两遍第三到底抢什么时（追问的眼光里明显带着启发和暗示），他才眨巴半天改说第三抢爸爸。

我受了极大的触动，看来自己在儿子心中位置不重要啊。我嘴里嚼着馒头不是滋味了。孩子，在家庭乃至社会几乎是什么权力也没有的，然而一旦给他们一次掌握尺度的权力，大人们也会因在他们尺下显短而愧疚的。

我在哪方面使儿子积淀下不如他妈妈和小人书值得抢救的潜意识呢？显然主要是疼爱方面。在管教问题上，他妈妈总是循循善诱地说服引导，还多加以物质奖励。而我在严厉的权威之外还使用过武力。印象最深的是二年级时他遭过我一顿毒打。原因是他对老师布置的家庭作业采取了偷懒耍猾态度。我偶尔认真检查他的家庭作业，发现他擅自扔掉了五六道题。我严厉警告他："明天还检查你作业，如果发现扔题决不轻饶。"第二天他果然做得很认真，也没出去疯玩。我说："今天相信你，作业就不检查了。"他收拾好书包看电视时，我忽然觉得还是检查一下为好，言而有信对他也是个影响。不想一检查，他竟胆大包天又故意扔了好几道题。刚严厉正告过的事，他揣想我肯定不会检查了，便又钻了空子，这是我万万没想到的事，不由得火起，抡起巴掌牢牢实实抽他屁股，抽得很心疼是不必说了，但借着当时的火气一遭打够打服算了，抽了有二十多巴掌，我的手心和他的屁股都紫了，最后他妈妈看不下眼骂着将我推走了，方才罢了手。睡觉时我在他床头讲我为什么如此狠打他的道理，还让他亲口说出我打得很对才让他合眼。从此以后，他作业是不偷工减料了，但明显地惧怕和疏远我。本来我对他寄予厚望，因为那毒打也是爱的另一种表现方式，不想却在他心中丢了位置。

感触之下，我急于想调整一下和儿子的感情，便接着考问他妈。他妈说完第一抢电冰箱，第二抢儿子，第三抢电视机后轮到我时，我郑重说，第一抢儿子，第二抢妻子，第三抢稿子。因为儿子是我生命的延续，是我最珍贵的作品，妻子是唯一能帮我完成这部珍贵作品的人，而稿子是我生命的记录——儿子听懂了这番话，既出乎意料又大为感动，忽然与我加深了一层感情，当即从他自己碗里夹出一块鱼肉给我。我把鱼肉吃了半块又拨给他。

我们父子俩咀嚼着那鱼肉，也同时咀嚼一年前发生那次毒打和刚刚发生过的考答，心里都滋生了相依为命之爱。

从那以后，我注意和他以朋友相待，母子三人一同做游戏。记得最让儿子高兴的游戏是开追悼会。我们三人轮流躺在床上装死，然后听别人给自己致悼词。我对儿子的悼词常常比他妈的细致动人，多是他近期新表现出的优点。有时我对他优点说得过分了，他会忽然活过来纠正说如何如何，而对他给我致的悼词，我也特别注意听，好从中发现他对我新的看法。平时，对他自觉做出的好事和成绩我也给以认真的赞扬和奖励，对他的错，虽不姑息迁就，但也特别注重以情感动他。我们搬了新家，添了家用电器，偏巧我的门钥匙不知弄哪里去了。以前儿子丢过两次门钥匙，都被我教训了。这次轮到我丢了，想问儿子，却不好意思。儿子只微笑着说："你也有丢钥匙的时候哇？"我反复问几遍他都说没看见，我只好决定重新买个门锁换上。

原来的旧门锁很牢，实在是难换，当我面对旧锁长叹倒霉时，儿子忽然说："爸爸，你的难题有答案了。"他叫我到写字台的电话旁号码本第一面找，翻开电话号码第一页，夹着的纸条上写着："你的心事请到《辞海》一百页找。"我找到《辞海》一百页，又是一张纸条："你的心事冰箱冷冻格能帮你解决！"我耐着性子在冰箱冷冻格翻了一阵，失踪两天让我担心两昼夜的一串钥匙竟然在鱼肉堆里出来了。我又喜又气，这个儿子，将钥匙藏起来折磨我两天，现在还有心思开玩笑，又想打他几下，却又忍住了。不管怎样，省了我费事重换之苦。我心平气和地问：“你怎么这样不懂事呢？我急了两天，心神不宁，再三问你，你为什么说不知道？”

儿子说：“为的是给你打个烙印。你已经好几个晚上回来把钥匙忘在门外的锁孔里，不教训你一下，你以后还得忘在上面，一旦夜里让谁拔走不坏了？就像你打我那次，我就再也忘不了！”

我被儿子的良苦用心和幽默感动了，表扬他一番之后，让他妈作陪，请他上街吃了次西餐。

儿子后来成了班上的学习委员，考试总在前几名，不但对我严格要求他真心理解了，而且养成了严格要求自己的自觉性，有时还对妈妈的过分疼爱表示出男子汉的姿态：“哎呀，用不着哇，多余！”而对我提出的高严要求却很感兴趣，很重视。后来他考上名牌大学离家到北京去了，我借出差机会去看他，不仅带好吃的，还和他谈自己的生活和心情。他不仅不像小时候把日记锁住不让我看，还把他十分秘密只给自己看的日记当生日礼物寄回家让我看。我想，如果我家失火的话，他起码抢完他妈就会马上抢我的，说不定还会同时最先将他妈和我一块儿抢出来呢！

（原载《新少年》儿童文学月刊）

父子两地书

一

西元你好！

你的好多信都没回了，只是电话里回复几句，这半年多实在是忙累。去年秋天以前的50多年岁月，只因眼病住过一次院，可去年秋到今年上半年，仅半年就在医院住了两次。主要因为从去年初当了单位主要领导，班子人却不齐，忽然一下子事太多，又由于新鲜感不知累，就累着了。而今年的“五一”和“十一”两个节日长假，也没抽出一点闲暇，连日记都停记三四个月了。我从中学时就记日记一直坚持了三十多年，今年却中断了，近来必不可拖的事忙过去了，打算恢复起来，看来也得11月份才能恢复。跟你说这些是忽然感到经历了一年多生活及工作变化之后，生命的阶段似乎也变了，原来的不少欲望和冲动现在平静了许多，虽然有些还在，也是心有余而力不足，或心也无余力也不足了。说这是向你解释没给你写信的原因，不是让你分心想家里的事，家里没有值得你分心的事。你一心干好工作读好你的书是了。你在外地有好处也有不好处。好处在于独自认识和闯荡生活，不好处在于，我和你妈每天积累的人生体验不能及时有效地交流给你，白浪费了。

你妈惦念你的婚事，免不了着急，做些不周到让你不高兴的傻事，这你不用怪她。我倒不太为你的婚事着急，但有时感到你是不是与女人交往方面的能力不强啊？或是不重视这方面啊？其实会不会和女人交往与相处，也是很重要的能力和素养，应该重视。一个男人能在优秀女人眼里留下美好印象，是很了不起的事情，靠赌气发火来硬的都不行。男人既要有阳刚之气，又要有胸怀和自我牺牲精神，还要能善解人意。不懂心理学，不会感悟女人心理的男人也不能算优秀男人，也许该算低能男人呢！当然，最重要的是事业方面的才能。女人往往是男人的镜子，你好感的女人对你什么态度可以照见你的形象。形象有外在部分和内在部分。太封闭的人，尽管他内在很优秀，但不会分寸得当地展示自己，那也不容易博得优秀女人的好印象。对才貌双全的女人，想方设法（当然不是卑鄙与邪恶的）去接近和交流，这需要勇气，也需要才能。光有勇气和真诚是不行的！有时匆促的勇气加过分的诚挚反而会坏事。你有许多优点，比如能吃苦，能忍辱负重，能不张扬不动声色地埋头做出许多不寻常的事来，尤其事业方面的进取心和能力都很强，这我和你妈都放心。就是接触女孩子方面，部队里机会少，等你做出来让人家刮目相看的事了，这需要时间，可能在这段时间里，好多机遇已失之交臂了。你应锻炼在短暂的时间里通过机智、幽默、活泼等一般人都喜欢的素质来让对方了解你，这很重要。一个男人是否机智幽默活泼有趣，能随时给人带来乐趣，确实很重要。如果太严肃，太孤独，男人女人和他相处都感到累的话，人家就不爱和他相处。会关心人也很重要，尤其你们这些独生子女，不怎么会不由自主地想到关心人……行了，不多说了。道理都很简单，但只有在日常的实践中才能真正理会。我和你妈不在你身边，你这么多年都是和人怎么具体交往的我们都不知道，情节和细节都不知道，所以有时就着急，也无法具体帮助你，你注意在生活中加强锻炼就是了。

再就是关于学习的事。我知道你对读中国人民大学不太满意，对此，我也多少有点同感。若从我本意想，北京大学和解放军艺术学院文学系较好，比较开放，能造就优秀作家。清华不是文科学校，但治学严谨又是名牌。可我们得面对现实。真正优秀的人才并不一定都是名牌学校造就的。你能考上中国人大读硕士，已给我们争了面子，就一般意义讲，我们已很满足了。你的不满足，想考北大读博士，说明你有大志向，这很好。但事已至此，两全其美的办法就是心情愉快地在人大读下去，人大的优势是出领导人才，但文学方面和自然环境逊色。你可注意利用人大的优势，同时借鉴北大的长处来完善自己。可以每月到北大转一次或听一次北大的课（通过熟人找到听课的办法，交一个北大的学生朋友也是办法）等等，那就可以身在人大心在北大了，将来自己就可成为集人大和北大优点于一身的人了。将来还可找机会读读北大的博士，便可彻底弥补了。

遇事有了愿望而没好办法时，就想想你所认识的人里谁可帮你实现。实际可借力实现你想法的人很多……你能写信给伯伯汇报你的情况，也是很有出息的行为，但关键是你信一定写得有水平，让他感到你身心健康，有志向，想有作为，而不是给他添事找麻烦。哪个领导不希望手下出几个像样的人才啊！

还要注意身体锻炼，学会休息和娱乐，这也极其重要。身体没有活力再一旦有大病，志向也会逐渐变小，且无法实现……没时间多写了！匆此祝好。

爸爸10月23日草于沈阳

二

爸：

回北京有四五天了，大体已安顿下来。心里一直想着快点把看过你长篇小说《不悔录》二稿的想法写出来。经过一周的时间反复想，对自己的一些观点逐渐成熟也有了信心。这需要时间，要知道对一个作品的看法一旦说了出来，就要做到轻易不改。

看过《不悔录》的第一个印象是，爸爸运用语言的能力比十年前更加简练、准确。不多的描写和熟练的对话语言，使所有人物生动而且准确地展现了出来。小说更少了抒情和机智，却多了入骨的冷静观察，这是非有生活阅历的深沉积淀而做不到的。如此看来，经过十年的时间，爸爸的写作进入了另一个阶段，是进步，而且是大的进步。

其次，关于这部长篇小说的主旨，不知父亲察觉了没有，实际上，《不悔录》的主旨是中国文学的一个非常重要的母题。以儒家传统为主流的中国文学传统里面，普遍有“普济苍生”“兼济天下”的文人理想。文人们有着把自己的道德理想实践于社会理想的政治理想。即使在乱世不能实现自己的道德理想，也会做到独善其身，不同流合污。也许，在小说的前半部，爸爸的心态和《废都》差不多，抱着失望，迷惘的心境描写了作协机关，而从下半部开始，则有了一种精神力量，它不是道家的出世思想，也不是一种寸步不让的尖酸文人心态，而是抱着务实的态度，竭尽自己最大的力量争取实现“济世”的理想——把作协机关的大楼盖好，把作协机关的混乱整治好，让作家们有一个好的生存发展环境，也是希望自己和所有作家甚至所有人都有个和谐的生活与工作环境。在“济世”的同时，也努力坚持自己的道德理想，如“君子不党”，不参与领导之间的权力斗争，努力寻求掌权者之间的宽容与和解。我一直觉得这种“君子理想”和“济世情怀”是整个小说的精神力量所在。

第三，逼真的纪实性使该小说具有成为一部独特的，甚至是重要小说的潜质。《红日》《红岩》《林海雪原》《红旗谱》，这些小说尽管有着概念化的缺陷，可是，他们都是有着深厚而且不可多得的生活经验。这一点使它们成了“经典”之作。尽管不可多得的生活阅历并不是使小说成功的唯一因素，但我预感到《不悔录》会因为这样的生活经历而成为经得起考验的不同寻常的作品。尽管可能有人会认为小说的社会批判力量还不够强烈，但我认为小说的精神力量之所在，在于一种道德理想和济世情怀。再有意增加批判功能只会使小说显得做作，并伤害小说无时无刻所表现出来的真诚。这种真诚对小说的成功来说，是非常重要的，真诚的态度会使小说包容进来连作者可能都意识不到的东西，正是这些东西使小说经得起考验。

我认为最重要的是，小说无意中在寻求实现一种文人理想，这种实现不是尖酸的不包括自己只针对他人的批判，而是务实的，身体力行的，自我牺牲而达到济世目的的。这种文人理想的实践更像《日瓦戈医生》，从气质上都很像。

从写作技巧，语言功力，生活经历的丰富和独特性及对作协机关描写的大胆方面，甚至小说的结构都无可挑剔。尽管会为了发表还会要作这样或那样的技术性处理，避免引起这样或那样的争议，但这在我看来是微不足道的。过了几十年，人们不会再为这些地方来质疑小说的地位（甚至必要的争议是小说成功的一个标志）。

我倒认为问题在这里。首先，我说我自己的阅读经验。小说从头到尾绝不缺少吸引人的、新鲜的、起伏跌宕的、刺激的、紧张的故事情节，可是我在后半部才渐渐体会到内在的精神力量带动故事情节的发展。问题出在哪里呢？我想，也许出在小说前半部分写作，爸爸还并不知要怎样写，或者一直在《废都》的影响下，没有发现自己内心的真正冲动在哪里。而后半部，甚至是快结尾了才逐渐接近了自己长期以来所认同的道德理想。

想法大体说到这里。具体细节问题就不谈了。小说的成就目前已经不小了。只是，我觉得这部小说有成为《废都》那样地位的潜质。甚至会比《废都》还有更可能走上正统地位。

小说还需要一以贯之而又强烈的气。气有了，小说就成功了。而靠零打碎敲是无法获得这气的。那么独特而宝贵的材料都在你肚里，而且经过了写作实践的检验，为什么不再敛敛气，把这部书修改成一本能传世的书呢？这可是别人没有的机会呀！

祝爸爸成功并身体健康！

西　元

草于北京大学

三

西元：

我笨想单就军旅文学创作而言，现代化其实就是强调时代性。当下中国，正迫切着手国防现代化建设，军旅文学的时代性，也就是所说的现代化。而现代化的实质，就是强调人类精神文明和物质文明的最先进化，即实现包括武器装备、军事思想和人的精神面貌的最先进水平。所以，现代化即先进化。而先不先进，是有历史性的。比如，古代战争中的使用战车和骑兵，便是相对于步兵时代的现代化。火药及热兵器的使用，便是相对于冷兵器时代的现代化。空军的大规模投入以及原子弹的使用，则是二战时期的现代化。不管怎样现代化，军旅文学的民族性和地域性，正义性和非正义性以及为正义战争而献身的精神不会消亡。

以上笨想，试以被军旅文学权威评论家誉为“军旅文坛拳击手”的你的近期作品为例加以说明。你于军队大学文科毕业后直接分配到担负国防现代化高端武器研发试验的工程部队，后又分别读取文学硕士和博士学位。最初，因国防现代化工程部队的某些保密要求，你只好选取中国历史上秦统一六国建立大秦帝国，由鼎盛转而走向灭亡这一重大军事题材，创作了长篇小说《秦武卒》。主人公是秦国由弱到强过程中，成长为当时最为现代化的秦军一员栋梁之将。眼见由盛而衰的大秦帝国末日到来，这位恪守军人武德的大将军，最终与国同亡。你以现代眼光赞美了这位失败英雄的高尚品德，同时呼唤，当代军人仍要把为国捐躯的牺牲精神，作为最高境界去追求。这就使你这部历史题材军旅文学作品，具有了现代意义。

随着军队现代化步伐的进展，你很快把探索的笔触深进新中国军队第一次经历的现代化战争中去。你选择了抗美援朝战场最为惨烈，也最为典型的一次攻守争夺战为背景，用最现代的文学创作手法，将绘画中最难的油画技法，和音乐中最现代的交响乐章法，连同小说创作最能深刻表达内心世界的意识流手法，还有诗歌和散文的抒情笔法，一并和谐融入这部厚实的中篇小说《死亡重奏》中。整部作品虽没完整故事，却极独特地塑造出一组新中国现代军人的英雄群像。全部人物，最高职务不过是连长和指导员，但是，这些人物不仅个个有血有肉有骨，又有个人成长史，还有作为中国军人的民族性格的遗传基因。比如作品中的两个灵魂人物，一个父亲是北方农民，一个父亲是参加过抗战的国军知识分子军官。父子性格中一个个流血带伤的细节传承，也使抗美援朝战争与第二次世界大战有了内在的关联，等于是两支都参加过反法西斯战争的军队，在新历史条件下遭遇了一场不朽的搏杀。双方军人不同的生死观，还有军旅集体中严厉的酷爱，铁的纪律的无情，及感天动地的战友情等等，读来令人难以置信，又逼真得令人深信不疑。这是参加过抗日战争、解放战争，新中国刚刚建立就又与全世界最现代化的美国王牌军遭遇的惨烈争战，炮群、机群、坦克群和短兵相接的轮番肉搏，整建制一个连队被过于密集炮火翻耕的焦土埋葬了。还剩一口气从焦土下钻出脑袋的最后一个战士，听到飘来的搜救声，竟然不想被救起：战友都被现代化武器的轰炸埋在焦土下活不过来了，自己怎能离开他们？！他索性闭上眼睛，不作回声，有气无力地与埋在焦土里没有了丝毫气息的一百多名战友不弃不离。一棵草儿也没有了的空荡荡高地，成了他们用生命坚守住的烈士墓。一个在数日鏖战中补充过数次减员的整建制连队，在中国人民解放军走向现代化进程中，成了消逝的永存！这是一部有新意有深度的现代优秀军旅题材小说，发表后迅即被《小说选刊》《中篇小说选刊》同时转载推介。《小说选刊》推介语称："《死亡重奏》是一部凝重恢宏的战争小说……而且圣咏般地承载了由战争引发的终极对话、思索和启示……行文精致深刻，每一个汉字都如音符般优美跃动，汇合成多声部重奏、重唱，将战争美学演绎到极致……"此外，该作也写出了中国军人、日本军人、美国军人不同的文化心态。

你同期创作的另两部直接表现国防现代化建设的中篇小说《无名连》（刊于《当代》）、《界碑》（刊于《解放军文艺》《小说选刊》）则描写了不同时期导弹试验部队为国防现代化所作鲜为人知的贡献。为写好这两部作品，你下笨功夫，先后到导弹工程部队代职和任职深入生活。《无名连》写的是从抗美援朝战场回国途中直接转往大戈壁的导弹试验基地，重新组建了一个没有番号，被称为“无名连”的特殊连队，他们还没来得及洗净满身战火硝烟味，便秘密开始了现代化新式武器研试工作。第一枚核导弹试验成功了，他们却不得不脱下军装离开部队，开始了几近隐姓埋名的新生活，读来既使人伤怀，又令人肃然起敬。后来西元又直接到基层部队任职体验生活，更深层理解了装备工程部队官兵为国防现代化付出的新代价，其意义，并不亚于战争年代的抛头颅洒热血。官兵们流血流汗用最优质的钢材，最优质的混凝土，最优质的技术施工，连同累累伤痕建成的最优质堡垒，却瞬间在导弹爆炸的火光中化为废墟。那废墟就是他们的业绩！如果不是你的文学作品记下他们为现代化奉献的精神价值，他们的业绩谁人看得见？！更令人深思的是，你这三部作品中，三个不同年代的三个连队，三个指导员和三个连长的名字竟一字不差。还有另一个令人深思的相同：朝鲜战场那支连队消逝了，现代化时期专为被毁灭而建设的这支连队，也取消了番号。所以，作者让不同时代的军人之魂，以同职、同龄、同名的象征方式，在文学作品中现代化地永生了！

你新近创作的另一部中篇小说《Z日》，把前几部作品的灵魂人物王大心的名字，又命名给将在未来的2041年发生的一场现代化战争中一个中国军人。该篇用作品中多个人物第一人称的述说，描写不同年代和不同辈分军人的心路历程，而所设置的语境，竟然贯穿了中日甲午海战、中华全民对日抗战和未来与日本军国主义的电子战，可说是国内首部军事科幻小说。

你这四部系列中篇新作，历史、现实和未来三种现代化之战，背景、武器和战法以及作品的创作方法是不同的，但贯穿其间的信念没变：为和平和正义而战的无畏勇气和牺牲精神，依然鲜活健在。此种迹象，不能不说是现代化语境下军旅文学创作展露的新端倪。

由衷向你祝贺！望继续努力，从容渐入佳境！

爸　爸

2015年6月

草于大沟乡　藏双村听雨庐

过 年

过年，就是把周而复始的漫长日子，集中几天，过成最隆重的日子。漫长日子中，最值得隆重一过的，是冬天和春天相交的节点，从这节点开始，春天来了！所以，过年就是过春节！！这与由西方人过出来那个不咸不淡后来我们也跟着马马虎虎过一过的新年不同，这是中华文明最富希望的日子，谁不欢欢喜喜地盼！！！

孔子却曰："君子有三戒……及其老也，血气既衰，戒之在得。""得"之戒，于诸事多已力不从心的我，圣人不提醒也早开始自戒了，唯过年团聚这一得念，怎么也戒不了。我家是典型的独生子女之家，儿子儿媳都是独苗，我和老伴都上无老人，下只有一个幼儿园小班的毛童孙子，我们天各一方，过着最简单家庭的清静日子，有能力不戒之得，也只有以独生孙子为核心的"三国四方"过年团聚了。眼下中国，到处是六颗行星绕一颗恒星转的独子家庭圈，圆满实现这一团聚，并非易事。比如蛇年（前年）春节，我高姿态精心拟定了个团聚方案：让儿子一家三口先到岳父家过年三十，初三再回我家拜年；初四“三国四方”到饭店大团聚。可亲家母年三十就说了我儿子：“年夜饭哪有在岳母家吃的？！”儿子初一早饭没吃就留下妻儿只身回到我家。我老伴又说儿子：“大年初一回家，哪有不领媳妇的？”初三过后，以独生孙子为核心的“三国四方”到饭店团聚，两家管钱女长辈又都抢着结账，实际是抢单生第三代的所属权。老伴说，“怎么着孙子是跟爷爷姓，这钱该奶奶掏！”亲家母则说，“人家香港兴双姓了，姥姥掏奶奶掏都一样！”

“三国四方”聚过后，儿媳才领孩子到我家拜年。人际关系尚属蒙昧的小孙子，在母亲指导下给爷奶磕过头，老伴麻溜递上红包说：“大孙子磕个头奶奶给一千元，明年早点来磕，奶奶给两千！”儿媳比婆婆心灵嘴巧：“妈，这一千也别给了，他姥已给了两千，小孩崽子，太惯了不好！”老伴觉得儿媳明显是在表扬亲妈，岂甘示弱：“姥姥给两千，奶奶咋也得给两千五啊！”我怕婆媳俩的弦外之音弄坏了过年气氛，忙从中和稀泥：“两千五，就是十个二百五，多难听，干脆奶奶姥姥都两千得了，省得分出亲疏！”老伴多添了一千，却落了个后进，过后叨咕好几回，嫌儿媳占了婆婆的便宜，又抢了上风。去年（马年）团聚方案我不得不又有修改：年三十和大年初一，以老人为主，子女都在各自父母家团聚，孙子随母亲先在姥姥家；初二，孙子和母亲一同到我家团聚；初四，再随父母到姥姥家团聚；最后是初五的“三国四方”大团聚。此番修改，虽略显有我家高姿态，却并无上下风之嫌，所以三国四方顺利通过。万没料到，初二一见面，我家养的那只比猫大不了多少的小黄狗，和小孙子隔门槛就打起来了。孙子是奶奶的掌上明珠，可更是妈妈的掌上明珠。而我老伴真正的掌上明珠，已是退休那年一直养到今天的小狗了。老伴早我退休好几年，难挨的孤寂中，小狗成了她亲儿子，两个真是相依为命了，吃饭、散步、看电视、听收音机，接电话，连上厕所都形影不离。养个狗不比养个孩子省多少事，喂，遛，洗澡，按摩，病了送医院打针吃药。她病了，它也乖乖趴床边给舔手舔脚，还不错眼珠相互瞅着哼哈说话，不禁令我自责：女同志退休早，我又常出差，刚养狗时儿子还没成婚，不然她定会把狗叫成孙子的。待有了孙子，她想改口，一怕儿媳怪罪，二是已被她叫得让改也不改了。我退休后，跟着叫来叫去，也成了狗爹，旺旺在哪儿受一点屈我也心疼。马年初二那天上午，满院红毯似的爆竹屑没扫完，小孙子一只脚还在门外，刚迈进门里的另一只脚瞬间被扑上前的旺旺摁住，大吼着不许陌生人进屋。儿媳以为儿子被咬着了呢，抬腿踢了小旺旺一大脚。这下有戏了，婆媳俩都爱憎分明抱起自己儿子看伤。其实两个皮实儿子都毫发无损，不过色厉内荏认真争宠罢了，却使两位母亲露了馅儿。先是儿媳脱口骂了旺旺：“这狗崽太霸道啦，看咬破没有，破了赶紧上医院打狂犬疫苗！”儿媳骂狗不看主人，刺激老伴也一箭双雕："现在这些独生孩子和狗一样，都不懂事，一点都不让份儿！"然后才抱过孙子说："旺旺从没咬过人，谁惹着了才叫几声，不过等于骂两句是了！"我摸着孙子的脚和头，殷勤献儿歌："摸摸脚，没咬着，摸摸毛，没吓着，宝贝孙子春节快乐！笑！笑！笑！"然后把孙子举上脖颈让他当马骑："马年到，老虎笑（孙子属虎），孙子骑着牛魔爷（我属牛）跑，不用扬鞭自奋蹄噫啊呀呀乐滔滔！"孙子破涕为笑，狗儿子却复又一蹿老高与牛脖上的孙子大叫争宠。儿媳乐得话不得体了："真像大家说的，一有了孙子，爷爷也成孙子啦！"儿子连忙批评暗含女权思想的媳妇："别瞎幽默了，你生个儿子倒变爹了似的！"我和老伴违心将狗关进早已不用的铁笼子，怕它继续争宠乱叫，多放了几块羊肝（旺旺最爱吃羊肝），一家人才消停下来，开始弄饭。老伴私下没少跟我埋怨，孙子快3岁了，还没闻过儿媳做的饭味儿。所以我悄悄让儿子叫上媳妇包饺子，而让老伴哄孙子玩。老伴怕儿媳腹诽她摆谱，哄了一小会孙子就扔给我，给儿媳打下手去了，不仅主动往饺子里给孙子包福币，还特意烧了一盘儿媳最爱吃的海鱼。人怕敬，不怕横，儿媳也炒了一盘婆婆特爱吃的竹笋。我一边看她们忙活，一边给孙子讲老人与狗的故事，气氛慢慢变得其乐融融。我讲一条小狗每天到车站迎送主人上下班，风雨不误。老人死在外边了，小狗不知道，仍趴在车站等，直到自己也死在车站。人们在车站为小狗立了一座碑。孙子听流泪了，问我：“旺旺也天天送爷爷上班吗？”我说：“爷奶都不上班了，旺旺给爷奶做伴儿！”孙子问：“爷奶咋不让儿子做伴呢？”我说：“爷奶的儿子是你爸！你爸和你做伴，爷奶只能和旺旺做伴儿了！”我又问：“旺旺和你爸都管爷爷叫爸，你爸管旺旺叫啥呢？”“叫儿子！”“不对。旺旺七岁了，等于人50岁了，你爸该管旺旺叫哥哥！”“那我也叫他旺小！”“你该叫旺叔！”“他咬我，我不叫旺叔！”“你好好和它玩，它就会和你好，不咬你！”

一桌子饭菜摆好时，老伴喊我和孙子吃饭，笼子里的旺旺又嗷嗷叫起来。每天一说吃饭它就跳到桌前，和我们同吃的。此时老伴想放狗出笼，奈于儿媳没开口，没敢发话。儿媳想到老人与狗的故事，又想到我和老伴的身体，忙问婆婆：“妈，把狗放出来吧？！”孙子纠正他妈：“旺旺是我旺叔，不许叫狗！”老伴激动得捧起孙子的脸，亲出了一串响。儿媳亲手放出旺旺，孙子抓了一把羊肝，叫着旺叔迎上去。旺旺受宠若惊，尾巴摇得被旋风卷了一般，叼了羊肝蹲到桌边。我提议干杯时，孙子特意往他旺叔的肝碗里倒了口红酒，喜得老伴也端起酒杯，先敬起儿媳来。

马年春节过后，常听老伴指着床头孙子的大照片反复和她的旺儿子谈心：“妈的旺宝听明白没，你北京虎侄，羊年还会回来给他旺叔拜年，会给妈的旺宝儿带好多羊肝儿呢！羊年有的是羊肝，盼不？”旺儿子像真听懂了，尾巴又像被旋风卷起来，使劲向上摇晃。我童心勃发，早忘了孔圣人的戒示，忙不迭替狗儿子作答：“盼！盼得我把上海文艺出版社红彤彤的《日历诗》都翻卷啦！”我是讽刺老伴，是她把红宝书似的红皮《日历诗》放于床头，没事就翻开念一遍，当然是念那首《农历春节·兔年》，她的北京儿子属兔，她一个心窝里装了大小好几个动物呢！儿媳也给婆婆打过电话，说孙子总念叨，盼羊年快点到，好回沈阳给旺叔和爷爷奶奶拜年。

2015年1月17日　写于沈阳　听雪书屋

（原载《解放日报》朝花副刊2015年2月）

孙子的旺叔

立冬那天，清早的梦刚萌生几片醒芽儿，一只小爪便开始轻轻挠我耳朵。是旺旺悄无声息跳上床叫早了，这既是在行使我赋予的权力，又是在完成它自己的任务，也是我俩微妙的默契。家里总共三条生命，经长期磨合，已默认了这样一条规则：旺旺每天两次出楼解便并健身，早晨这次由我陪伴，因我的晨练计划也可一并完成，傍晚那次则归妻子，几乎雷打不动了。所以旺旺会每天早上在我将醒没醒时，耳语般把我哼唧醒，不奏效才用爪轻轻地挠，仍不醒再用舌尖舔我鼻孔，还不醒则换为以脸相蹭。今天旺旺舌尖刚触到我鼻尖，我就醒透了，细嫩鲜毛尖茶似的醒芽儿迅速毛峰般蓬勃到全身。我会终生感激小东西与我无微不至的默契，不然自己后半生的健身计划，会因意志不坚强而落空的。因此旺旺既成了和我为伴儿的小儿子，又是我落实健身计划的监督员，更难得，旺旺比衬出我灵魂深处不如狗的某种东西，比如忠诚和责任感。这一点，我不能违心全然赞成自己非常敬仰的鲁迅先生，狗在先生嘴上基本是贬义词。我却觉得狗对主人或朋友的忠诚比人强。当然，旺旺对我和它狗友的忠诚，也是牢牢混凝着自己的利益和感情的，不如此，怕是伟人和圣徒也无法忠诚。无论人或狗，危及到我了，旺旺必定奋不顾身冲上前，同样，我也为保护它而注射过四次狂犬疫苗呢。

见我睁开眼，旺旺立即摇动那束满街难得一见的尾巴。那尾巴，有点像法国或俄罗斯金发女郎的垂肩发，但要比她们的垂肩发更飘逸。其实旺旺的尾骨只有两寸，而尾毛却有一尺多，在屁股上打个半环形弯儿，再垂下来，若站着不动时，很像画中黄河壶口某条瀑布静止着，而一抖动起来，则像远看真的壶口某条瀑布了。不仅头回见到它的要惊叹一声，就是常见它的，仍是每见一次还要不由自主赞美一番。

我刚穿好外衣，旺旺已把袜子和鞋叼到脚边，刚走出卧室，旺旺又把牵它的狗绳叼给我。我接了绳，它又叼了门口的垃圾袋，准备带下楼，这是它自己揽去的任务，坚持多年了。在助主人为乐方面，旺旺甚至和邻居家叫有俩名的来福并闹闹，有点比赛较劲儿的意思。我家旺旺身子太小，只能帮叼点不超过它体重三分之一分量的垃圾袋类的小东西，见来福并闹闹竟能拉一辆小车帮主人上早市买回一二十斤菜，不免眼馋，也想干点拉车买菜类大事，终不能，我便买了辆买粮菜用的小手拖车，把旺旺和米菜都放车上拉着，才为它争回一点自豪感来。但它听过几次路人评价它坐车的口气，并不像评价闹闹并来福拉车那口气满含褒义时，便不再坐了。

天还没大亮。窗外下雪了！日历提示，今天星期六，立冬。

立冬当天的头场雪，与双休日凑在了一块，这就像春头的雨和阳光凑在一块了，水灵灵暖烘烘把我一身蓬勃醒芽催成漫山遍野的花儿，强烈地想要伸展和盛开。加上外面车和行人极少，我索性不给旺旺拴它叼起的狗绳了，也不让它叼垃圾袋了。让我俩尽兴过个立冬节吧。

还没起床的妻子迷糊着叮嘱我，别忘拴狗绳牵着旺旺走哇！

我没按妻子吩咐给旺旺拴狗绳，而是抱起只有五斤多重的旺儿子，噔噔噔跑下楼。楼门一开，没拴狗绳的旺旺蹭地从我怀里飞进雪地。金黄矫健的小身子，一下就拖直了那束飘逸的长尾巴，一艘金色小艇拖着一尾黄浪似的，在白海上直线飞驰。我被这精灵般射出去的箭艇牵引着，飞机样跟着俯冲出去。

雪地像一天白云，飞机追随箭艇，一忽儿冲出大院。

院外的雪海只极少的车痕和脚印，我便既没像每天那样按妻子叮嘱牵着旺旺慢慢走过横马路，也没下达精心训练出那句“跟跟”口令，就由它心情，先我飞过马路，到了洮昌河边很长的带状公园。公园还没脱光叶子的丁香、白杨、皂角、榆、枫、垂柳和迎春，都格外兴奋地压抑着自己，风来了也不动，似怕抖落难得的一身雪。旺旺急忙钻进林间树下的草丛，匆匆解便。它已养成习惯，不在屋里撒尿，也不在院里院外的路上解大便，实在憋不住了，在路边或谁家门前偶一为之，也会哼叫几声或直接拽我裤角，催把它粪便清除的。它身材瘦小粪便也瘦小，收拾一下，不过撕块纸头摘片树叶的举手之劳，再加弯一弯腰的事，许多养狗者却不肯弯一下自己高贵的腰，卑贱的腰也有不肯弯的。因而，旺旺这一小小举动，每每令人感动。有时它还会对凶兮兮的大狗趾高气扬随地大便不满，生气地吼吠几声，也让我们一些狗主人不好意思随地吐痰了。

旺旺在林间草丛解完手，我俩一同顺河床斜坡下到河边人行道上。河边小道比大马路诱人多了，残疾老人也常来这里遛弯儿。平日，遍是花草的斜坡上，有觅花粉的蝴蝶，有寻草籽的鸟，坡下的路上，也有遛鸟老头并闲看河中游鱼的老太太，还有往河里放生鱼鳖的教徒以及什么教也不信的随放随扑者。所以，路边的草坡更为诱狗。旺旺被诱惑得在雪盖的草坡上拐着曲曲折折的“S”弯儿，头几乎不抬地嗅着雪下的味道，不用问，肯定是它同类尤其异性的尿味，无疑那是它心中最美的味儿。旺旺弯弯曲曲欢快地嗅着，还没忘不时回头看看，与我保持着不超过十米的距离。这让我十分放心，没车，没狗，没人，也少有的没霾，丝毫没啥可担心的。我只管尽情深深呼吸清新空气，频频伸展四肢，不时一次次下蹲起跳，偶尔纵情吼上一嗓子，不觉到了每天必经的一座公路桥下。要是每天，我一定喊着“跟跟”，带旺旺通过大桥到河对岸去，那是这一带最好的林荫散步路，由并行的高铁线路和洮昌河夹着，十分幽静，也特别安全。今天却正好赶上与大桥垂直交叉的高铁路被拦住，高铁马上要开过来了，桥上积了些车辆，我便喊住旺旺：“回来，不去河那边啦！”旺旺一下就转过头来，乐颠颠低头往回嗅。也许，这正是它盼望的，因快到桥头时雪坡上出现两行狗脚印，一行小狗的，一行大狗的，只是脚印，没见狗影。狗脚印下必有狗味儿，旺旺顺着那趟小狗脚印认真往前嗅着，看那兴奋劲，肯定是它认识的小母狗。有狗友的味道吸引着，旺旺更会嘴不离地，用不着担心它乱跑了。过了一会我还特意回头看了看，旺旺仍专心致志嗅着。我忽然眼睛一亮，惊喜地发现，旺旺埋头而嗅那块草坡上面，有一簇树木掩映的迎春花开着。今天立冬啊，满地白雪，迎春花怎么会开？年年都是初春时候顺着长长河岸，一条金色长龙似的开向远方，怎么偏这一簇开在冬雪里。几时开的？怎么会开呢？

旺旺金黄的小身子，也像一束黄色的野百合花，移动着开向那簇蓬勃的雪迎春了。我骄傲旺旺那一身美极了的金黄色，甚至觉得雪中那簇迎春就是为迎合它而开的。这小东西与我远方的小孙子同样可爱。小孙子头回来我家过夏天时，两个小家伙互相都不懂对方在主人心中的地位，互相争宠。小孙子乐乐，要踢被我和妻子叫了多年小儿子的旺旺，7岁的旺旺龇起牙，冲3岁的乐乐发怒，一时弄乱了家里的生活秩序。我和妻子不得不当即论辈立法，让乐乐管旺旺叫旺叔。但睡觉时叔叔却没有侄儿待遇高了，乐乐跟奶奶睡，旺旺却改由跟我睡，这让旺旺难过了好些天。但由此加深了我和旺旺的感情，也促使旺旺开始以旺叔姿态，克制自己，再不与乐侄儿争宠。带他们两个一块玩时，旺旺凡事都让着点，感动得我和妻子常抱起它亲不够。

已运动出一身热汗，该回家了，却不见了旺旺的身影。我喊了好多声，仍不见。旺旺是最最普通的狗名，所以起这种名，图的是随俗好养。若在平常，尤其是夏天，当街一喊，准会同时有不少只旺旺向你张望，但眼前，连自家的旺旺也没应一声。我爬上坡顶张望了一会儿，仍不见影，以为它顺路往家的方向走了，以前有过这种情况。我便顺来路走走喊喊，到了院门口，还是没见影儿。以往这种情况，它肯定是在大院门口等着，我又顺路往回找。往返两趟，仍没影。后来这趟，快到开着那簇迎春花那地段了，我想可能是回到屋门口等我去了。刚要转头回家，我眼睛突然被前面有人捧起的一团黄光刺中，我不由遭电击般喊了一声旺旺。

没有回音。

我狂奔过去。

真的是旺旺！

旺旺被一男子捧着，那束比金发女郎垂肩发还飘逸的尾巴垂下来，丝毫也不摆动了。一绿头巾少女跟在后面，他们一同向林边那簇迎春花走去。

我没有勇气细看已闭上眼停止呼吸了的旺旺。男子说他是环卫工人，亲见一辆摩托车撞飞了旺旺。绿头巾少女哭得满脸是泪，抽噎着告诉我，旺旺和她家也叫旺旺的小母狗是朋友，是我妻子遛狗时认识的。她刚遛完自家旺旺进了大院，遇一大恶狗拦劫行凶，我家旺旺立即奔过去打抱不平，被大凶狗粗暴追咬，她家旺旺幸免于难，我家旺旺才惨遭车祸。我深信少女的话。我家旺旺以前就因替同院小狗友打抱不平，遭一大凶狗咬住肚皮甩出好远。那次受伤的旺旺二十多天没能下楼。

旺旺啊，北京的乐乐还盼着过春节来给你拜年，和你玩呢……我终于控制不住哭出声来。

我不怪罪旺旺为了另一个旺旺而丧生，也不敢抱旺旺回家让它“妈妈”再看上一眼，只痛悔自己，光顾锻炼而忽视了对它的监护。我哽咽着在绿头巾少女和环卫工人帮助下，把旺旺葬在那簇迎春花下了。环卫工人说他信佛，执意亲手为旺旺挖了墓坑，并用他自己的上衣为旺旺裹严了身子。少女把自己鲜绿的头巾盖在了旺旺身上。我们一同为旺旺培好坟土。已没了绿头巾的少女说，旺旺是烈士，明年开春，她要在坟前再植一簇迎春花。我也在心里说，那时，我也要领上远来的小孙子乐乐，一同到花前看看与他争过宠的旺叔。

2015年12月25日　圣诞节　于沈阳洮昌花园听雪书屋

（原载《散文百家》月刊）

永远的鱼缸

夜里又梦见鱼缸了，那只多年被我当成笑料且早已不复存在的鱼缸。

14年前，遥远的乌鲁木齐一个正在下雪的日子。我结束了近百天的新疆大戈壁采访，想买点什么带回沈阳去。那时盛产葡萄的新疆市面竟一粒葡萄干也不见，逛了半天商店也没买到值得为全家人一带的东西。忽然在红山商场碰见一个玻璃的、矮圆的、胖墩墩像尊香炉似的鱼缸。若是现今在哪里碰见这样一个鱼缸我肯定不屑一顾，当时它却是闪着光芒天仙一般扑入我眼里的。我一见钟情，买下了，欣喜着将那薄薄的脸盆大小的鱼缸宝贝似的从商场捧出来，宁肯让雪灌满鞋湿了脚而小心翼翼护着它。上了汽车下汽车，再步行到招待所精心用毛衣塞了用大衣包了，第二天又上了汽车上火车。三天两夜到北京又下火车上汽车，一路真是提心吊胆谨小慎微。落雪的时节，我御寒的毛衣大衣却都给鱼缸“穿”了，弄得自己感冒咳嗽连连。我想象着妻子儿子见了鱼缸会怎样欢天喜地赞美时，万没料到就在我家不远的商店门口，小山样堆摆着跟我手中一模一样的鱼缸，并且质量还要好些。妻子下班见了我买的鱼缸说："幸亏得兜里钱差几角，要不就买重了！"于是我的万里迢迢一路辛劳和那鱼缸从此成了笑料传开去，我自己也当笑料自嘲了许多年。

今早起来思谋那鱼缸何以至今还能于梦中来见我时，忽然有了一次顿悟：那不该是笑料哇，而是一个动人的爱的故事。试想，如果没有千里迢迢带它的一路辛苦，怎么会烙印似的打在心底呢！再试想，如果没有对它的一见钟情和珍爱，怎么会付出那一路辛苦。既然是出于爱，付出多少都不应受到嘲笑也没什么可后悔的！和深爱的人和物共同经历多么艰辛多么遥远的旅途，那都不是徒劳，而是幸福。那不存在的鱼缸已作为一份精神财富，永存于我记忆的仓库中了。

（原载《辽沈晚报》迟桂花文学副刊）

第3辑·国事

黄河跳壶口

黄河悄悄地绿了。正是夏天，一个无风的早晨，我从黄河山西一侧逆水步行，又去壶口看昨晚见过一面的黄河。

此时我脚下的黄河，正淡淡地绿着，像一条睡在陡窄河槽里的卧龙，一点鼾声也没有。昨晚在壶口奔腾翻滚上蹿下跳豪气冲天的黄河，它已经筋疲力尽了吗？它的绿，我是刚刚发现的。此前在壶口见到的它一直在狂舞，满头披散的银发和一身洁雪似的轻纱，没见丝毫绿意。望着黄河的绿，我不由认真揉揉眼睛，可它仍安然绿着，不仅没有喊声，甚至听不见喘息声，若不是壶口那边漂来断断续续的白沫儿在移动，它真的像在褐绿的河床上睡着了。为弄明白它的绿，我回头向隐于河床的下游望去。不很远处，一座长虹样跨接秦晋两省的黄河大桥，俯首凝望着似睡非睡的绿色黄河。远古时候，壶口一带是道山岭，把黄河拦成汪洋一片的北海，《山海经》记载传说，北海横流，人淹于水中，天下大乱，临危受命治水的禹王，通过凿山把淹成一片的秦晋两国疏离开了，但又使得浩浩漫漫宽宽荡荡的黄水，一下收于壶口，拥挤成雄烈不羁的野马群，争先恐后势不可当往高低不平的山谷跳去，每一跳，都有千尺狂澜掀起，这就使虽已贴紧的秦晋两地，仍难通达，直延续数千年，所以清朝诗人留下诗句说“禹治功成留缺陷，往来舟楫一时穷”。而今，壶口下游凌空而起的跨河长桥，已把改革开放的秦晋两省紧紧通连起来。若攀桥倚天鸟瞰，会更觉黄河在秦晋两省人民的呵护下似绿龙安卧。后来得知，此时黄河流域并非多雨季节，加源头和上游冰雪早已化尽，所以流量小了，流势弱了，泛不起大量黄色泥沙了，黄水便于缓流中变绿，而如卧龙徐徐下游。若在冰雪消融水势滔滔的三四月间，或大雨连绵季节，黄河定泥沙俱下，浊浪滚滚如黄龙奔腾。

虽然水绿流缓了，但数里外仍可隐隐听得黄河腾跃壶口的呐喊声。越往前走喊声越大，到了近前，轰轰隆隆如远方传来沉闷雷响。于是，昨夜梦中让我翻腾了一夜的壶口瀑布又浮现眼前：一簇接一簇的巨大白烟，此起彼落地跳跃着，背后便是五六百米宽的河道忽然收缩成四五十米宽的壶口。河水你拉我扯相挤相撞着集体跳入深渊，年年月月，从远古一直跳到今天，生生跳成声震天下的巨大瀑布。瀑水前赴后继无休无止，激起的漫天水粉，如白烟如滚雾如流云如飞雪，使本无浓云的壶口周围，不停地下着淋漓冷雨一般。我以往见过的庐山瀑布、黄果树瀑布、长白山天池瀑布等，都是悬挂头顶仰望的，唯有黄河壶口瀑布从平地往深渊里跳去：千军万马般的上游来水，千次万次集体从壶口北侧跳下去，再万次千次集体从壶口南侧跳出来，跳得惊心动魄，白烟万尺。那飞扬万尺的白烟，仿佛黄河出窍的灵魂，欢腾着，呼喊着，据说，晴天朗日下还会在壶口上空跳出万丈彩虹。

前一日天阴日不朗，我没有看到彩虹，第二天天晴气朗却还没到太阳出来的时候，行程匆忙，只好遗憾此行看不到壶口彩虹了。但黄河出窍的壮美灵魂在壶口狂欢闪耀之后，重归卧于河床的龙体再悄悄向大海奔去的情景，我却看得真真切切。这般气势，与五年前在美国一侧看过的尼亚加拉大瀑布有几分相似。美国与加拿大共有且闻名世界的西方大瀑布，气势似比壶口瀑布还大些，但我们的壶口，如一潭深不可测的文化之渊，源远流长。尧帝舜帝和人祖山可以做证，大禹治水来过这里，孔子观“悬水三十仞，流沫四十里”来过这里，郦道元注水经来过这里，徐霞客写游记也来过这里……壶口早早就在华夏经典《山海经》《尚书》《吕氏春秋》《水经注》和许多志书里，成为一个古老民族的文明之渊。

遥望跳过壶口向大海奔去的黄河，我不禁暗自发问，黄河为什么非要跳入壶口而不是绕过壶口呢？如果黄河在上游改改方向，不就没有跳向壶口这粉身碎骨灵魂出窍的危险了吗？我又向黄河发问，面对万丈壶口深渊，你是否怀着勇士赴汤蹈火的献身精神而跳？

黄河不语，继续往无底的壶口里跳着，跳着，跳得匆匆忙忙，跌跌撞撞，再跳上岸时，已撞得伤痕累累，浑身流着白色血沫，可仍毅然向大海流去。黄河仿佛在反问我：“还有哪里比壶口更能让我有望奔向大海吗？！”

我凝视壶口之上舞动的白烟和绿色卧龙那一身征尘，仿佛看到它寻找理想之路的决心，不由驻足良久。

（原载2014年8月11日《人民日报》大地副刊）

打着灯笼走路吧

鲁迅说：地上本来没有路，走的人多了也便成了路。

毛泽东说：红军长征是打着灯笼走夜路。

——题记

人多如蚁的地球，大路小路已多如蛛网，红军打着灯笼走出的漫漫长征路，却仍在无数人心中延伸。红军长征胜利后，民族魂鲁迅先生不胜欣喜，曾想为之写一部长篇小说，虽终未动笔，但后来有作家魏巍写出一部《地球的红飘带》填补了这一空白。如今，地球上无限延伸的红飘带，已无法测量其短长。君不见，高速公路、铁路、航路越来越多的今天，越来越无边界的人心之路，却越加曲折难行了吗？

不久前，正重走长征路的某天深夜，我忽然从噩梦中惊醒。一位曾经的腐败高官并已病亡的当年好友，竟于梦中托人捎我一柄马鞭。光秃秃的，仅一条粗短牛皮鞭子而已，半句话儿也无捎带。我不相信人死会有魂托梦。梦不过是活人日有所思夜有所想而已。记得有一年在西藏高原，我真的买过一条牦牛皮鞭，同行朋友莫名其妙说我，不养马也不骑马的人，买条马鞭岂不犯神经？我信口说，抽自己！朋友大笑说，竟有买鞭抽自己者！而长征路上梦中送鞭者，越发促我坚信，谁都该买鞭常抽自己的，即所谓“吾日三省吾身”。

红军长征70周年和80周年，我分别参加了重走从瑞金到遵义、娄山关，及过雪山草地那两段长征路。路上我见过这样一条标语：“共和国从这里走来！”因亲眼见过小小瑞金极其简陋的中华苏维埃所在地，还不如现今一个乡镇政府气派，却走出了辉煌的中华人民共和国政府。之间的长征路，走熄了多少盏鲜血染红的灯笼？从瑞金到川陕根据地，八万多红军只剩万儿八千人！死去的和活下来的，谁不是英雄好汉？但我也记得，当年“文革”中被打倒的一位老红军，平反后为恢复待遇，竟下令拆毁偌大一座幼儿园，为自家建筑豪宅。有位诗人大声疾呼：“将军，你不能这样做！”其实，那诗人愤怒的呼声，正是对红军长征最美的赞歌。但也有人认为诗人不能这样说。由此我想，如果功勋卓著的掌权者手里总有一柄能抽抽自己的鞭子，或把那样的鞭子交给群众儿把，我那原本并不腐败的高官朋友及一批批我不认得的大小官员，不至于一批批腐败。由此我又想起，十年前一群文友同走长征路的情景。梵净山是红军长征路过的一座山。我们过此山那天，当地政府为每人安排了一副双人抬“滑竿”。此生我们只在电影和小说里见过旧社会地主老财和官员们坐这玩意儿，此时却让我们也坐民工头上翻红军走过的山，使不得啊！但陪同者说，这是为了拉动经济，没人坐“滑竿”，农民工就挣不着钱，非执意让大家坐不可，我们一些意志薄弱者便顺从了。名著《白鹿原》的作者陈忠实却没坐，他以最温厚的韧性，找借口躲避了。此事至今令我深思不止。

不久前刚走过或看过的雪山草地，使我心中重又亮起一盏盏灯笼。海拔三四千米的夹金山，终年积雪。从南方跋涉而来的红军们，大多穿着单衣，过雪山偏偏遇上大风雪。无棉衣御寒而又食不果腹的战士们，走着走着就有人倒在雪山上，再也爬不起来。有个被雪埋住快要冻僵的战士，为让经过的战友发现他，便将身上唯一一块银元夹在党证中，用手攥住，定定举向天空。是那鲜红如灯的党证，让路过的战友收到他最后的党费，而攥着党费的手怎么也掰不开了。那掰不开的拳头，是在宣誓：“坚持下去，英特纳雄奈尔一定要实现！”

翻过雪山，该往哪里走？谁也不知道。毛主席说，顺着有溪流的地方走，一定能找到人烟。队伍翻过海拔4000多米的雪山，又走入海拔3000多米的阿坝若尔盖草地。那是世界第二大高原沼泽地，有时6月就落雪，8月常常大雪盖地，红军却绕来绕去了三次。有次，有人从望远镜里发现，远方一支七八百人的队伍已经走出沼泽，爬上草地边缘的山坡了，可是躺下一歇息，再没人坐得起来。剩下一个最年轻的小战士，眼看远处有队伍在移动，就是发不出一点儿声音，最后也眼巴巴咽了气。

若尔盖大沼泽边上，我亲眼见，有座栩栩如生的雕像屹立着：半截身躯的红军战士，只手高擎七根火柴和党证。一个即将被沼泽没顶的战士把仅存的火种留给了战友，等于向组织交上最后一次党费。著名小说《七根火柴》的故事，就发生在这里。雕像不远，有一小片被寂寞微风抚摸着的孤独柳林和只几户人家的孤零零小村子。据说当年这里既无柳林也无人烟，只在远处有一汪水和一簇柳。跋涉到此皮带都已吃光的几个战士，弄到几条小鱼，勉强烧成一铁瓢鱼汤喝下，每人折根柳枝拄着，继续跋涉，还是陆续永远倒在了沼泽。最后一个，用柳棍撑了一阵儿，最终也倒在泥沼。他死后，插在泥沼的柳棍却活了，变成如今那片终年与长风为伴的柳林，和那个与柳林相依为命的遥远小村子。

告别默默守望茫茫草地的柳林与小村，后来我又听到一个小故事。一位当了某卫戍区司令的老红军，到四川出差时想顺路回老家看看，与当地政府联系时，听说一些乡亲常常念叨，将军当年从老家带走当红军的两千多人，不少至今下落不明，他们想问问这些人哪儿去了。老红军万分难过，没有勇气回老家了，悄悄回到部队，将多年积攒的30万元人民币寄给家乡，委托当地政府为乡亲们修了一条致富路。但那些杳无音信的战友，他却无法知道下落了。

感谢近年新建的红军烈士墓园，使老红军和他的乡亲们不再遗憾：漫山遍野林林立立数不胜数的烈士墓碑和长长又长长的烈士名录墙间，千千万万红军将士聚会于此，千山万壑陪着他们，似在一同呼喊和歌唱，红军万岁！长征万岁！新中国万岁！

呼唱声中，我血涌如江河，浮想联翩：那腐败已亡的高官朋友梦中送我的皮鞭，首先抽抽我自己吧，即使自己抽不疼自己，也该每天在头顶抡出一捧汗水！然后帮那腐败亡友抽抽灵魂，若真有来生，愿他重活一回，一手提灯笼，一手执皮鞭，重新走走长征路！

2016年秋写于大沟乡藏双村听雨庐

（原载《鸭绿江》2016年12月号）

沈阳“九君子”

癸巳年春节的爆竹声里，举国上下各色人等的手机与电话及电子邮箱正以最高频率传送着幸福啊钱包啊快乐啊，心想事成美梦成真啊等等祝愿乐而无忧的美丽辞藻时，忽闻日本要把钓鱼岛当作世界文化和自然遗产向联合国申报，不禁倒吸一口凉气。“乐极生悲”这个词忽然跳出来向我发问，整天乐啊乐的，有那么多让人们乐而不忧的事吗？！作为东北沈阳人，我不由得想起81年前9月18日那个深夜，蓄谋已久的日本关东军伪造中国军队炸毁南满铁路的口实，突然向东北军发动偷袭，以比一次军演还快的速度，一夜之间占领了沈阳城那次惊天动地的事变。事变三天后，沈阳便被日军更名奉天，市长也变成了日本人。事变仅三个多月，整个东北被日军占领，东三省变成了一个日本人掌权的“满洲国”。用计算机算算吧，那比日本领土大许多倍，比钓鱼岛大无数倍的伪“满洲国”，是日本侵略者多大的罪恶之作啊！？这罪恶之作是日本蓄谋了几十年而突然实施的，现在重提此恶，不是翻小肠向日本反攻倒算，而是反思我们中华民族和日本民族各自思维的劣根性！就是这劣根性，造成日本侵略者野心膨胀蛇吞大象犯下坑人害己的滔天恶果，和中国一味求和守土无方而受到几近亡国的奇耻大辱。

先反思我们自己吧！事变发生那个晚上，在北京养病的东北最高长官张学良，正带着他的赵四小姐在前门外戏院里看梅兰芳演唱京剧《宇宙锋》，代理长官张作相在老家为父亲治丧，主持外交的东北军参谋长荣臻刚从其父盛大的寿宴脱身出来。当荣参谋长向张少帅报告日军袭击北大营的消息时，得到的训令竟是“谨遵守国际联盟基本原则，无论如何情形，不以武力相报复”。张学良一夜之间向南京政府十余次告急而得不到答复，只好仍按蒋介石以前旨意，通过副官谭海向东北军传达指令：“要慎重从事，遵照中央的命令，坚决不要抵抗。”而此时的蒋介石正在长江船上为前方剿共失利而头痛地在日记上写着这样的话：“对匪决取包围策略。”所以在政府上下不抵抗指令束缚下，当北大营已遭炮轰，东北军最精锐的第七旅军官赵镇藩电话向参谋长荣臻报告时，荣臻回答：“无论如何，就是日军进入军营也不要抵抗，武器要收入库内。”赵镇藩问：“日军要命怎么办？”荣臻愤愤说：“军人以服从为天职，要命就给他！”话筒刚放下，沈阳典狱长也来电话请示：“日军爬墙，在城上向狱内开枪射击。”荣臻来不及回答，航空处又来电话报告：“情况紧急，机场停有42架飞机！”荣臻命令飞机“迅速飞往锦州，飞走一架是一架”。但因东北军一直坚持力避冲突的原则，疏于防务，当时竟找不到一名飞行员。42架飞机连一纸收条都没用打，便被日军顺利收去。这时东北军参谋部接到南京军委的火急电报竟是：“陆军省奉命天皇，准予关东军在南满铁路属地内自动演习，届时望吾守军固守阵地，切勿妄动，以免误会，切切此令。”

此时北大营的赵镇藩向正在荣臻身边的旅长王以哲报告：“日军满院都是，已砸开枪库，打死中校军械官！”王以哲旅长再也忍不住愤怒问荣参谋长：“我们就不能还手吗？”荣臻参谋长沉默一会儿才说：“你回去吧，自己看着办！”然而王旅长回返时汽车被日军掠去，参谋长“自己看着办”的命令没能传到北大营。直到日军大批进入营房，许多战士来不及穿上衣服，就被射死刺死在床上时，忍无可忍的官兵才被迫砸开军火库，自发拿起武器猛烈还击，战至19日清晨，北大营失陷，整个沈阳城便也失陷。第二天日本关东军司令部便由旅顺飞速迁往沈阳，致使本庄繁司令官在日记中感叹：“关东军从18日夜晚起，是疾风迅雷的，在19日一天之内，就一举扫荡张学良在满铁沿线的主要部队，彻底消灭了他的根据地。这与平时计划的全军向奉天集中，虽然有所不同，但其行动却整齐神速得就像几天前的检阅演习一样！”当时驻北平的日军特务在给关东军的秘密报告中也说：“倘彼时中国官民能一致合心而抵抗，则帝国在满洲势力，行将陷于重围。”这说明，是万恶的不抵抗政策帮了日军的大忙！沈阳北大营驻扎的8000多精锐东北军，竟被600多日军轻而易举击溃，东北军伤亡官兵300余人，日军只伤亡24人。我们的全世界人口最多的千年中华大国啊，百年的腐败政治，30年的内乱，致使执政的高官要员集团认为，中国病根顽固，人民素质差，军队装备差，不能和日军相比，所以对日极力躲避，对内却不惜流血在窝里狠斗，对外以忍让求和的不抵抗为国策，所以才让日本侵略者自己都吃惊地感叹他们的阴谋得逞得太过顺利啦！

事变第二天，整个沈阳的机场、车站、机关、学校、银行、商号、企业、兵工厂等所有重要的地方，统统被占领，空中有日军飞机轰炸，地上有日军坦克横冲直撞，连公安局也被占领。事变仅三天，日军便实行军政管理，并把沈阳更名奉天，推出日本特务机关长土肥原贤二为市长。事变一周内，日军便占领了东北30多座城市。

更值得反思的是，事变发生后，张学良一反平日的冲动，竟出奇冷静地强调，“我方官兵，悉不准备抵抗”“望国民冷静隐忍，勿生枝节”，“只求全世界舆论之公断，并希望公理之得申”。委员长蒋介石虽忧心如焚，竟把事变看作国内矛盾“转祸为福的转机”，仍按兵不动，坐等国联裁决，而把大军调往西北剿共前线。

等了三个多月后，等出了个日军枪炮撑起的“满洲国”。日本向全世界谎告，这个满洲国，是中国东北三省即满洲各族人民自发建立的自治国家，日本只是该国家友好无私的保护者。面对如此惨痛的现实，无能而又私心重重的蒋政府，不仅没有对无理的侵略加以抵抗，而是痴心厚望于形同虚设的“国际联盟”派出的调查团前来裁判解决。

无耻啊！跑到别国的土地上，用飞机、大炮和刺刀建立了一个比自己国家要大许多倍的国家，还说是顺应民意的民族自治。由此让我顿悟，对当年犯下滔天侵略罪恶并没进行认真反思的日本，劣根不改，要把中国钓鱼岛作为自己的“申遗”对象，就不值得奇怪了。

奇怪的是，中国政府彬彬有礼的等待，这让被等待的国联调查团都奇怪了：中国光东北军就有30多万，为什么要坐以等待啊？古往今来，此种情况，哪个国家不是通过反抗才能等来好结果呢？唯有这个汉奸辈出的中国，如此能忍能让地以礼而待！反倒是那些无职无权血性爱国的民众，自发奋起，以血肉相抵抗。侵略军虽然对抵抗者一律杀无赦，但心底还是对这些勇不畏死的血性抵抗者心存敬意的。让他们瞧不起的反倒是那些软骨奴性的忍让者。

东北各地许多热血男儿迅速揭竿而起，组织了各种武装反抗团体同日寇生死相搏，因这方面过去已有许多宣传，这里暂且不提，我只想说说以前鲜为人知的“沈阳九君子”等爱国知识精英的可敬之举。

刚得知“国联调查团”要来中国调查“九一八”事变和“满洲国”真相的消息，以著名银行家巩天民为首的沈阳九位爱国知识分子便自发秘密组成了“国联外交爱国小组”，其中包括金融家邵信普、医学教授刘仲明、毕天民、张查理、李宝实、于光元、刘仲宜，教育家张韵泠。他们在日军一边实行白色恐怖，一边销赃灭迹的情况下，冒死行动起来。要知道，获取每一件罪证都是惊心动魄的。比如，日军把持“满洲国”财政的证据布告，是贴在财政厅大门前的，那里时刻有日军站岗。负责拍照此证的巩天民，选择阳光最好的上午时刻，怀揣相机偷偷爬到日军司令部对面一家商号房顶，长时间等候阳光直射到哨兵和布告。腿脚等麻了，蹬掉一块屋瓦，院内涌出一群人大喊捉贼。他趴到树枝掩着的房脊上好长时间不敢大声喘气。待捉贼人散去，日光好久照过来了，又怕哨兵听见按快门声，想借汽车声掩护，过往汽车又极少。等待好久才抓住汽车声拍照成功。有些日军张贴的告示，白天寻到地点，晚上再揣了水瓶子润下来，弄残缺了的，还得想法再找。更难找的是一些日军直接发给“满洲国”政府的命令文件。如果对伪政府的管卷人思想情况摸得不准，贸然相求拍照，很有可能被检举逮捕。光是为拍到一份这样的文件，他们需周密做许多天相关人的思想工作。日满政府不仅疯狂销赃灭迹，而且大肆编造假情况，这就给爱国小组增加了难以想象的困难。

日军专门安排“满铁株式会社”成立了应付调查团的“准

备委员会”，指挥日军后撤至铁路沿线，以造成没有日军占领的假象。如果行人被询问“你是哪国人”，必须承认是“满洲国人”；强行学校必须高呼“满洲国万岁”；关东军特地编印了一套《想定问答集》，迫使官民众口一词，如果被问到有超出“想定”以外的问题，则要做到闭口无言；规定若有人能告发私自向调查团递交信件，或私下会见者，将奖励高额奖金；政治犯、能讲英语和法语的住院病人、乞丐、无业游民以及任何“可能会损伤日本人面子的人”，都被关押到“满洲国”监狱。在这样惊心动魄的恐怖中，爱国小组秘密奋斗了40多天，每聚会一次，必“各饮苦水一杯，以励卧薪尝胆之志”，深信“中国如永无自决办法，则别国不会有代决办法”。巩天民除了领导爱国小组行动，还把妻儿和亲戚也发动起来，为他站岗放哨，收藏或转移秘密材料。每次出门他都向妻子交代：“如果我回不来，不要去找我！”他连除夕之夜都没间断出去活动。他和刘仲明等还在教育界和医务界串联了百多人，成立“卫生会”，每人每月捐出自己工资的十分之一，资助义勇军武装进攻日伪政权，以造成正面证据。在腥风血雨城头高挂太阳旗却暗无天日的沈阳城里，九位爱国君子秘密在各界知情人中四处奔走，先后用了40多天，搜集到几百份珍贵材料，光是打印，九人就花费了八天时间。然后他们又分工合作，有人编辑整理，有人重新誊抄打印，有人再翻译成英语文本，最终形成一份400多页，文图量相当大的英、汉双语汇编文件。这册文件分三篇编订：第一篇主题是，“九一八”事变是早有计划的侵略行为；第二篇主题是，“九一八”事变后日军在东三省到处杀戮百姓，肆意侵犯中国主权；第三篇主题是，伪满洲国的建立是日本侵略军一手炮制的。汇编文件完成后，还有一个特别关键，也特别危险程序：根据国际法庭的法律原则，提供材料者必须在文件上郑重签字，否则没有法律效应。这就等于，他们必须一个个都在生死簿上签名！九位大义君子都这样做了。签名者之一张查理的夫人宫菱波，英文特别好，她特意为这册材料赶做了个蓝段子外皮后，又用红丝线绣上“TRUTH”字样。此时，调查团还没到达沈阳，他们又冒生死之险，经多方秘密调查了解，找到一位与中国人有亲属关系的英国驻沈阳领事馆友人，托他届时把这份具有国际法律效应的文件转交给李顿团长。因李顿是英国人，与英国领事馆那友人是亲戚。

但是，本无实力又怀了私心的国联，迟至1932年2月2日才正式派出以英、法、美、德、意五国各出一名代表组成的调查团。因英国代表李顿是团长，故俗称李顿调查团。李顿调查团舍近求远，从欧洲乘船出发，绕道美洲，访问了三个调查团成员国的首都后，不是先到遭受侵占的中国东北，而于2月29日先到了日本。在日本，调查团一路听到的当然都是强盗逻辑的一派胡言。当调查团再由日本到达中国，先在上海、南京、北平、天津调查了政府及各方代表人士后，几经辗转才于1932年4月21日到达东北的沈阳。调查团到东北，本应由中国负责接待，可是，由于东北已成了日军掌控的“满洲国”，不仅没让中国接待，竟连中国政府的代表也险些不得入境。虽然几经周折得以入境，却随时有遭暗杀的危险，这便可想而知，日本强盗会怎样极力阻控在“九一八”事变发生地沈阳的调查了。试想，没了本国军队保护的老百姓已成了亡国奴，连吃碗白米饭都算经济犯，说句不满的话就是政治犯了，哪还有权力有机会接近调查团提供真相证据？就连中立国医院收治的百多名“九一八”事变伤兵，都被日军以转院治疗为由，赶在调查团到达之前，送往外地，全部处死灭口了。调查团所能到达之处，日军都周密布控了便衣宪兵和特务，反日人士想接触调查团，简直难如登天。调查团人员想单独外出转转都有人“保护”。所谓调查，几乎等于听日满当局安排的侵略有理汇报了。而日本关东军方面安排的所谓知情人，不是特务便是汉奸。如果调查团取不到日军罪证，那东三省就在世界舆论中真的成为独立国家了。让调查团莫名其妙的是，遇了这种情况，别国都是一边武力抗击，一边向外界求助，而中国政府却悠闲地等待调查？！连调查团中有同情心的李顿团长，都急得寝食难安，无法理解。

值此国家和民族危亡之时，能自觉冒死挺身而出者，必是心怀大义的民族骄子，与拿起刀枪抗战的武士，应同为英雄。沈阳九位置生死于度外的爱国君子，在调查团到沈之后，辗转再三，终于将这份生死文件当面交给李顿先生，并秘密同他们进行了面谈，同时还替其他一些民众团体递交了一批相关材料。这份分门别类汇编而成的大型材料，成为《国联调查团报告书》对日军侵华行为作出定性的重要依据。《报告书》一经国联公布于世，日本立即陷于国际舆论谴责的被动局面，不禁恼羞成怒，宣布退出国联，并悍然纵兵入关，同时将向国联提供证据的爱国人士纷纷逮捕入狱。《报告书》虽然没能制止日本对中国的继续侵略，却对中国政府丢掉幻想，决心实行全国抗战，起到巨大推动作用。

日本政府恼羞成怒退出国联后，日伪当局很快将这九位抗日知识分子一一逮捕入狱，施以酷刑与利诱。他们在狱中及出狱后，一直与日寇斗智斗勇，体现了高尚的爱国气节，被后人称颂为“沈阳九君子”。他们都不是职业革命家，而是各实业界的知识精英。

之一，巩天民，最重要的领导人物。河北省山海关人，原名巩殿魁，1921年读过梁启超《饮冰室文集》“新民篇”后，改名巩天民，以示反封建追求民主之意。后来成为奉天金融界著名精英人物，时人曾把他与荣毅仁并称“南荣北巩”，是中共辽宁党史上最早的党员。

之二，刘仲明，另一位重要人物。1893年生，辽宁葫芦岛人，伪满前的奉天医专副校长，东北医学界精英人物，因参与向国联调查团送交材料，被日军逮捕入狱，惨遭迫害。

之三，毕天民，1899年生，黑龙江赫哲族人，1930年考入英国剑桥大学获公共卫生学和医学博士，后又获日本京都大学医学院博士学位，回国后因和巩天民、刘仲明等参与“国联外交”斗争，被捕入狱，出狱后仍继续开展斗争。

之四，于光元，1899年生，山东烟台人，1921年毕业于奉天医科大学，1925年获英国爱丁堡大学医学博士，与巩天民是志趣相投的朋友。

之五，张查理，1895年生，山东省蓬莱人，1918年留英归国任奉天医学院教授、院长等职。“九一八”事变后目睹日军侵华罪行，与巩天民、刘仲明等人搜集日军布告、日军炮轰村镇、枪杀百姓的照片等罪证，被日本宪兵逮捕入狱后，受尽酷刑，始终不屈。出狱后，去往关内参加抗日斗争。

之六，李宝实，1900年生，吉林省梨树县人，1918年考入奉天医专学校，1929年获英国爱丁堡皇家大学院研究生学历，1932年回国，坚持抗日救亡的同时，坚持医学研究。

之七，张韵泠，1895年生，辽宁辽中县人，毕业于奉天两级师范学校本科，与抗日名流阎宝航是同班学友，1931年燕京（北京）大学毕业，自觉参加抗日斗争。

之八，刘仲宜，早年留学英国，回国后创办奉天同仁医院，任院长。与巩天民、刘仲明、张韵泠等是志同道和的朋友，因参与国联外交抗日活动被捕入狱，惨遭酷刑折磨至精神失常。

之九，邵信普，曾任营口银行经理，因与巩天民是老乡，受其影响较大，共同参与了国联外交救国活动。

“沈阳九君子”，在以往重要史册中没有受到重视。是时代的烛光，照亮了辽宁社科院东北沦陷史研究室年轻学者张洁的史学慧眼，把这一捧尘封多年的珍珠从史海打捞出来，精心打磨，写成了《沈阳九君子与国联调查团》（辽宁大学出版社2012年版）一书。该作视角独特，视野开阔，立意高远，极富现实意义和史学价值，是为大义君子树碑立传青史留名之书。全书以“九一八”事变和伪满洲国的诞生为经，以“沈阳九君子”和东北人民的抗日斗争为纬，绘织出一幅色彩斑斓却又正义和邪恶泾渭分明的画卷。读来既使人明史，又促人立志，是个以史为镜，以人为本的苦味读本，定会开卷有益。我所以这样说，是因眼下为许多丝毫称不上大师或君子，却粉丝如云，或根本就没有粉丝，也与高尚毫不相干者写的传记简直多如牛毛，而屈辱年代的“沈阳九君子”类人物，本该青史留名，却渐渐鲜为人知了。所以我愿由衷向“沈阳九君子”及具有君子之气的著作者深躬致敬！

2013年2月2日元宵节草毕于沈阳听雪书屋

（原载《光明日报》2013年3月1日文荟周刊）

玉碎“三结义”

我问起“邓铁梅”，你一脸茫然，再问“苗可秀”，你越发茫然，我的心不由隐隐作痛，想起苗将军遗书那段话：“……每到此处，要三呼老苗，我之孤魂其可以不寂寞也。”这是抗日义勇军义薄云天的传奇，义为民族大义。一位老者至今记得，当年吴淞口，密密麻麻的战败日本兵等待着遣返回国，他父亲作为接收大员去码头视察回来，低沉地对全家人说：“日本鬼子不甘失败啊，他们一个个看我们都是瞪着眼睛的……” 如今，有人在太行山上拾得一把半截东洋刀，刀刃上几个残口，仍隐约传达着民族至今的疼痛。诗人说，可以用这半截洋刀铸成锄头和镰刀，也可以挂它在山村学校的门口，当一口钟。

枪　盟

腊月末正月初，尖山窑的年节气氛多了不同往年的喜气。这喜气源自公开扯旗抗日的邓铁梅。

辽南凤凰城首战大捷后，邓铁梅声名大振。这天，他正在新组建的骑兵团检查工作，司令部警卫骑马来报，说北京来了一个眼镜先生，指名要见邓司令。

邓铁梅策马直奔司令部。进得门来，见那人不过二十五六岁的样子，正摆弄着桌上的紫云松花砚台和毛笔，散布的纸上写着一个“处”字，一个“义”字。见有人进来，青年起身行过礼说：“我和邓司令是本溪同乡，下马塘苗家堡子人，特从北京慕名而来！你这字有功夫！也写一幅给我补补壁吧！”眼镜青年把砚台里的旧墨又研了几下，要过一支粗笔，悬腕一挥而就，跃然纸上的是“还我河山”。“这字我喜欢，想求一幅你自己拟句的更好！”

眼镜青年谦逊了几句后，挥笔写下：“我们如其贪生致死，不如死里求生，如其蒙羞而生，不如抗日至死。”

邓铁梅连声击掌叫好，问：“老弟在北京念书？”

“原在东北大学念书，事变后流亡北京，书也念不消停了，也在闹抗日！”说着，掏出一封信。

邓铁梅一看，是著名抗日人士阎宝航领导的东北民众抗日救国会开具的，介绍流亡北平的东北学生军大队长苗可秀作为抗日救国会代表，赴辽东了解抗日救国自卫军情况。

邓铁梅喜出望外，立即叫人布置酒饭，还请来新任自卫军总参议黄拱宸作陪。

三人相谈甚欢，苗可秀指着墙上的司令部建制图说：“邓司令似应加设一个处，政训处。刚才我写的‘处’字，想的就是政训处。”

“政训处？”苗可秀说：“我是从那个‘义’字，想到政训处的‘政’字的。建一支真正有战斗力的军队，私人感情的义，是不可靠的。真正的大义，是爱国的政治觉悟！”苗可秀又敬了邓铁梅一杯酒说：“邓大哥，应把你的高度政治觉悟，通过设立政治培训处，灌输到所有官兵心里去，让每个人都能和你一样真心抗日，才能抗到底！”

邓铁梅兴奋地起身，给三个酒盅都斟满，自己先干了，说：“我等本溪邓、黄、苗三兄弟，远在他乡，不图同年同月同日生，宁可抗日死，绝不当苟且偷生的亡国奴。在上苍天可鉴，我等绝不食言！”

酒后，夜已深，邓铁梅请苗可秀回办公室，又将岳飞的“还我河山”给黄拱宸写了一幅，苗可秀放下笔说：“等7月份一毕业，我马上回来。鬼子开始用中国人打中国人的损招了，总把伪军推到前面送死。伪军也是我们同胞，对此，政训处最有战斗力。我写了一首歌，待政训处成立时早早唱出去，顶刀枪使用！”

说着，从随身小本子上撕下两页纸，交给邓铁梅，上面是连词带曲的《唤醒伪军歌》。

时间在邓铁梅对苗可秀的盼望中，好不容易到了7月。无巧不成书，这天傍晚时分，两人在乡路上意外相遇，不约而同呼唤着对方名字，紧紧地拥抱在一起。

苗可秀掏出阎宝航的亲笔委任书，上写："兹委任东北民众抗日救国自卫军为东北民众自卫义勇军第28路，邓铁梅为28路军司令。"

回到司令部，邓铁梅找来黄拱宸，还叫了和自己最早一块儿起事抗日的云海青大队长过来。苗可秀感到自己终于有了用武之地，他摸着邓铁梅的匣枪爱不释手。

邓铁梅说："右总参议上任了，得弄支好枪，我这支就归你了！"

"这，不能让司令割爱，趁饭还没好，先让我用司令的枪打一发子弹，就算向司令表个决心，也算领了司令送枪赠砚的心意了！"

邓铁梅当即把几人领到司令部后山脚下，立了一块方木板当靶子，对苗可秀说："现在弹药奇缺，给你三颗子弹！"

苗可秀说："一颗吧，一颗子弹就是一个鬼子的小命，不能浪费了！"

邓铁梅压了三颗子弹，苗可秀认真瞄了一下，扳机一扣，子弹射在中央偏右一点儿，邓铁梅让他把子弹打完，苗可秀仍是舍不得。

云海青说：“邓司令把三颗子弹压好了，也不好再退出来，我建议黄总参议和司令也各打一枪，纪念苗总参议上任。”

邓铁梅不由一拍手说：“好！左总参议先来！”

黄拱宸接过枪，略瞄了一下，轻轻扣动扳机，弹着点在不偏不倚的正中央。

他把枪又加压了一颗子弹递给邓铁梅，然后叫云海青拎了块木板放到被射中的那块木板后面，“请苗总参议开开眼吧！”只听“砰砰”两声，两发子弹射出去，靶上竟没找到弹孔。

云海青知其奥妙，跑过去，拎着两块方木板回来，那两颗子弹分别从苗可秀和黄拱宸打的弹孔穿过去，分毫不差，都显示在后放上去的那块靶板上。

苗可秀由衷赞叹：“厉害！使一回司令的枪，壮一辈子苗可秀的胆！”

玉　碎（1）

邓铁梅一边安排右总参议苗可秀抓紧整训部队，一边派出左总参议黄拱宸去本溪一带收编一小股分散的抗日武装，积极做着反击日伪军再次“围剿”的准备。

黄拱宸是富家子弟，为人豪爽正义，“九一八”悲愤还乡拉队伍抗日。当初，他带着3000人的队伍投奔了邓铁梅，如今已不足1000。矿工团战士全部壮烈牺牲，激起他誓与日寇死战到底的决心。

这天，黄拱宸穿着自卫军军装来到新宾县一个村子，住下来做收编一个小股武装的工作。此时，日伪当局到处张贴悬赏告示，价码最高的是邓铁梅，现大洋2万元。再就是苗可秀、黄拱宸，价码1万现大洋。黄拱宸的房东邻居是一个汉奸的亲属，很快告了密，日军连夜包围了黄拱宸住处。

躲在夜色里的日本兵不敢上前，先让一个中国翻译进屋。黄拱宸大骂："你还是个中国人？！怎么这么不要脸，滚！"

屋外，又有人喊："黄拱宸，皇军有请！"黄拱宸感到了极大的羞愧，他大声应道："日本人有种，让他们进屋来请老子！""黄将军出来吧，皇军不会杀你！"

黄拱宸为中国人的败类羞耻透了，忍无可忍地推门而出，几步走到那人面前，狠狠地扇了一个耳光："丢人现眼！"

黄拱宸被关押到新宾县第14监狱。

他家本来很富足，拉起队伍后，家里的积蓄都让他拿来置办军服和枪支了。夫人刘继琳想弄些钱去赎丈夫，一时弄不到，便前去探监。

黄夫人一见黄拱宸，不由得流了一阵眼泪。

"出去？我杀了他们那么多人，若不投降叛国，我能出去吗？"

“那就在监狱等死吗？”

“我拉了这么大的队伍和邓铁梅抗日，全中国都知道了，我再屈膝投降，咱家祖坟和后代怎么办？”

敌人见以官位诱降无效，便欲在为伪满洲国“建国六烈士”报仇的大肆宣传下枪决黄拱宸。

执行前，黄拱宸平静地对刽子手说：“我是干干净净的中国人，我也要死得干干净净，请把我脚下打扫干净，给我准备一领炕席，这儿被小鬼子踩脏了！”

一张新炕席，在黄拱宸的脚下铺展开来。黄拱宸在席上走了两步，坦然站定，高呼：“打倒小日本！抗日不投降！”

没容黄拱宸多喊，一梭子弹把他射倒在光洁黄亮的高粱席上。

他的双手被铁铐铐着，分不开，双腿叉开着，应声仰倒在四四方方的席子中间，很像一幅金纸上两笔写成的大大的“人”字，人字两边溅出两朵鲜艳的血花，像两只喷火的眼睛，怒望着苍天。

玉　碎（2）

邓铁梅被单独监禁在伪满洲国辽宁省的陆军监狱一间特殊的监室。

第二天，监狱长按邓铁梅的要求，派人送来笔、墨、砚台和纸张。他铺开宣纸，慢慢研着墨，不由得想起爷爷教他写岳飞《满江红》的情景。想着想着，墨还没研浓，就提笔写起来，一笔一画地，像小学生那样专注，爷爷、父亲、母亲、堂叔一一来到身边，看他写字。

写着写着，妻子和儿子女儿都在他十分歉疚的惦念中飘然而至，他疚痛得停住笔，闭上眼……

忽然，有人敲门，待门开时，他惊呆了。一个文质彬彬的日本军官，陪着失踪一个多月的妻子张玉姝站在面前。

他怔怔看了一会儿，慢慢起身。张玉姝见丈夫因胃痛一脸的汗水还在往纸上滴落，泪水一涌而出，邓铁梅的两眼也像装满小珠子的口袋漏了，一颗一颗泪珠滚落出来，他一下抱住妻子。

张玉姝对日本军官说："我丈夫胃肠病一犯，就得用大烟土止疼，你们要送他到医院治治。"

日本军官是通晓汉语的特务，不禁暗喜，应允道："关东军很关心邓将军健康，特把邓夫人接来陪护。"

邓铁梅断定这是招抚的一个手段，低声对妻子说："抓你不过是为了抓我，现在咱俩都抓到手了，不知你有啥打算？"

"日本人就盼你们归顺，你病成这样，不归顺是不会给你治病的。"

"我说过'不成功便成仁'，现在成功那天怕是看不到了，成仁还做不到吗？"

“死我不怕，可你遭了多少罪啊！让你带着一身病死去，我……”张玉姝哽咽了。

“我们活着一块儿抗日，死了共同成仁，是多幸福的日子啊，有什么不忍心的？”

三天后，张玉姝又被提回单独监室。每天照旧有医生上门给邓铁梅查诊，送来大烟及吸食工具。邓铁梅咬牙忍着病痛不去用它，他知道，一旦上瘾挺不住，便会被敌人控制。

一星期过去，张玉姝被秘密押解到尖山窑，日本人让她带去了一封归顺书。张玉姝哭着对苗可秀说：“只要向自卫军传达邓司令的归顺命令，邓司令就能得救。”苗可秀看了信说：“这不是邓司令亲笔所写，字迹和口气都不对。”

张玉姝只好说出这是受日本人之托转交的。“这是鬼子的骗局，邓司令绝不可能这样做！”苗可秀悄悄用极小的一张纸片写了一封密信，让张玉姝转告邓铁梅等待实施劫狱计划。

信没能转到邓铁梅的手里，就被敌人获得了。一天夜里，日军在小河沿水塘的荒草丛中，秘密将张玉姝杀害。

邓铁梅日夜盼着妻子的到来，他挥笔写战友们平时爱唱的歌曲，越写越激动，直接写起心底的句子：“人生谁不死？怕死不抗日！宁可玉样碎，决不瓦样全！”

他从没像此时这样有豪雅之兴，索性落了名款。邓铁梅的“梅”字最后一笔用力一拉，甩得老长老长，像一串泪珠淋淋漓漓地甩了出去。

伪陆军监狱把邓铁梅写字的内容报告了关东军司令部，并附结论：“邓匪已抛弃生死之念，求死更重于求生。”

深夜，邓铁梅被从牢房架出，拖进地下室另一间绝密审讯室。审讯官押着邓铁梅逐一在每一种刑具面前站一会儿，说道：“现在给你最后的机会，如现在接受招抚，这些刑具就与你无关，立即放你出狱，任命你为省边防警务副司令。如何选择，再给你5分钟考虑！”

“1分钟也不用了，想用什么刑马上用，反正怎么着我浑身都疼！”邓铁梅愤然回答。

几个行刑官交头接耳一阵，把邓铁梅推到一把电椅上，递给他一杯水：“多喝两杯凉水，凉快凉快，然后尝尝电刑滋味！”

邓铁梅接过水三两口喝干，又叫递第二杯。行刑官诡秘地说：“急什么，等会儿再喝第二杯！”

10分钟后，邓铁梅慢慢地闭上了眼睛，心脏停止了跳动，嘴角流出两缕暗黑的血。

这年，他43岁。

玉　碎（3）

一入冬，日伪军讨伐部队500多人，突然将苗可秀及铁血军主要领导在内的100多人包围。苗可秀率队拼死突围出来，两名随员和10多名战士饮弹牺牲。敌人发现铁血军印章和苗景墨（苗可秀别名）的名章，断定苗可秀已被打死，便割下死者头颅，挂于岫岩县城示众。

苗可秀丝毫没被吓住，亲率200多名铁血军战士攻入县城，激战一个多小时，将150多名日伪军全部消灭。日军调集一个师团约6000兵力赶来“围剿”，激战中，苗可秀被炸伤。不久，在老乡家潜伏养伤时，不幸被捕。

敌人软硬兼施逼劝他投降：“你杀了那么多日本人，如果痛改前非，声明投降，不仅不死，还能委以高官，不投降，必死无疑！”

苗可秀淡然答道：“我愿意死。”

其间，他偷偷写下两封信，一封写给老师王卓然先生，一封写给挚友转其弟：

“卓然恩师：……盖今夜其为余死期也！余死固无顾虑，所虑者二事：……余妻生一子今年6岁，生拟名此子为苗抗生，勉其继余之志耳……

“……弟等可在西山购一卧牛之地，为余营一衣冠冢，竖一短碣，正面刻‘苗可秀之墓’，背面略述余之行事，墓旁植梨树四五株，小亭一间，每有休假日，弟等千万要到此一游，每到此处，要三呼老苗，我之孤魂其可以不寂寞也。山吟水啸，鸟语虫声，皆视为余歌余语，余泣余诉，可矣。余泣系为国事之泣非为私人泣也，注意此点；凡国有可庆之事，弟当为文告我，国有极可痛可耻之事，弟也当文告我……不要忘我们要做新中国的主人，要做整理山河的圣手……须知牺牲是兑换希望的一种东西。我们既然有希望，便不能不有牺牲。……不多谈了，再会吧！”

这天上午，苗可秀被五花大绑推上一辆马车。后面跟着十几辆马车，上面坐着被邓铁梅和苗可秀处决的日军家属，他们臂戴黑纱，面呈悲痛。

十几辆马车绕街一圈，最后把苗可秀押到伪满洲国“建国六烈士”纪念碑前。

警察令苗可秀下跪，他倔强地挺直身板，一阵冷笑：“日本人到中国来占地杀人，有什么理由让我们道歉？”

他指着那些日军家属大声说：“他们死有余辜！”又转身对着日本官员高喊：“你们的下场会和他们一样，中国人不打败日本侵略者誓不罢休！”

主祭的伪县长十分尴尬，赶紧让苗可秀宣读日军事先写好的祭文。苗可秀接过祭文，看了一遍，按自己的话篡改着念完，高呼：“‘中华民国’二十四年七月十五日，中国人杀日本人无上光荣！”

他高呼的时间，正是他和邓铁梅处决日军诱降代表的日子。

日军死者家属惊骇得息了哭声，围观中国人的哭声和哀叹四起，主祭者恐生事变，急忙命令警察将苗可秀押向凤城南山刑场。

来到山坡，日本刑警将苗可秀捆绑在一棵松树上。这时，一只小鸟飞到他眼前那棵树，苗可秀不由一阵激动，情不自禁朝它扬扬头，回应了几声好听的口哨，那鸟儿竟朝绑着他的那棵松树飞来，落在头顶的树枝上。苗可秀的眼眶涌出泪水，他想到一次行军在山林中歇息，邓铁梅冲树上一群小鸟打口哨，引得鸟儿鸣叫起来。他忽然觉得，这是邓铁梅从天国赶来迎接他。他闭上眼睛任泪水滴落下来，喃喃说道：“邓大哥，可秀老弟陪您养病来了，咱们一块儿练毛笔字，可惜，你那方紫云松花砚没能带来。”

日本警察署长田上迟疑着，苗可秀用力晃头，甩掉脸上的泪水轻蔑地说：“我都等不耐烦了，快动手吧！”

一身日本武士道作派的田上，被眼前这个中国人的凛然之气打动，向苗可秀敬了一个军礼，匆匆退下，举起军刀发令：“立即执行！”

一群鸟儿扑棱棱向高空一朵乌云飞去，苗可秀的目光随鸟儿望了天空一眼。

六只崭新的三八式步枪，在三四十米远的地方，一齐瞄准了他。六支枪口代表六个被苗可秀处决的鬼子家属一一射出子弹。日本警官贺门的妻子开的第一枪，日本警官白井的哥哥开的第二枪，接着四个日本刑警相继开枪。不知是他们手抖，瞄得不准，还是苗可秀的脖子挺得太硬，枪声停息了好一会儿，他的头才慢慢向后歪去……

日本警察在苗可秀身边堆起一圈干木柴，泼上汽油，一阵山风扑来，苗可秀浑身刚沸腾过的热血，顿时“嘭”的一声，变成一支烛天火炬，在满山浓绿中，噼啪作响地燃烧起来。

烈火上头那片阴云，被烤下一阵雨滴。

29岁的苗可秀，顶雨去见云天之上的两位结义兄弟了。

（载2015年9月23日《解放军报》长征副刊）

国殇墓园与倭塚

水火不容的两类亡者，却在同一栖魂园里立碑。那很大一面山坡的栖魂园，取《楚辞》中《国殇》篇命名，叫国殇墓园。硕大“国殇”二字显示着它与国家的关系。巍巍耸于云南高原的国殇墓碑，顶天立地，而列于前后左右的成千上万小方碑，则漫山遍野。不言而喻，定然有烈士在此尸横遍野了。

是谁让万千烈士在这里尸横遍野的？墓园门里那座一眼便可看见的渺小倭冢提醒我们，是日寇！

一个伟大民族的烈士在这里尸横遍野了，他们的敌人能不遍野横尸吗？但倭寇的遍野横尸，是遗臭万年的活该！保家卫国者的尸横遍野，是碧血千秋的壮丽。所以前者被国殇墓园收魂流芳百世，后者则理所当然被压缩成一小撮，塞进墓园入口处渺小而卑琐的“倭冢”，永世向烈士跪罪。这与把被国际法庭判为甲级战犯处以极刑者的灵位放于靖国神社供国人参拜的日本，形成的反差，真有天壤之别。

国殇墓园建在滇西中缅边界一座叫腾冲的县城。腾冲曾被日寇不费一枪一弹占领，而后又被国军将士付出近万生命和无法统计的鲜血夺回。血迹未干的第二年，国殇墓园便在腾冲城边站起来了。巍巍主碑上，“碧血千秋”四个大字，气壮山岳。主碑后面山坡上，按参战部队的军、师、团建制，林立着为光复腾冲战死的9168名国军官兵的花岗岩小方碑。高大主碑上“碧血千秋”四字，是蒋介石所题。

蒋介石是谁？若干年前，除幼儿园小朋友，中国老百姓差不多都知道，那是时任中华民国的委员长，曾因日军侵华而采取了“先安内，后攘外”的不抵抗政策，遭国人痛责及麾下将领兵谏，险些丧命。当时，抗不抗战，抗战能不能胜利，烈士的英魂能不能碧血千秋，与他蒋介石的决心至关重大。国家生死存亡关头，在全国各方抗议及兵谏扣押下，尤其在共产党的敦促下，蒋介石终于发出抗战令，才使他在抗日问题上，没有成为千古罪人——国殇墓园和2013年8月15日落成并与国殇墓园连为一体的“滇西抗战纪念馆”可以做证。新中国国庆63周年前夕落成的滇西抗战纪念馆，占地面积14677平方米，建筑面积9492平方米，陈列面积5000平方米，展出抗战将士各种文物10万余件。纪念馆外侧的“中国远征军将士名录墙”镌刻有103100多名参与滇西抗战的中国远征军将士、盟军将士、地方抗战游击队和地方参战民众、协同参战部队和单位人员姓名。国共两党不同时期共建的这处合二而一的纪念地，已被国家命名为“海峡两岸交流基地”。

这说明抗战的胜利，是全中华民族共同流血牺牲取得的。海峡两岸的中华儿女，应共同食用这道同胞浓血腌制的苦咸菜，以防治中华民族的心酸病与胃酸病复发。

蛇吞象般的日倭侵华，必以失败告终，是从一开始就注定了的，这是自然规律，也是历史规律。野心再大的蛇，也是吞不了大象的，除非那大象已病入膏肓，被蛇肢解成一块块脱骨的软肉，一点一点地吞。回首日倭蛇国奋发图强欲吞我中华象国的历史，着实令人心痛：蛇怎么可能吞了庞然大象呢？！有个可怕的数字，一提就令人不寒而栗。整个抗战时期，侵华日军总数也就200多万，而与日军同流合污的伪军汉奸部队人数，竟达250多万！还有以一胜十发挥负能量的叛徒们呢！可想而知，中国抗战的胜利，有多么艰难。凡为抗战付出鲜血尤其生命的每个中国人，谁都不该忘记！正是这种复杂心情，驱使我飞往了腾冲。

腾冲这座极边之城，大清盛世时，还是不被西方世界所知的南中国闭塞后门。直到19世纪缅甸沦为日不落的大英帝国殖民地后，中国版图最边缘的腾冲才被动地向世界敞开了这一绝少人知的隐秘后门。英国殖民政府开始在此设立领事馆，秘密派人考察滇缅铁路修建是否可行，腾冲才逐渐成为边贸重镇和出入东南亚与印度的交通节点。于是，想建立大东亚私利圈的日倭蛇国，首先在距其最近的中国东北成功发动了“九一八”事变，占领东北的心脏沈阳，不到一年又用重炮和刺刀将东北肢解成一块肥大的脱骨肉吞进腹中。一场蛇象吞抗的战火便从东北大地向全国蔓延开来。抗战后期，已吞下大半中国的倭蛇，开始盘算切断滇缅公路这条唯一从东南亚向中国运送战争补给的大通道，于是，七十多年前的1942年，日军没费一枪一弹占领了腾冲。1944年5月，驻训于缅甸的中国远征军对滇西日军发起反攻。第二十集团军主攻腾冲，焦土之战一直持续四个多月，直到牺牲了9168名将士，惨烈的光复战才最终结束。战后仅一年，断筋折骨重伤累累尚未得以重建的腾冲古城边，却建起一座国殇墓园。这是全中国规模最大、保存最为完好的国军抗日阵亡将士陵园。从大东北沈阳城的“九一八”纪念馆，到大西南腾冲的国殇墓园，我只能用“感慨万千”来形容自己的心情。

时势可造就英雄和伟人，也可铸成叛徒和罪人，有时甚至可能，同一个人，既成过罪人，也当过伟人。比如，全中国都知道的那个东北人张学良，和那个浙江人蒋介石。当年，胡子出身的东北王张作霖被日本鬼子阴谋炸死后，其子张学良出于民族大义没继续称王东北，而果断通电全国，宣布东北易帜，统归经世纪伟人孙中山之手推翻帝制而建立的中华民国时任委员长蒋介石管辖，使得日本离间东北肢解中国的阴谋一时没能得逞。此时此举的张学良和蒋介石，可算与英明沾边了。而当日本蓄谋已久，突然以区区万人之兵，在拥有二三十万国军的东北发动了“九一八”兵变时，这两个人都没能站在历史高度审时度势，当机立断下令抗战，竟使几十万东北军退撤关内，而让只几万人的日本关东军支撑起一个伪满洲国来。不管怎么说，此事张、蒋都有不可逃脱的罪责。丧失浩大国土而忍气吞声，不下抗战令，王也好君也罢，不是罪人是何人？及至日军增兵压境，浩浩荡荡越过长城，杀进山海关内了，如果他俩还继续指挥治下大军打内战剿杀共产党的话，那就该是一双千古罪人！好在，国家和民族生死存亡关头，中国共产党积极发动各方，敦蒋抗日，促使被骂为不抵抗将军的张学良发动兵谏，逼蒋抗战，方使渐被蛇吞的中国实现了全国抗战。无论怎么说，共产党是主战派的中流砥柱。共产党的领袖毛泽东，和国民党的领袖蒋介石及其麾下张学良，曾一同被伟大的抗战之绳串联在一起过。国难当头，抗战即伟人，内战即罪人。

1942年，为实现“大东亚共荣圈”野心，已占据缅甸的日寇实施对中国的“断”字作战计划，于五月初派重兵入侵我国大后方云南，相继占领畹町、芒市、龙陵之后，又窥视西南边防重镇腾冲准备攻占之时，民国腾冲边区行政监督官，和腾冲县长相继望风而逃，驻腾冲的千余军警也迅即撤逃县城。5月10日，292名日军没费一枪一弹，占领了五百年来外敌不曾越雷池半步的石头城——滇缅公路这条国际补给线上最关键的枢纽。

大敌当前，不出英雄的民族，便是无望的民族。当此之时，有个叫张问德的外县已退休两年的员外县长，热血沸腾站出来，自发在腾北高黎恭山区举起抗日大旗，与另外几位爱国志士，组成了腾冲临时县务委员会，公开领导当地民众抗日救国。在任县长弃印而逃，退休两年的员外临难挑梁，感动了民国元老、时任云贵监察使的李根源先生举荐，张问德被委任为战时腾冲县长。张问德毅然宣誓就职，组织成立了抗日县政府，与国军一同在腾冲开辟抗日根据地，组建游击队、运输队、救助队、战场拉拉队等。62岁的县长，八次翻越险恶无人烟的高黎贡山，联络各界，开展抗日斗争。腾冲抗战最艰苦阶段，日军企图诱降这位须发花白的张县长。日驻腾冲行政班本部长田岛，特秘密致函邀请张问德择地会谈。张却公开复函《答岛田书》，严词历数日军在腾冲奸淫烧杀抢掠诸多罪恶，正告田岛正视自己“即将到来之悲惨末日命运”。这是一篇抗日檄文，迅速被《中央日报》等各大报刊发表，极大激发了全国抗战热情。

日军恼羞成怒，加紧在腾冲城内修建更多明碉暗堡和地下通道，同时占据城外远近各乡的重要可据之点，如北海乡一带的燃灯寺、护珠寺、普光寺、三奇寺、鳌交庙、杨家宗塘等祭祀场所，当作搜刮粮食的集散地和无恶不作的去处，甚至把最神圣的文庙，也占为满足日军兽性的“慰安所”。1944年端午节早上，一百多日军在北海乡抓走一群不满的乡民，其中有三户全家一起被抓。日军把这些乡民赶到鳌交庙作恶，先在佛祖面前把所有女人衣服扒光，连坐月子的产妇都没放过。他们当众轮奸妇女，同时强迫被奸者的家人观看，兽行之后再强迫家人舔净他们排泄的污物。最惨不忍睹者，这群禽兽竟用洗衣棒、丝瓜、白萝卜、吹火筒等物，捅戳了九名妇女的阴户。一名貌美的胡姓女子被6个日军轮奸昏死过去，还有一位姜姓女子被一日军用刺刀直刺阴道当场死亡。一座中国人作佛事的圣洁庙堂里，禽兽不如的日寇轮奸中国妇女，致死一人，致疯三人，抓去飞凤山服务七人……这只是日寇占据腾冲日子里作恶多端，激起张问德怒写《答岛田书》的事件之一。光复腾冲的第二十集团军将士，能不舍生忘死吗？！

现摘引《腾冲攻城战经过》资料如下：

七月二十九日（1944年）腾冲城郊残敌，经我肃清后，各部队即遵照新命令，调整攻城部署，黄昏时，饮马水河之敌三百余，向我一九八师猛扑，企图突围，激战二小时，敌伤亡惨重，不支退去。伤我第一八九师士兵十二名，亡排长一员、士兵七名。

三十日，腾城敌二百余，企图由城北方面突围，经我一九八师猛烈阻击，敌伤三十余，不支退去，我略有伤亡。

三十一日，各部队作攻击准备，敌加修工事时被我击毙数名。

八月一日，各部队积极准备工程部署。

二日，我空军飞临腾城开始分批轰炸。我攻城部队前赴后继猛冲，因敌火浓密，接近困难，乃与敌对峙，至黄昏时仍在激战，后急造竹梯强行爬城，攻占敌堡垒三座，但伤亡重大。城东南角我部，利用飞机轰炸缺口，冲上城墙，战斗极为惨烈，敌使用毒气，向我反扑，终被我击退。是日，三四六团已冲入城内帮办衙门院内。

三日，城内之敌乘我立足未稳，一再猛烈反攻，我以机枪、手榴弹并白刃肉搏应战，将敌击退，经反复冲杀，我已在城头站稳脚步。激战中，登城连长负伤，排长以下全部壮烈殉职。本辰三时许，该团复派兵一排强行爬城，亦牺牲殆尽。

四日，因连日攻城牺牲太重，本日召集各军师长讨论攻城及巷战方法。一一六师三四八团与敌数度冲杀，已将城上占领之正面扩展五十公尺。本日我三十六师以官兵数十人组成敢死队，强行登城，与敌激战至黄昏，已掩护两连官兵登城，并占领城上敌碉堡两座。

五日，昨夜敌猛烈反扑，我军奋战至今日拂晓，我伤副团长、营长各一，阵亡副营长一员，士兵伤亡一百五十名。本晚敌反复猛扑，至本日拂晓，敌遗尸多具，我士兵负伤七名。

六日，我利用空军二十八架飞机轰炸成果，在炮兵配合下，从南及西南两侧登城激战，计我伤亡官兵二十余名，敌伤亡约五六十名。

七日，昨夜遭敌九次炮火集中猛烈反攻，至本日辰因伤亡殆尽，稍向后移，但另有两部登城官兵，屹立未退，且炸毁敌碉堡两座，另攻占堡垒三座。

八日，我各部队连日攻城以来，伤亡颇重，本日整顿态势，是夜敌向我登城部队猛扑，被击退。

九日，获敌全副武装协械投降之下士村井太郎一名，据供现守城之敌共千余人，敌师团长曾令死守，十月底方能增援反攻。

十日，敌数度向我登城部队反攻，均被我击退。夜，敌百余企图冒雨突围，被我阻击退回。

十一日，大雨如注，敌我对峙，仅发生炮战。

十二日，敌于本夜向我登城部队反攻五次，均被击退。

十三日，敌向我攻城部队反攻，被击退，我机二十三架，分六批向敌轰炸扫射，并略变更部署。

十四日，经数小时激战，进展甚微。

十五日，按预订计划，我军从各面缺口攻城，因敌猛行反扑，我伤亡过重，旋又退出。

十六日，集团军调整部署，同时远征军长官部为使联络加强起见，转移驻地。

十七日，各部队已遵照新部署开始行动，并展开攻击，我机六架飞腾城助战。

十八日，我机十八架参战，各部队向右侧攻击，颇有进展。

十九日，有四个师派部参加攻城战，进展顺利。

二十日，战斗继续进行，有数股部队突入市区，并攻占堡垒、民房数处及英领事馆。被我围困小白峰坡之敌，经月余困斗，已全部肃清。

二十一日，我攻城部队猛烈扫荡城上敌军，并乘胜下城，与敌巷战至黄昏。本日计伤亡官九员，士兵一百二十四名。

（限于篇幅，以下每日战况虽愈加惨烈，但笔者仅列伤亡人数。）

二十二日，计伤亡官七员，兵七十九名。

二十三日，计伤亡官长十八员，士兵一百余。

二十四日，计伤亡官四员，士兵八十四名。

二十五日，计伤官三员，伤亡士兵七十三名。

二十六日，计伤亡官十八员、士兵一百七十二名。

二十七日，计伤亡官十一员、士兵八十四名。

二十八日，计伤亡官二员、士兵三十四名。

二十九日，计伤亡士兵四十一名。

三十日，计伤亡官七员、士兵六十六名。

本日集团军下达新命令：本集团军围攻腾冲以来，为时一月，虽各部咸能努力，但纵观成绩，尚未迨半，目下困据城内之敌，较我兵力微弱，纵令残敌如何顽强，工事如何坚固，安有不一举歼灭之理，而时间迁延，大功未成者，全在我各级指挥官，无必胜之信念，与必死之决心耳，言念及此，能无惭耳。自明（三十一）日起，限五天之内将各该军区域内之敌彻底肃清。如有观望不前，或借故推诿，不能如限肃清者，各该军长师长应负贻误之则。

三十一日，计伤亡官十七员、士兵二百二十三名。

九月一日，计伤亡官十五员、士兵二百一十一名。

二日，计伤亡官三员、士兵八十四名。

三日，计伤亡官二十八员、士兵二百四十九名。

四日，计伤官十八员、士兵二百八十七名。

五日，计伤亡官四十九员、士兵四百五十七名。

六日，计伤亡官三十八员、士兵三百七十四名。

七日，计伤亡官十七员、士兵三百一十七名。

八日，计伤亡官二十二员、士兵三百零五名。

九日，计伤亡官三十三员、士兵四百五十九名。

十日，计伤亡官四十一员、士兵四十三名。

十一日，计伤亡官二十八员、士兵三百九十一名。

十二日，计伤亡官二十六员、士兵二百一十三名。

十三日，计伤亡官十六员、士兵二百二十五名。

十四日，各部队举全力猛攻，敌虽全部就歼，而我各部兵力亦消耗殆尽。

自渡怒江反攻，至克复腾城，实施战斗时期正值雨季，气候极为恶劣，对部队战斗力负面影响颇大。怒江滩多水险，渡江时有翻船溺马事件发生。阴雨连天，山洪暴涨频繁，部队补给困难重重。怒江西岸绵亘南北的高黎贡山，险路崎岖，人烟绝至，高峰常年积雪，我各部队官兵衣单被薄，冻死者数以千计。自日寇侵入腾冲，城垣已被挖空，筑有多层坚固侧防工事，城上每十米构有碉堡一座，市区堡垒更遍及各个角落。尽管如此，腾冲还是成为国军反攻收复的第一座县城。这场收复战，据守日寇，无一生存。

腾冲光复后，一度积极为日军效命的大小汉奸，却四处贿赂军方免于惩办。对此，被誉为全国沦陷区模范抗日县长的张问德，与二十集团军总司令发生严重分歧，他激烈质问：“钟敬秋、李子盛可以不杀，还有什么民族尊严？都可以苟且偷安，俯首敌人铁蹄之下，卖国求荣了！”在张问德力辩之下，伪县长钟镜秋、伪工商会长李子盛、伪维新社长杨吉品等十名首恶汉奸被枪决。枪声与欢呼声过后，张问德毅然辞职，不再超龄执政一日。直至今天，国殇墓园的忠烈祠前，还立着张问德先生光耀千秋的《答田岛书》刻碑，同时，也存刻着推荐张问德成为抗日县长的民国云贵督察史、德高望重的李根源先生书法真迹：“国殇墓园”“碧血千秋”“倭冢”，十个主题大字，皆李根源先生亲笔所书。

2015年8月8日（立秋）　写于大沟乡　藏双村　听雨庐

（原载《2015年中国散文精选》）

诗人小说家

吴敬梓没成为小说家之前，其实是位卓越的诗人。他猝死扬州约50年后，伟大的讽刺小说《儒林外史》得以正式刊刻行世，他的诗名便被小说家之名逐渐淹没了。

青年时，他就曾效仿魏晋六朝时的文人张率，拿自己写的诗，去捉弄那些只知研习八股文，一心科考谋官，而看不起他这等八股文外还喜诗爱戏及稗史小说者那类科场人物，说那诗是某某古代大诗人所写，引来那些科场八股家的大加赞赏后，再不露声色当众说破，以对只务虚名而无实学的恶俗嘴脸加以嘲讽。这一方面说明吴敬梓的讽刺才能，同时也说明吴敬梓的诗才不凡。他少年随父亲到赣榆读书时，就写出生平第一首诗，一时在当地引起不小轰动："浩荡天无极，潮声动地来。鹏溟流陇域，蜃市作楼台。齐鲁金泥没，乾坤玉阙开。少年多意气，高阁坐衔怀。"这首《观海》诗，收在《文木山房集》卷二，作为他自选诗集第一首而流传下来。那时他才15岁，并没有曹操那样金戈铁马君临天下以观沧海的阅历，却能以大鹏展翅的胸襟，蜃市作楼台，隔沧海遥望生养出孔圣人的齐鲁大地，而高阁衔怀，气韵乾坤。他这首《观海》虽略显少年缺乏阅历的空泛，但在浩如烟海却缺少写海篇章的古典诗歌中，也算得上是咏海佳篇了，由此可见他少年时便颇具诗才。

他一生不仅写下大量出色诗篇（据2011年中华书局出版发行的《吴敬梓集系年校注》等资料统计，至今已发现有166首诗，47首词，赋4篇），还著有《诗说》七卷（已发现的有43则，一万多字），这些作品绝大部分收在他不惑之年刊刻行世的《文木山房集》中。对吴敬梓的诗人天赋，他的同代好友、大学者程廷祚之侄程晋芳在《文木先生传》中有评价，说他“诗赋援笔立成，夙构者莫之为胜……延至余家，与研诗赋，惬意无间。”他的同代文人沈大成在《全椒征君诗集序》中也专有大段评说：“先生少治诗，于郑氏孔氏之《笺疏》，朱子之《集传》以及宋元明诸儒之绪论，莫不抉其奥，解其纷，猎其菁英，著有《诗说》数万言，醇正可传，盖有得于三百篇者。故其自为诗，妙骋杼柚，随方合节，牢笼物态，风骨飞动，而忠厚悱恻缠绵无已之意，流溢于言表，使后之观者，油然而思，稔然如即其人。”关于诗经的争议，自古难得一至，吴敬梓却能“莫不抉其奥，解其纷，猎其精英”，尤其“莫不”二字，更可看出，吴敬梓是个非凡的诗家。他去世后才得以流传的巨著《儒林外史》，有篇清代江宁诗人黄河所作序言，论及他的诗时说：“其诗如出水芙蓉，娟秀欲滴，论者谓其直逼温李，而清永润洁，又出于李顾、常建之间；至词学婉而多讽，亦庶几白石、玉田之流亚，信可传也。”从流传下来的吴敬梓诗作看，江宁黄河所言的确不虚。可见，是因他晚年小说家的光辉太灿烂，而把他诗人光彩遮蔽了。为叙述方便，且从吴敬梓移家南京所写的诗开始，看看他是怎样一个时时与诗同行，事事以诗为伴，且“诗如出水芙蓉……直逼温李”的卓越诗人吧。

吴敬梓去往南京途中写有两首五言诗。其一：

小桥旅夜

客路今宵始，茅檐梦不成。
蟾光云外落，萤火水边明。
早岁艰危集，穷途涕泪横。
苍茫去乡国，无事不伤情。

作者几经痛苦折磨，终于告别让他心伤累累的故乡，在“穷途涕泪横”的境况中，乘船在无法入梦的夜色中向南京行驶。茅檐、蟾光、萤火、水边，不堪回首的30多年往事，无不在苍茫江水间触动他的伤感，那隐动的伤情真如刚出苦水的芙蓉，带着遍体欲滴的泪珠。其二：

风雨度扬子江

几日秣陵住，扁舟东复东。
浓云千树合，骤雨一江空。
往事随流水，吾生类转蓬。
相逢湖海客，乡语尽难通。

此诗记载他几日之后，乘小船过秣陵，浓云骤雨中继续在乡音难通的异水扬子江上航行，所遇皆陌生过客，让他不胜感慨，坎坷人生多么类似旅途辗转风雨的篷船。惆怅伤婉之情真格句句直逼婉约大词人李贺、温庭筠。

而在此二首小诗之前几年写就的七言诗《病夜见新月》，其中因有“仰天长啸夜气发”这等颇具魏晋风骨代表人物阮籍将道教养生之道的啸法引入文学的豪壮气韵，而直呈不仅婉而且豪迈的大家风度。

病夜见新月

一痕蟾光白宙残，空庭有人病未安。
暮禽辞树疑曙色，影落文窗移琅玕。
无聊近日秋声聚，露重罗衣玉骨寒。
欲攀月桂问月梓，老兔深藏不死丹。
仰天长啸夜气发，丝丝鬼雨逼雕栏。

科场“折桂”屡屡不得，久“病未安”于“文窗”的穷困书生，怎能不以“仰天长啸”之姿与紧紧逼面的“鬼雨”相抵。企慕天堂的“清永”，讽喻“地狱”的“鬼雨”，“婉约”与“豪讽”的双重气质便兼而有之了。吴敬梓诗常有“啸声”字样，这与他常年患病，又追慕魏晋风度，以阮籍、嵇康为楷模有关。道家的养生之道，讲究以仰天长啸之功排浊气，健肺腑，强壮心魄，魏晋文人将这养生之道加以改造，身体力行并引进诗文，形成魏晋风骨。已进而立之年且多病的吴敬梓，尤慕啸吟风度，常把病苦呻吟变作抵病长啸，且入诗词中。正如其同调舅兄金榘有诗句说，吴敬梓“尤不羁，酒酣耳热每狂叫”，“科跣箕踞互长啸”。《病夜见新月》诗中的“仰天长啸”之句所统带的“蟾光”“鬼雨”及“老兔”之典，更直接出自李贺五言《感讽五首》之五和之二，及七言《梦天》诗“岑中月归来，蟾光挂空秀”；“南山何其悲，鬼雨洒空草”；“老兔寒蟾泣天色，云楼半开壁斜白”。而“月姊”则出自李商隐《楚宫二首》之二：“月姊曾逢下彩蟾，倾城消息隔重帘。”可见清人黄河所论吴敬梓的诗直逼温、李，绝不是朋友之间感情用事而给予的无原则吹捧。

及至吴敬梓在南京安家于秦淮水亭，与诸诗朋文友酒宴欢聚后，又写下《买坡塘》词二首：

癸丑二月，自全椒移家，寄居秦淮水亭，诸君子高晏，各赋《看新涨》二截见赠。余即依韵合之，复为诗余二阕，以志感焉

少年时，清溪九曲，画船曾记游冶。绑纚维处闻箫管，多在柳堤月榭。朝复夜。费蜀锦吴绫，那惜缠头价。臣之壮也，似落魄相如，穷居仲蔚，寂寞守蓬舍。

江南好，未免闲情沾惹。风光又近春社。茶铛药碓残书卷，移趁半江潮下。无广厦。听快拂花稍、燕子营巢话。香销烛灺。看丁字簾边，团团寒玉，又向板桥挂。

又

石头城，寒潮来去，壮怀何处淘洗？酒旗摇飏神鸦散，休问猘儿狮子。南北史，有几许兴亡，转眼成虚垒。三山二水，想阅武堂前，临春阁畔，自古占佳丽。

人间世，只有繁华易委。关情固自难已。偶然买宅秦淮岸，殊觉胜于乡里。饥欲死。也不管，干时似淅矛头米。身将隐矣。召阮籍嵇康，披襟箕踞，把酒共沉醉。

欣赏这两首《买坡塘》词，更可看出吴敬梓诗词的温婉与豪放相糅的双重气质，同时还可看出，无论温婉与豪放，他的感情抒发大多关乎灵魂，尤其常能反思到自己的过失与不足，这是为文与为人都最难能可贵的。

第一首写眼光局限于故乡和青少年时心境，多用委婉清丽字词：“清溪”“画船”“柳堤月榭”“蜀锦吴绫”“落魄相如”“寂寞守蓬舍”“春社”“花梢”“燕子”等等。但这众多清丽字句中裹有一句“江南好，未免闲情沾惹”，这是反思自己落魄时在烟柳巷中拈花惹草，被乡里传为“子弟戒”的过错。中国封建社会中，谁一旦有了名气，有几个敢在自己诗词中公开说如此过错的？文过饰非者多！吴敬梓能说自己“未免闲情沾惹”，这在中国古代，实在是了不起的诚实与勇敢。封建中国几千年，文化积淀太过深厚，虚伪方面积淀也不浅。明明男盗女娼者，诗文也要虚伪成正人君子样，骗别人，所以出不了卢梭那样的《忏悔录》。吴敬梓能在《红楼梦》之前写出《儒林外史》已够不简单了，若不是有清朝的文字狱，他也再大胆地放开点自己的真实内心世界，怕会写出《儒林梦》，或更早些出现《红楼梦》了。

再说第二首《买坡塘》吧。从上半阕一开头，气势就忽然变得雄浑起来，所用字句皆豪壮：“石头城”“寒潮”“壮怀”“摇飏”“猘儿”“狮子”“三山二水”“阅武堂”等等，结尾干脆“召阮籍嵇康，披襟箕踞，把酒共沉醉”啦。

南京为六朝时期的金陵古都，金粉之气与魏晋风骨并遗存，住到这里而且正当而立气盛之年的诗人，怎能不六朝粉水与魏晋风骨两气同染，因而同牌同题创作的两首词，前一首温婉、伤情，后一首豪放，啸吼中夹沙裹刺了，甚至前后首的上、下阙，也婉雄截然。吴敬梓诗风的双重气质，正与他性格的双重气质相吻合，即所谓诗如其人。他移家南京数年后自号“粒民”，甘同底层百姓共命运，而对朝廷实行的八股科考制度则憎恨之极，誓不同流合污，终致抖胆著书立说加以深刻嘲讽批判，正该属于后世最为赞美他的鲁迅先生所说“横眉冷对千夫指，俯首甘为孺子牛”之双重性格，有时外柔内刚，有时外刚内柔。总之是心善骨硬，对恶俗不怒吼也刺讽，对善良，帮不上忙也同情。

写这词时，吴敬梓虽是自己决绝离乡，但离去后又眷恋不止。他与族兄吴檠的交往就颇见此情。他在南京安顿下以后，因想念，便邀请吴檠也到秦淮水亭小住。正好赶上重阳节到了，吴敬梓特邀吴檠一同登山过节，一切都准备好了，吴檠却因故未到。他惆怅若失，为此写下《九日约同从兄青然登高不至》四首。这么件小事，他竟怅然得一时写下四首诗，真乃重情在意的敏感诗痴。其中一首道：

绿橙手孽味清嘉，黄菊枝头渐著花；
独坐河亭人不到，一帘秋水读《南华》。

只因所约的一个族兄未如约而至，他竟怅然得长时间独坐河边，望穿一帘秋水痴等。寥寥四句，便将重情义，多愁善感的诗人自己，入木三分地跃然纸上了。

吴敬梓移家南京一年后，正是心情较好的一段时光，为纪念这个人生重大变迁，他特别精心创作了一篇洋洋三千余言的《移家赋》（《文木山房集·赋卷》）。该赋叙述家世和自己生平以及移家南京的原因，居住南京后的心情和愿望，不仅文采华丽，而且内容十分丰富，是了解吴敬梓家世和他本人经历与思想变化特别重要的依据材料，尤其最后一部分，描写的是移住南京后情景与心情，既表达了“爰买数椽而居，遂有终焉之志”，又述说了与众文士“私拟七子，相推六儒”之趣，也告诉读者他与续妻相伴偕隐之乐，也不避讳与早年浪游秦淮河结识的歌女们的继续交往，即所说“别有何戡白首，车子青春，红红小妓，黑黑故人。寄闲情于丝竹，消壮怀于风尘”。据此我们可以看出，移家之初的吴敬梓，频繁与众多知识分子和文友聚往，还和伶人保持着友谊。所以他并不羞于否认这方面的交谊，甚至公开在赋中自许自己这方面的创作才能，即所谓“妙曲唱于旗亭，绝调歌于郢市”。另外，赋中还运用了从笔记小说如《列异传》《神异经》《说苑》《朝野佥载》等不少典故，可见他对小说阅读和写作兴趣早就有了。该赋太长，且典故和生异怪僻字较多，这里不便引用全文。

吴敬梓已生成与诗为伴的习惯，凡与亲朋好友交往，故地重游，或有新的阅历与感悟，必写成诗以致纪念。移居南京后，生活虽然清苦，但他多了与文友相聚饮酒论诗的机会，因而使贫困生活多了许多以诗积蓄精神财富的乐趣。

有年寒冷早春一个“小楼细雨十分寒”冷的晚上，吴敬梓独坐炉火旁不能入眠，忽听夜色中有笙管声传来，便想起从前与舅家的儿子金榘一同听歌赏曲的时光，便以笙为题，赋诗一首，纪念孤独寂寞时盼亲友金榘来信的心情：

笙

数声鹅管绛唇干，拨火金炉夜向阑。
孺子独生伊洛想，仙娥曾共幔亭看。
几时天上来青鸟，何处风前听紫鸾。
最忆澄心堂里曲，小楼细雨十分寒。

又一天，却忽然接到他和金榘共同的朋友章裕宗的来信，于是又深情以二首七言诗记下获信的心情：

寄怀章裕宗二首

柳烟花雨记春初，梦断江南半载余。
直到东蓠黄菊放，故人才寄数行书。

香散荃无梦觉迟，灯花影缀玉虫移。

分明携手秦淮岸，共唱方回肠断词。

诗末句的“方回肠断词”，是指北宋词人方回词作《青玉案》，该词有“碧云冉冉蘅皋暮，彩笔新题断肠句”。而大诗人黄庭坚《寄贺方回》诗中又有句“解作江南断肠句，至今只有贺方回”。

吴敬梓还有好几首重要诗词作于年节之日，但都是众人欢乐他凄然之时。比如他30岁客居南京所遇那个除夕之夜，写了八首《减字木兰花》词，回想三十年来的坎坎坷坷，百感交集地思考如何三十而立。一夜之间，八首啊！前面章节已有录，这里不再重复。而在秦淮水亭买宅五年后的除夕，他又写了一首五言诗《丙辰除夕述怀》，值得一提，这里只录后半首抒怀之句，以见吴敬梓心性：

人生不得意，万事皆愬愬。
有如在网罗，无由振羽翮。
严霜复我檐，木介声槭槭。
短歌与长叹，搔首以终夕。

此诗前半首述说的是，富贵人家置酒摆肉祈福迎新之时，吴敬梓家却窗透寒风，霜遮屋檐，幸有相邻不远的画家朋友王溯山家来送米，全家人才暂免挨饿的情形。而后半首这些句子，几乎又像阮籍在吟啸。尤其“有如在罗网，无由振羽翮”句，就是对罗网般束缚读书人不得振翅的科举制的控诉了。

时隔半月，元宵节又到了。真如夏天屋漏偏遇连阴雨，寒冬的元宵节，却满天飞扬起大雪来，遮蔽了月光，只剩清冷的夜灯空悬屋中。穷困书生果腹取暖尚且不能，想来只有那些豪楼华殿中吃饱撑着了的文士们，才有心抒发瑞雪兆丰年的空话吧。吴敬梓因感而成一首五言诗：

元夕雪

元夕三更后，雪花飞满天。
全无明月影，空有夜灯悬。
辞赋梁园客，肌肤姑射仙。
何人金殿侧，簪笔祝丰年。

最后两句是讽刺！讽刺谁？讽刺那些王宫贵厦里吃着官俸的文士们，不管百姓饥寒否，见雪是必遵皇家意愿赞美的。而那些能吃上官俸的文士，不就是靠八股科考而进士的吗？这属于吴敬梓赞成诗可以有“刺”，对黑暗应该用“刺”来“讽”那一面特点。

同年春，天气转暖了，只愁无米不愁御寒的吴敬梓，忽闻好友画家王蓍（字宓草）去世，饥肠辘辘之中，心怀崇敬写下一五言诗：

挽王宓草

白鬓负人望，今见玉棺成。
高隐五十载，画苑推耆英。
箧贮宣和谱，图藏佛菻形
九杇岂烦拟，一笔能写生。
豪端臻神妙，墨量势纵横。
装池抽玉躞，观者愕然惊。
悬金在都市，往往收奇赢。
幽居三山下，江水濯尘缨。
窗前野竹秀，户外汀花明。
挥手谢人世，缑岭空啸声。
卿辈哀挽言，或恐非生平。
顾陆与张吴，卓然身后名。

这完全是对颇具人格境界和艺术魅力的民间文化人的赞挽之词，没有半点“刺”与“讽”。吴敬梓大加赞挽的这位原籍浙江秀水，后移居南京莫愁湖，又搬至三山下的画家，不事举业，特隐山中，专攻绘画艺术，不仅“高隐五十载”的精神境界使吴敬梓感动，他的多样高超绘画技艺也丰富了吴敬梓的艺术视野。此诗与为另一位画家王溯山写的挽诗，还可以让我们理解，他后来创作的《儒林外史》里，何以会有隐逸高人画家王冕形象的成功塑造。是王蓍、王溯山这样艺、品皆高之友影响的结果。

吴敬梓的诗，很大一部分是与亲友应答唱和之作，这方面的诗，更能洞鉴诗人的品行。他移家南京后结交的一位家在北方的好友沈宗淳（字遂初），不久离开南京远归老家，吴敬梓对这位同性朋友十分眷恋，在江南二月的暖风中送别时，写了一首胜似异性恋人般缠绵的七言诗：

江南二月春风吹，江边杨柳千万枝。
行人欲折不忍折，笼烟蘸雨垂绿丝。
王恭张绪不可见，困酣娇眼如欲啼。
攀条流涕桓宣武，何不移栽玄武陂。
昔日幽燕轻薄儿，斫取柔条系班骓。
越溪春半如花女，袨袂牵裳怜爱谁？
羌管声中伤别离，声声寄我长相思。

男人送别，却拿“杨柳”“攀条流涕”“伤别离”“长相思”等太过婉约缠绵的字句，有点当今男人同性恋的味道了，可见两人文性甚同，感情颇深。但分手三年之后，沈遂初因事又来南京，竟未作逗留就离去了，吴敬梓因此非常伤感。在他这个多愁善感的南国秀才看来，南京与北国相隔那么遥远，三年未见了，怎能不住下相聚喝杯酒就走了呢？埋怨这北国文友太粗情大意，他因之又含泪写下一首类似情诗般的五言诗：

沈五自中都来白下旋复别去怅然有作

金石同交谊，相思涕泪流。
如何三载别？不遣一宵留。
候馆迎征雁，津亭闻暮鸠。
独怜汀上月，双照故人愁。

重情多意的吴敬梓，后来终于在编辑《文木山房集》时，在旅馆里堵着了这位诗友沈遂初，酒桌上当众文友面，非嘱其为该集的词卷作了篇序（其他卷已有人作了），这才弥补了深深的遗憾。沈序文辞雅美，才华横溢，读来便可明白吴敬梓何以与他那般“相思涕泪流”了。为方便读者对应理解，权引录一段如下：“……吴子敏轩，夙擅文雄，尤工骈体。悦心研虑，久称词苑之宗；逸致闲情，复有诗余之癖。辟之蠶丝春半，能遇物而牵萦；蛩语秋清，只自传其辛苦。更阑烛跋，写就乌丝；酒暖香温，谱成黄绢。允以才人之极致，爱其情思之缠绵……”

吴敬梓确实如他这位长相思的诗友所说，是个情思缠绵的人，不管哪位文友遇事了，他都要写诗感怀。

乾隆二年（1737年），吴敬梓与秀才李岑森一同应荐鸿博考试，进京廷试前两人同样都在病中。吴敬梓深思熟虑之后最后没有前往应试。而李秀才却执意抱病进京，结果廷试未中，反而病死京城。这一消息对吴敬梓触动极大，他不仅物伤其类，对李秀才深表伤痛，更加深了对要命的科举制度的痛恨，和对自己以病拒辞廷试庆幸，并坚定了与科举决裂的决心。诗原文如下：

伤李秀才并序

丙辰三月，余应博学鸿辞科，与桐城江若度、宜城梅淑伊、宁城李岑森同受知于赵大中丞。余以病辞，而三君入都。李君试毕，卒于都下。赋此伤之。

扶病驱驰京辇游，依然名未上瀛洲。

报罗不是人间史，天上应难赋玉楼。

吴敬梓不仅对友人，对亲人也是如此。有年他外出游历归来病了，忽然十分想念也善诗文却孤身在外的长子吴烺，便写了《病中忆儿烺》寄给良友般相待的儿子：

自汝辞家去，身违心不违。

有如别良友，独念少寒衣。

病榻茶烟细，春宵花气微。

邮亭宿何处，梦也到庭帏。

真格是可怜天下父母心！自己病得有气无力了，还寝食难安惦念在外工作的儿子穿得暖不暖，不知道儿子此时宿在何处，能否梦到父亲病中写诗给他。

吴敬梓时时以诗为伴，不管去哪里，几乎都与诗同行。

乾隆三年（1738年），夏天南京奇热，已搬住市郊的吴家也热如蒸锅，旧病新发的吴敬梓不得不寻到山谷林中的正觉庵避暑，写信给仍只身在外的儿子吴烺，让他回来同住："呼儿移卧具，来就老尊宿"（见吴敬梓当时写下的《夏日读书正觉庵示儿烺》诗）。传主在寂寞古庵中时常忆及半生坎坷，不免又嗟怨连连，直到入秋，情绪和旧症不得好转，重时以至于双眼昏昏，书都看不成。

他家屋里的陈设极简陋，除床榻和案牍，几无别物。家里缺少柜子，以至于所有的杂物都得摆放在明面上，连妻子叶惠儿身上的隐饰物也无奈地摆在明处。墙壁上挂不得字画，好友赠予的字画那么多，可就是没办法挂出来。一是屋里总不断虫子在墙上爬行，差不多字画就是他们的食物。二是屋里的油灯，用的油都是烟雾很大的粗油，不出几日，字画就会被熏得黑黑如墨。

吴敬梓的家里，日积月累最多的是诗稿。他写文章也好，作诗也好，都是花很少的钱买来厚草纸，宣纸这时在他已属奢侈品了。草纸上的诗行圈圈点点已很纷乱，也舍不得再换张好纸来誊写。书案放不下诗稿，又在案子旁边横上两根木方，找来一块旧板，一张张按时间先后平放在上面，日久天长，诗稿摞得几尺厚，他每坐于案边写字时，怎样的姿势，诗纸都高过了头顶，活生生一幅“埋头写作”的写照。

文友金兆燕到过吴敬梓家，到一次就见诗稿高起一层。有天金兆燕忽然同他玩笑说，大才子都著作等身了，却还没刊刻过一本书！一旦诗稿损失了可怎么办？

吴敬梓被生活累得顾前顾不得后了。诗写了这许多，什么时候刊刻，他不是没想过，而是没敢认真去想。

金兆燕主动告诉说，他现在已是滁州印书坊的伙计了，刊刻的事他懂得。

吴敬梓这时还没开始写白话稗史，看着眼前堆砌起来的诗稿，心中真的不免有些焦急。稗史肯定要写的，而且不久在即，举业不做也得写稗史。唱词也得写，唱词能换来几许稻粱银。可是，一旦要写稗史，那可就需要更多的纸墨，小小的屋子就更没法盛装得下了。无论如何，的确需在写稗史之前，把自己的诗稿刊刻出来。

那时的人们，不管从政为官，还是有文好的儒商，更不用说不官不商的文人了，到了一定时候，都要编刻诗文集的。这很大程度要看本人的经济状况，有钱的，多刊刻也行；没钱的，谁会给你白刻呢？吴敬梓科场屡屡遭挫，三十八九岁了，除了写出许多一个钱也换不来的诗、词、赋及文章，几乎一事无成，当然更需要把自己的诗文成果刊刻成集，作个总结。尤其此前（1738年）他39岁生日那年春天，去苏南溧水一游，写下《石臼湖吊邢孟贞》诗以后，他便虑及自己诗文刊刻的事了。

石臼湖吊邢孟贞

石臼湖上春水平，石臼湖边春草生。
团蒲为屋交枝格，棘庭蓬霤幽人宅。
幽人半世狎樵渔，身没名湮强著书。
海内宗工王司寇，丁宁贤令式其庐。
式庐姝子何以告，惆怅姓名为鬼录。
检点遗书付梨枣，顿使斯文重金玉。
前辈风流难再闻，祗今湖水年年绿。

石臼湖在江苏溧水和高淳之间，湖畔建有诗人邢孟贞故居。这个高淳县诗人邢梦贞，也如吴敬梓科场多有挫折，也被指责“太狂”，因而也十分憎恨八股科考，决然抛弃举业，在湖畔筑屋，半辈子砍柴打鱼为生，以诗为重，不懈坚持，终得诗坛盟主王士祯司寇的赏识与推荐，得有《石臼前后集》刊刻传世。吴敬梓诗中最为感慨的便是自己也如邢孟贞一样“强著书”，但王司寇那样能赏识和帮助自己刊刻诗书的风流人物却见不到了。吴敬梓就是怀着这份感慨，迎来了当年五月自己的生日。眼看进入不惑之年了，自己不惑了吗？生日那天，他以一首词做了检点总结：

内家娇生日作

行年三十九，悬弧日，酌酒泪同倾。叹故国几年，荒草先茔；寄居百里，烟暗台城。空消受，徵歌招画舫，赌酒醉旗亭。壮不如人，难求富贵；老之将至，羞梦公卿。

行吟憔悴久，灵氛告：需历吉日将行。拟向洞庭北渚，湘沅南征。见重华协帝，陈辞敷衽；有娀佚女，弭节扬灵。恩不甚兮轻绝，休说功名。

上半阕结论是“难求富贵”；下半阕结论是“休说功名”。总体思路是：抛弃功名利禄的枷锁，挣脱科举进士的羁绊，向诗人屈原那样出世远游，做自己愿作也能做成的事。具体就是，眼前要多方求助，刊刻《文木山房集》，以后就一心写最喜欢的稗史小说了。

现在，印书坊那边已有金兆燕能帮忙了，何不就此着手做起呢。但他知道，金兆燕只能帮忙张罗，但没钱也只能是白张罗。

他更知道，自己衣饭钱都佘来借去的，哪有巨资刻诗文集。便先将诗、词、赋三种有韵之作，及论诗的短文，选编成不太大的一集，企望能求得家道富裕的友人资助而成。

为此，他带上一向被自己视作良友的长子吴烺，前往二百多里外的真州（现江苏省仪征市）求助。

到了真州，因囊中羞涩，父子俩只好到山中一座寺庙借宿，这样连饭钱也不用愁了，还可作一次游历。在寺庙住下后，一无所有只能以诗装苦水的吴家父子，晚上宿于众僧苦行的庙中，白天再想法前往还乡赋闲的杨江亭府上。吴敬梓这次去真州，主要就是想拜会从湖广提督任上被革职回老家赋闲的杨凯（字江亭）大人，因杨大人曾慕吴敬梓之名，通过真州士绅邀请吴敬梓到府上聚会过。这杨大人虽是战功赫赫的武官，但极愿结交著名文人雅士。吴敬梓前一年见过杨提督之后，文友传告说杨大人还想与他畅谈。而吴敬梓这些年的科场不幸及家道败落，已憎透了官人，尤其他一向仰慕魏晋文士风骨，从不与官场人物结交。他的不少文友都有几个官员朋友，唯他没有。连大诗人袁枚那样住得很近，极有机会结交的人物，他都不曾相见一回，为的就是自身那份尊严。他心底的理由一定是袁枚虽然当时已不为官，但仍拿有官家俸禄，类同现今有相当级别的国家退休干部，虽已以文为业，且名气不小，为人题跋作序写碑文等等都明码实价要很高的润格，可毕竟与他等民间文人身价不同。吴敬梓所以先前去过杨督府，是因文友们一再介绍，这督府虽为武进士出身，却极有文才，并非附庸风雅而愿结交文人。他曾任清门侍卫、湖广督标中军守备、镇筸前营游击、辰州副将兼桑植副将、永顺副将、镇筸总兵、湖广提督、河南河北镇总兵等职，文武兼善，曾被召入南书房校书史，但宦途却三下四上，于乾隆二年（1737年）在湖广提督职上被革职回仪征赋闲。吴敬梓此次所以好意思不邀自来，就是想求助于他，而且特意写好了一首赠诗带了来。未及得见，便遇上连绵秋雨，等待的寂寞中，吴敬梓又把这首五言赠诗拿出来看：

赠杨督府江亭

狻猊产西域，本非百兽伦。
一朝同率舞，图画高麒麟。
三苗昔梗化，戈铤钱扰边垠。
桓桓杨督府，钲鼓靖烟尘；
功成身既退，投老归江滨。
廉颇犹健饭，羊祜常角巾，
明月张乐席，晴日坐花裀。
丹心依天桴，白发感萧晨。
方今履泰交，礼乐重敷陈。
天子闻鼓鼙，应思将帅臣。

无疑，这是一首歌颂杨凯过五关斩六将的诗，所颂功绩虽然都是实事，但最后一联也明显流露出吴敬梓对他的恭维。面对空山寺外凄风秋雨，吴敬把此诗读了数遍，更加心生五味，不知此行见杨大人等会有如何结果，于是暗淡烛光下忍不住又咏出一首五言诗：

真州客舍

七年羁建业，两度客真州。
细雨僧庐晚，寒花江岸秋。
奇文同刻楮，阅世少安辀。
秉烛更阑坐，飘蓬愧素侯。

其中，“奇文同刻楮”句正是说此行他的诗集能否在诸位文友，尤其是杨提督的共同帮助下得以刊刻。

正当吴敬梓在绵绵的秋雨寒寺中寂寞无着时，杨提督忽然邀请他去府中饮酒赏菊。无官赋闲的杨督府，有吴敬梓这样的文人招之即来，当然十分高兴，也十分热情，尤其读了专写给他的《赠杨督府江亭》诗，不能不把酒津津乐道自己的汗马功劳及数次遭贬以致革职的故事。大战野牛塘的战功，特别是在桑植副将任上与同知铁显祖的矛盾，他都会细细说来。吴敬梓奔波二百多里，借宿山间庙中，来应酬杨提督，本想有求于他。但杨江亭却把吴敬梓当作清客，供他酒饭清茶闲聊罢了，对他并没有实际接济，更没问问这位落魄文士的疾苦。这就使吴敬梓无法开口说求助刊刻的话了。他来真州的主要来意说不出口，杨提督又饱汉子不问饿汉子饥，吴敬梓只好又在难捱的等待中作诗：

雨夜杨江庭斋中看菊

秋雨羁慈室，惊传折简呼。
黄花依玉箔，翠叶映琼苏。
爱客欣投分，论文恕鄙儒。
不因逢胜赏，谁解旅怀孤。

吴敬梓一直耐着性子与杨提督周旋，总希望这位曾为朝廷大员的富绅能自愿地资助他一些生活盘缠和刊刻文集的资金，然而杨提督始终没提及此事。等待中他又写一首七言诗：

雨

皇天不雨五阅天，谁鞭阴石向佷山。
我今客游二百里，真州僧舍掩松关。
维时季商律无射，肃霜纳火细菊斑。
夜静薄寒拥衾卧，忽然挥汗热面颜。
阿香唤汝推雷车，殷殷雷鸣盈清弯。

初疑江边巨艘发，诘朝骤雨声峥孱。
翻盆三日不复止，慧门丈室苔斒斓。
寒花幽草具漂没，唯见阶下水孱湲。
老夫顾此情怀恶，客居幸得半日闲。
呼童邻家赊美酒，箕踞一醉气疏顽。
明晨冲泥问杨子，妻儿待米何时还？

直到吴敬梓借宿僧舍中遇上翻盆大雨连日不停，丈室阶下水流成溪时，不由想念起南京家中待米下锅的妻女，他不得不鼓了勇气，舍下老脸，明早蹚泥水去问问杨大人，能否打发几个盘缠钱，刻印文集的事，是指望不上他了。

忽然一天，吴敬梓听庙里一和尚是家乡全椒口音，不由备感亲切，主动与之攀谈起来。不想这箫姓名宏明的和尚，竟然是他早已去世的姨母的儿子。两人促膝他乡庙中互诉身世，竟有许多相同的不幸。不胜悲痛之下，他在庙中专为此僧作诗一首：

赠真州僧宏明

昔余十三龄，丧母失所恃。
十四从父宦，海上一千里。
弱冠父中天，患难从兹始。
穷途久奔驰，携家复转徙。

吁嗟骨肉亲，因问疏桑梓。
今年游真州，兰若寄行李。
中有一比丘，闻我跫然喜。
坐久道姓名，知为从母子。
家贫遭飘荡，耶娘相继死。
伯兄去东粤，存殁不堪拟。
仲兄远佣书，遥遥膈江水。
弱妹适异县，寡宿无依倚。
兄弟余两人，流落江之涘。
髡缁入空门，此生长已矣。
哽咽语夜阑，寒风裂窗纸。

诗的后半部分记叙的就是僧人宏明比吴敬梓更不幸的经历：父母早亡，大哥远走他乡不知下落，二哥也只身到江对岸当用人，妹妹在异乡守寡，孤苦无依的宏明只得剃度空门。两人在寒寺里彻夜促膝倾诉，破窗而入的寒风陪伴他们一同哽咽。吴敬梓对从母子僧人寄予了无限同情，同时更加深了对人生的理解：自己虽穷困不堪，外出毕竟是为刊刻自己的诗文而化缘。缘虽未化成，但所悟到的世态炎凉毕竟已化为诗，实属一笔财富了。并且那些各处听到见到的人和事，将来还可以写成稗史成书呢（后来确依杨江亭为原型在《儒林外史》中写有一章）。而宏明和尚已无家可归，无亲可探，只剩剃度空门，为僧苦行，一无所有了！

吴敬梓真州之行这些诗，情至真，意至切，思想水平和艺术水平都特别成熟老到，如果古典文学水平很高者读来，会唏嘘不已的。但也因用典偏多且有的过深需认真研读方能解透的毛病，而影响阅读效果。比之他正孕于腹中，于十年后诞生的小说《儒林外史》，显然是个弱点。《儒林外事》用典方面的毛病已一点没有，叙述语言的平凡易懂且雅致，简直是一次文学革命，贡献极其伟大，这里不细说了。

庙中借宿数日，吴敬梓竟接连写下八首诗传至今世，真诗人啊！

吴敬梓这次真州之行，最后有赖于诗人方嶟的资助，使“有韵之文”终得刊行于世。方嶟（字谦山、可村，雍正十年翰林院待诏）为人极重情义，多行善事，特别喜善诗歌，有《停云集》《真州唱和集》行世。方嶟重情意多体现在重视朋友的诗作上，常资助在世诗友刊刻诗文集。方嶟此举令吴敬梓感动不已，向在南京结识的诗友黄河说了此事。黄河原也表示要为吴敬梓诗文集刊刻筹资的，不待着手实施，方嶟已先其而成。为此，黄河特别在所作《文木山房集》序中大加赞赏道：“余方谋付之剞劂，以垂不朽，而敏轩薄游真州，可村（即方尊）先生爱为同调，遽捐囊中金，先我成此盛举，古人哉！是皆可传也。”

方嶟刊刻的这部《文木山房集》，大都是吴敬梓40岁前的作品，而且权限于诗、词、赋等“有韵之文”。真该感谢方嶟将吴敬梓的诗刊刻行世，才得以流传至今，不仅为古老中华文学宝库多收藏了一份珍品，同时也为我们欣赏和理解另一份更加重要的文学珍品《儒林外史》，留下了无以替代的资料。现将方嶟所作《文木山房集》短序摘要而录：“敏轩，流寓江宁。能以诗赋力追汉唐作者。既不遇于时，益专精殚志，久而不衰。今将薄游四方，余遂捐箧中金，梓其有韵之文数十纸，以质之当代诸贤。窃叹全椒吴氏，百年以来称极盛，今虽稍逊于前，上江犹比之乌衣、马粪，而敏轩之才名，尤其最著者也。余梓其所著。匪独爱其与余为同调，将与天下共之焉。”

仅《文木山房集》的传世，见证了吴敬梓在成为伟大小说家之前，已诗作累累，乃一位卓越的诗人。

2013年6月16日父亲节修改于沈阳大沟乡藏双台子

（载2013年《鸭绿江》文学月刊11月号）

荡 客

25岁时的吴敬梓，正避开全椒探花府的无尽烦恼，像沧海扁舟，孤苦无依地在扬州、淮安及南京一线游浪。那该是大清王朝雍正三年，正好其妻辞世两年，其父过世也三年。一个正以诗词曲赋消磨时光的年轻才子，他那时还丝毫没想到十多年后会拒考不宦，非要写一部长篇小说《儒林外史》不可。

一次，在淮安金湖客栈的夜晏上，吴敬梓与一位相貌动人的苏州歌女不期而遇。那歌女未经邀请主动站到吴敬梓身边，彬彬有礼地自弹琵琶唱了一支苏州曲，惹得满座人一片赞叹，齐招呼她入座同饮，她顺势就坐在了吴敬梓身边。吴敬梓正不解，一圈十多人，这歌女为何单坐在了他身边。挨他另侧而坐的一位相识歌女说，这是迎宾楼的头牌，名叫苕苕，她早仰慕吴公子大名，得知我被看好的唱词是公子手笔，所以苕苕姐非商了我来求公子，也为她写上一曲。

不待吴敬梓说句谦辞，见苕苕脸已泛红，正羞惴地望着他。他另侧那歌女忙煽风点火说，苕苕姐好大架子，自己就在公子身边坐着，还非得支使我丫鬟似的为你传话！

茗茗这才端杯起身道，吴公子的歌词实在高雅，小的无缘得唱，才不好意思求人传话的。不管行与不行，能得敬公子薄酒一杯，也数三生有幸。我愿自饮三杯，以表虔敬！

吴敬梓听这话时忽然发觉，这茗茗与老家忘年棋友叶郎中的女儿叶惠儿有几分相像。而那叶惠儿曾是他少年时最有好感的女孩，所以便欣然与茗茗同饮了三杯酒，满口应允了她的请求。茗茗因此当场特为吴敬梓跳了好一会儿她最为拿手的柘枝舞。那舞是从中亚传入我国西域新疆等地的，活泼奔放，节奏起伏，充满热烈动人的生命活力，加茗茗与吴敬梓同饮过三杯酒后，又吟了几句诗，分别是白居易的“红蜡烛移桃叶起，紫罗衫动柘枝来”，和刘禹锡的“曲尽回身处，层波犹注人”，便使得吴敬梓陡生相见恨晚之情。那晚，才子佳人加美酒轻歌，欢声笑语不断。直至深夜回到住处，吴敬梓仍灵感飞扬，不能入睡，遂连夜写了一首无题诗：

柳烟花雨记春初，梦断江南半载余。
直到东篱黄菊放，故人才寄数行书。

香散荃芜梦觉迟，灯花影缀玉虫移。
分明携手秦淮岸，共唱方回肠断词。（注1）

诗末的“方回肠断词”，是指北宋词人方回词作《青玉案》，该词有“碧云冉冉蘅皋暮，彩笔新题断肠句”。而大诗人黄庭坚《寄贺方回》诗中又有句“解作江南断肠句，只今唯有贺方回”，表述的都是深深的衷肠雅意。吴敬梓本是刚刚接到一位至交密友章裕宗来信，而酝酿于心打算成稿后寄给朋友作回信的，没待落笔便遇了茗茗的请求，写时便分外多出别一层情感，因而显出许多缠绵之意，便觉正好可以拿给茗茗去唱（该诗以《寄怀章裕宗二首》收入吴敬梓《文木山房集》）。第二天，吴敬梓便带上无题诗去迎宾楼见茗茗，去时还带了些银两并一只玉镯。

吴敬梓找见茗茗时，茗茗正和一个男子在下围棋，见了吴敬梓慌忙起身说，听人传，公子不仅诗词写得极妙，还是围棋高手，何不同我师父下一盘？我和师父学了两年，还不曾得着他一两招诀窍！

吴敬梓说，初次见面，一无所知，怎好就请教？

茗茗说，围棋最是高雅之物，何需那许多俗套。说完把棋枰上棋子重新分放好，请他两人坐下对弈，自己则站立一旁看。

吴敬梓连胜两局，茗茗师父拱手甘拜下风，并吩咐下人摆上酒菜。茗茗斟了酒，头一杯郑重敬了吴敬梓，第二杯敬了师父。茗茗自己也认真喝下满满一杯说，吴公子是探花府里吃过好酒好肴的，到我们这迎宾楼来，哪里吃得惯！

吴敬梓谦让说，我家酒菜哪里有你这儿好吃！

只吃了几杯酒的茗茗师父便有了醉意说，吴公子府上那些女子，怎及茗茗才艺双全，茗茗唱歌比酒醉人，公子若肯为茗茗写唱词，肯定更拔头筹异彩。

茗茗说，人生在世，只求心性好，哪在乎贵贱！我看重有才情好心性的人。遇着那些有大钱不懂尊重人的主儿，我还不稀罕！

吴敬梓和茗茗吃了几大杯，茗茗师傅便叫下人收了残羹，让吴敬梓和茗茗慢慢说话，自己先行离去。茗茗也便带吴敬梓下楼进了自己房间。一般这等去处，多是大红大粉色彩，即所谓桃色肉色，而茗茗不大的一间屋子，充满了清香和雅气，花是兰草，画是梅竹，壁桌上供着一尊小小玉观音，中间床上挂的帐子，也只透着极淡的粉色，仍不伤整体的雅韵。床前的铜火盆中，炭火正旺。茗茗用炭火烧水泡了杯绿茶递给吴敬梓，又拿汗巾一边给吴敬梓擦脸，一边问道，不知茗茗盼赐的唱词几时才得上口？

吴敬梓说，茗茗所嘱雅事，怎能忘了。今日头回上门拜访，还没送上见面礼呢！说罢放下茶杯，取出银两和玉镯递给茗茗。茗茗连忙认真推辞说，茗茗哪敢毫功未有就受公子如此重禄？我只是念着吴公子那胜似千金万银的唱词呢！好歌女最盼好唱词的！

从来不看重金银的吴敬梓，一下愧觉低了茗茗一截，说，请茗茗恕谅，我这只是一点点见面礼物，本没当第一要事看待的，只为初次见面不好轻待小姐！

茗茗还是坚辞不收说，我最看重公子的才情，在我眼中，公子的唱词比什么都贵重！

吴敬梓只好把银两和玉镯放下，又从衣袋掏出诗稿说，倒是写了一首，只是匆促粗糙了些，请指正，以后再写好的！

茗茗惊喜万分，忙用刚给吴敬梓擦过脸的汗巾擦了自己的手，方接过诗稿看了一遍，然后轻声念道：

无题

柳烟花雨记春初，梦断江南半载余。
直到东篱黄菊放，故人才寄数行书。

香散荃芜梦觉迟，灯花影缀玉虫移。
分明携手秦淮岸，共唱方回肠断词。

念到最后，茗茗语调已变得重了，深舒一口气望住吴敬梓说，以无题命题绝好，只是茗茗浅薄，其中典故尚悟不出深意，还望赐教！

吴敬梓将几则典故细心做了些解释。茗茗说，这诗我真的好喜欢，但似觉并不是为我而写。若是专为我而写，我便依了你。

吴敬梓本想含糊其辞默认是专为茗茗而写，反正对一个风尘歌女也用不着当真，可面对了茗茗的格外真诚，便说不出一字谎言了，如实道，原本是为一知己男友回信而酝酿的，不及动笔便遇了你，味道就大变了。你只管拿去唱好了！

茗茗说，公子如此诚实，也算为我而写了！

吴敬梓深为感动，望着茗茗没答一言，只把有点儿颤颤的双手慢慢伸出来，停在那里。茗茗放下诗稿，也把双手慢慢停放在吴敬梓手边。吴敬梓这才拉住茗茗，两人不由自主相互投靠在一起。

茗茗仰脸看着吴敬梓说，我不贪图你银两玉镯，只盼你能留心于我！

于是两人犹如鱼水，灵与肉融为一体。

一些时日的接触，吴敬梓眼中的茗茗已不是卖唱的歌女。这个沦落风尘的血肉之躯，渐渐帮助他从灵与肉的双层痛苦中挣脱出来，渐渐有点割舍不下了。茗茗是苏州人，她在淮安和吴敬梓一样也是无亲无故，便更加惺惺相惜。以前茗茗所唱的多是平白无奇的词曲，不很着雅客喜欢。有了吴敬梓写的唱词，再经他指点，茗茗的演唱变得既生动又有文采，可以雅俗共赏了，一时唱响淮安，很是吸引贵客。

淮安府是苏北地区的米市，米商云集，还有许多来往自洪泽湖、大运河的船夫及航运漕官等等，使得小城并不比苏、杨二州甚至南京冷落。因而，淮安城歌楼酒楼比肩携手，歌女们可以日日不闲为过往客商卖艺。所以吴敬梓分外为茗茗的成功而喜悦，茗茗也对真诚善良风流倜傥的吴敬梓愈加爱慕。茗茗打扮素雅，自弹自唱，才貌双全又不过分重视钱财，听了她的歌给钱便收，不给也不深要，给多给少也不计较，这与仗义疏财的吴敬梓很是相投。淮安府一些吴敬梓的好友，知道茗茗演唱的新歌和新唱法得自吴敬梓，便在众人中口口相传，使得一些歌儿在周遭成了名曲，不仅歌女，民间也有流传。

茗茗的歌在哪里响起，哪里便响起一片喝彩。有了喝彩声，茗茗吐出的唱词便更加字字珠玑。听众觉得茗茗动听的歌声是唱给大家的，而吴敬梓却从茗茗的眼神里看出她专注的目光，都是流露给他的。

有天，茗茗的演唱让座上一个醉汉放荡得有些疯狂了，他得知为茗茗写唱词的人就是在座的吴敬梓，便端了一大碗酒耍酒疯说，你能为一个歌女献殷勤，就不能陪我男子汉大丈夫喝碗酒？是男人就别一派太监样儿！

原本极爱酒的吴敬梓，看着满大碗酒不仅苦起脸来，一时答不出话。这一满大碗酒如何咽得下！从一年前开始，他就总有莫名的又饥又渴的感觉，却喝不下酒，一旦喝了，消渴症（糖尿病）就愈强烈难忍。醉汉正要进一步动粗，台上的茗茗走下来，款款来到醉汉面前，劈手夺过吴敬梓眼前酒碗，一笑说，这酒让我来沾沾吴公子才气好了，权当我谢他，兄台要不怪罪，我愿和你同饮！

醉汉一下被茗茗的大气镇住，既手足无措，又有点受宠若惊，只好和茗茗对饮而尽。大堂里人们齐声为茗茗喝彩，那醉汉不敢再造次一下，老老实实坐下听歌。吴敬梓感激地看着台上的茗茗，茗茗一脸灿烂的笑容将满目秋波送给吴敬梓。他们的交往，便从此扭结着，扯不断了。吴敬梓曾对茗茗说，我陪你离开淮安，换个新天地去唱吧！

可是茗茗在淮安已是缺离不得的角色，因他俩的关系，连吴敬梓也让歌堂舞馆老板厚意挽留。有的馆主同吴敬梓谈，请他为茗茗多编些唱词，让她红透淮安府，可以分更多些银两给他。

吴敬梓对银两并不在意，却跟茗茗私下说，你唱得很好，就是在扬州和江宁也不多见，如你喜欢我再多给你写些唱词便是，一旦唱红大江南北，你便不会再过凄苦日子。

茗茗深情以对吴敬梓，也不明确可否，只诚恳地谢他肯为她多写唱词。

据有关研究资料判断，吴敬梓为茗茗共写下30首歌词，但目前尚未查找得到。由此可见他们的感情绝非一般歌伎与狎客逢场作戏所能有。吴敬梓曾带茗茗游历了不少地方，不但江宁、扬州、淮安一线，他们也曾到过苏州、杭州、绍兴、嘉兴甚至南京等地，沿长江又去过铜陵、芜湖和安庆。茗茗伴随着他，妇唱夫随似的，真的使茗茗的名声红遍了长江南北。

昔年游冶，淮水钟山朝复夜。
金尽床头，壮士逢人面带羞。
王家昙首，伎识歌声春载酒。
白板桥西，赢得才名曲部知。

闺中人逝，取冷中庭伤往事。
买得厨娘，消尽衣边荀令香。
愁来览镜，憔悴二毛生两鬓。
欲觅良缘，谁唤江郎一觉眠？

奴逃仆散，孤影尚存渴睡汉。
明日明年，踪迹浮萍剧可怜。
秦淮十里，欲买数椽常寄此。
风雪喧阗，何日笙歌画舫开？（注2）

这是吴敬梓后来追想那段时光时写下的词。可以看出茗茗依恋吴敬梓，不仅仅是他的才气，还有他的人品和家世状况。这时期的吴敬梓已丧父丧母丧妻，并患病在身且时常发作，发病时的痛苦情状也让茗茗无法割舍得下。同时，游历中茗茗追随敬慕的吴敬梓，也大开了自己的眼界。

南京的十里秦淮河，烟花柳巷很是兴旺，文人骚客公子哥儿，都喜欢到这里寻找乐趣。每到白日，那些风骚的姑娘们就会香气袭人地站在门前花柳下邀伴戏耍。各种名目的节呀会啊，都可作由头，置备了酒席，比赛着寻欢作乐。窈窕歌女们的调笑声，不时从河面的船篷传出。彩色楼船中更有笙歌曼舞，唱的舞的皆有几分姿色，却不胡乱拉人拽客。苕苕成了秦淮河上卖艺不卖身的雅歌女。她在这里更加悉心地体贴着吴敬梓，不仅以身相许给他以灵与肉的慰藉，还常在酒兴之余和吴敬梓对弈，陪他消磨了很多身心交瘁的时光。

吴敬梓与苕苕形影不离，前后长达几年。期间吴敬梓把爱子吴烺也带上与苕苕一同游走过。因此苕苕有意把自己托付给吴敬梓，想与他厮守一生。基于一些烟花柳巷方面的情况，曾极力赞颂“安徽真正的大文豪是吴敬梓”的胡适先生，却还说过“吴敬梓的家是被他嫖败的”。这话未免太过残酷，有伤众多文人对《儒林外史》伟大作者的敬仰之情，所以我觉得有必要用现代眼光为鲁迅先生极推崇的这位伟大小说家说几句公道话。吴敬梓与苕苕，哪里是歌妓与嫖客关系，其实他们的感情是很纯洁高尚也很感人的。读读吴敬梓后来写的《儒林外史》，便会更加坚信，他绝不会是个嫖败家财的浪荡嫖客。一个嫖客怎么可能将终生只一部的小说写得那般清雅干净，没有丝毫嫖情淫意，没有半点不严肃的人生态度，连现今搞社会主义精神文明的许多作家们的文字都不如他的干净。

虽然和茗茗已如胶似漆，吴敬梓因诸多家事牵扯，还是不得不带着幼小的儿子吴烺返回老家全椒。出于宗族及诸多亲友的压力，吴敬梓却不能把茗茗带回家中，他只好先把茗茗送到安庆，托付给家在安庆的一位好友照料。

而回到老家全椒的吴敬梓，书房在梅雨中显得格外凄凉寂寥，已无情地生分了他，许多亲友也都拿另种眼光看待他。尽管如此，全椒探花府的情形，却令他一住下来就无法脱离了。一是他若再带着烺儿与茗茗这般歌伎人物游走，会更被“乡里传为子弟戒”的，还有诸多找上门来的家业田产方面的事，把他手脚紧紧缠住。先是堂叔吴霄瑞找上门来张嘴便说，贤侄啊，你的西隔壁墙已经倒塌，按说咱吴家已各管各的，我操这心已是多余，可是你是我侄儿，我管得着啊！

吴敬梓十分冷淡说，不就是隔壁墙吗，修也可，不修也可，反正都在一圈围墙之内。

吴霄瑞道，你可我却不可，我家的东西那么多，院子里都装不下，我不担心人，万一你家的鼠虫隔着墙越过来，还不是随便地咬坏我的东西吗？

吴敬梓懒得回答，要修你便自己修，反正怕这怕那的不是我。

吴霄瑞沉了脸说，你翅膀硬了是吧？在外面莫不是有了靠山，连自家长辈也不放在眼里啦！

堂叔吴霄瑞前脚走，五叔吴雷焕便后脚进来，张嘴便嚷，敏轩（吴敬梓，字敏轩）呀，这道儿你是咋走的，听说你在外面把个歌伎纳了私妾，说不定是哪个青楼的风尘女子，这话儿早就传过来了，你走上这条道儿，心思就全不在家业上，随手挥霍，人财两空不说，贤孙不也拐带坏了，书香门第还咋个延续？这些我都管不了啦，我只问你一件事，你家这房子，房檐水是从我家院子流出去的。原先都是一家宅产，那檐水咋个流淌法都一样，如今我们都分了家，还能和从前一样吗？你若争气我也没话可说，如今你不走正道，我就顾不得叔侄之情了，你痛快想法把房檐水收回自家院里，别的都无须说了！

小儿吴烺惊恐地听着大人的争辩，眼里满是无奈。吴敬梓摸着爱子的头，回答堂叔道，这个法子我想不来，能想你自己想去。

吴雷焕立刻奚落道，看看，原来的长房长孙何等模样，现在却破罐子破摔了，邻里不拿你戒子弟就怪了！

回到全椒的书房，吴敬梓的心思又被举业搅了一番，甚至想念苕苕的心情也被搅碎了。吴敬梓这种烦躁痛苦的心情，在妻子陶媛儿过世之后一直就有。待到去媛儿老家看望过岳父岳母大人之后，吴敬梓的心情就更加破碎，任酸甜苦辣都无法将破碎的心情整合到一处。

这烦躁和苦痛令他度日如年。他想离开全椒，再去南京等地。但全椒的千丝万缕却纠缠住他，尤其是可怜的烺儿，小小年纪就跟他在外边乱走，的确会带坏他的。这就使他左右为难，去不成他最想去的地方，留给苕苕那句“还会回到她身边”的话也不能实现了。

好在有长他5岁从小一直与他做伴读书的族兄吴擎，还能和他谈心解闷。吴擎过生日，还特请他和另几位好友单独聚会庆贺一番，使他心情能好些，又生出重归举业之路的想法。为了转换情绪，他曾独自一人步行到离县城很远的西墅草堂去，那是他的高祖吴沛修建的，是先祖发奋读书的居所。草堂门上的楹联是：

函盖要撑持，须向澹宁求魄力。
生平憎诡故，聊将粗懒适形神。

草堂书斋也刻有一副楹联：

君子蒙养作圣功，须向此中求建白。
秀才天下为己任，还须不朽著勋名。（注3）

吴敬梓置身先祖隐身苦读处，不能不深受先辈的诱导与刺激而产生共鸣。当吴敬梓瞻仰他的先人遗迹时，自然也会想到他的祖先为人行事来。当宛陵太守关骥召请吴沛前往时，吴沛曾奋然而起，说道：“大丈夫不能取进贤，自树功业，有负知己。何面目复尔曳裾哉！”这种不折腰求人的精神，对吴敬梓也有所激励。吴敬梓在从他的先人事迹中寻求积极精神支持的同时，也颇以他的先人曾得到帝王赞扬的历史而感自豪。他在《西墅草堂歌》中写过：“祗今摇落又西风，一带枫叶绕屋红。明月空传天子诏，岁时瞻仰付村翁。”（注4）便是指明朝崇祯皇帝朱由检表彰他的高祖吴沛隐居课子的行为而言。但是，孤寂的苦读生涯，长期压抑的心境，家庭夺产之争的缠绕，毫无把握的功名追求，终于使吴敬梓从小失去母亲调护而病弱的身体更趋虚弱，病情和坏心情都日渐加重，而一时走向浪荡的。吴敬梓重又唤起成就举业的想法，同时也产生必须离开全椒这个伤心地的决心，但又不能再身背“乡里引为子弟戒”的骂名去找苕苕了。

而安庆府那边，歌女苕苕一心痴等着吴公子。没有吴敬梓在的日子里，苕苕忧心如焚，就连熟记在心的唱词也常常唱不完整，歌声和容颜都少了许多动人的魅力。她在安庆糊口谋生是没问题的，但她心里记得十分清楚，吴敏轩答应过的，不久就会回来和她在一起的。可是苕苕没能等到吴敬梓归来。

吴敬梓与全椒士绅和吴氏族人的关系，已发展到彼此僵持、横眉冷对的恶劣地步，就他那性格，无论怎样努力调整，心态也难以改善了。他不禁发出“似以冰而致蝇，若以狸而致鼠”的无可奈何之叹，认为自己的努力，如同用冰块来招引苍蝇、用猫来诱捕老鼠一样，是徒劳无益的，因而再次产生了远离全椒族人之念。他就是在决心彻底离开全椒那一年，正式迎娶了与苕苕长相有几分相像的叶惠儿。但歌女苕苕成了吴敬梓终生难以消解的疼痛。

吴敬梓带着这疼痛，只身来到曾为六朝故都的南京。

在刚刚步入而立之年的落举秀才吴敬梓眼里，南京早已不陌生了。他曾从嗣父任职的赣榆几次到南京探望生父，嗣父也特意带他来这里拜会过亲友。他也曾借全椒赣榆两地往复奔走之机，独自来南京会聚自己结识的文友。不管探病还是办事，也不管会友还是游玩，喜怒哀乐酸甜苦辣的心情，都无法破坏吴敬梓对南京的留恋。尤其那桨声不绝，诗意无穷，吴侬软歌日夜飘荡的秦淮河，最是吸引才子佳人们的去处。为了排遣挥之不去的落榜、丧妻、族人纠讨及与苕苕分手的混合伤痛，吴敬梓又一次只身来到南京。秦淮河的桨声灯影和歌女与酒，最能麻醉缓和他心头累累之痛。

光是秦淮河那条太过柔媚，飘着香脂气的温吞水，麻醉吴敬梓伤痛的药力是不够的。秦淮河是流淌在六朝故都文化厚土上的诗河与史河。帝王将相、才子佳人和五行八作的佼佼者，都常在秦淮河上出没。吴敬梓后来据考不宦，写《儒林外史》所依托的明朝，京城就是南京。大明开国皇帝朱元璋曾调集了二十多万工匠，用二十多年的工期，修建了这座当时已居有四五十万人口，世界闻名的都城。吴敬梓在后来著就的《儒林外史》里曾炫耀地描写南京“大小酒楼有六七百座，茶社有一千余处”，每日运进城来的“何止一千个牛，一万个猪，粮食更无计其数”。他尤为迷恋的是，南京文学艺术事业的繁荣。那些有名家坐堂的书院书铺等，都是他多次流连忘返的去处。南京还有一些吴敬梓见过面的著名文人学者，如程廷祚等人，也是吸引吴敬梓的一股魅力。恰巧程廷祚就是和吴敬梓同年名落孙山的。

吴敬梓对祖辈父辈对他寄予厚望的举业，虽还不甘，但已三心二意，信心不坚了。他独自在秦淮河的夜色里，把酒听歌女的靡靡之音，听到动情处，不禁想到亡妻，眼泪便借着酒劲融入河水。可是这些为金钱而弹唱出的靡靡之声里，没有他的知音。他的知音苕苕现在哪里呢？他时常想起为她写的那首《无题》诗。每一听到类似的曲调儿，他都会觉得是苕苕在唱，甚至会醉眼迷离地依河边一棵柳树遐想啼听一阵，但都不是苕苕唱的，也不是《无题》诗。有天，他又一次听到似是而非的歌吟后，愈加伤感得不行，索性转而向西，出城来到冶山。

冶山谷那一带建筑叫冶城，在石头城东南，原是吴王夫差所设铸剑之城，因而文绉绉地被命名冶城。吴王铸剑，又卧薪尝胆的典故最能激励有志而落魄之士。但是，年届三十而一无所立的落榜秀才，哪有心思和吴王比志啊！吴王铸剑想用武力征服敌国，而自己一介书生，考不取并不由衷拼考的举业，倒该和山中修炼的僧道比心性才是。于是他又恍恍惚惚爬上建于东晋太元十五年的冶城寺。这冶城寺随六朝故都至明洪武年间改修为朝天宫。

半醉半醒的吴敬梓所以向冶山的朝天宫而来，是因他生父吴雯延曾长住冶山丛宵道院苦修举业。生父病重期间，吴敬梓曾来丛宵道院探望并陪伴过几日。丛宵道院离冶城寺不远，吴敬梓陪伴病重生父时结识了冶城寺的一位周道士，当时两人谈诗论道，处得十分相投。吴敬梓还清晰记得以前写过的《过丛宵道院》一诗：

铃铎风微静不闻，客来芳径正斜曛。
烟昏树杪鸦千点，水长坡塘鹭一群。
幽草绿遥寻古刹，疏窗碧暗哭遗文。
白头道士重相访，极目满山飞乱云。（注5）

其实人活着，对哪个地方有感情，有怀念之意，全是因为人。吴敬梓向已罩进昏暗的寺庙攀去，就是因为想念这个周道士。到得庙门时举目一望，青山依旧，夕阳却不见了，冷冷清清一座古寺，无一丝人声。吴敬梓抬手推了推寺门，推不动。又扬手敲了几下，厚厚的古木敲不出声响。诗人贾岛那首“鸟宿池边树，僧敲月下门”诗句不由在他心头闪过，他实在不可能有心思想“推”和“敲”到底哪个有效了，一丝不祥之感涌上心头，情不自禁呼叫起周道士来。喊了数声，才出来一位风烛残年的老道士开门。问明吴敬梓来意，老道士一声叹息说，周道士已羽化升天啦！吴敬梓心中不禁轰然一响，心里也叹道，生父为功名所累病于斯，不图名利也不食人间烟火的周道士也死于斯！我个书生活着为何啊？悲痛将麻醉他的酒力击退，险些连他一同击倒在山门。老道士蹀躞着将他引进寺里歇息。

得知周道士就葬在冶山园亭附近，吴敬梓向老道士借了盏灯笼提了，不容相劝直奔而去。一盏孤灯陪他在周道士墓前默坐良久，直到烛泪将尽，方又提上灯笼返回山门。肃杀风声和乌鸦的凄鸣，使他合不得眼，复又点灯写下一首诗：

晴光冉冉过楼台，仄径扪萝破藓苔。
仙客已归蓬岛去，名园仍向冶城开。
独怜残雪埋芳草，又见春风绽野梅。
十载知交存此地，祇今寥落不胜哀。（注6）

写罢此诗意犹未尽，躺下后复又爬起，再写一首：

岂是黄金不铸颜，刚风浩劫又吹还。

月明笙鹤缑山顶，归向蓬莱第几班。（注7）

这两首诗后来被吴敬梓分别命名为《早春过冶山园亭追悼周羽士》《伤周羽士》收在《文木山房集》中。

次日清晨，伤感使他无力再在寺中多待一时，不待吃点东西便告辞老道下山，路经周道士墓时又默坐了一会才凄然离去。

从一个远离俗尘不谙风情的道士之墓离去，吴敬梓还有哪里可去？他游来荡去不觉又走到秦淮河边。此时日已中天，辘辘饥肠，用力把他推进河边一家小酒馆。不待饭菜入口，几杯白酒已在肚中作祟，一时把隐隐的伤痛麻醉住了，同时也把壮年男人的欲望挑唆起来。一蓬游船载着琵琶弹奏的丝竹调儿，和歌女勾魂摄魄的软曲儿，轻轻从窗前荡过。吴敬梓不敢朝船上看，却闭了眼，随那曲声在心底抒发怀想苕苕的情绪。苕苕曾随吴敬梓一同到过秦淮河，曾在白板桥附近住过一段时间，他触景声情，哼着哼着便哼成了诗：“……吴儿生小字苕苕，家住西邻白板桥，履额青丝藏白皙，瞳仁翦水含春潮……共爱苕苕柘枝舞，缠头十万等闲看。盛年一去如朝露，丹砂难遣朱颜驻。……春风小院飞花柳，秋雨横塘坠粉莲。雪肤花貌都何益，老大徒伤人弃掷，只有清溪江令祠，墙边流水年年碧。”据传，此诗成稿时有二百余行，被他命名《茗茗曲》，写于乾隆元年（1736年）。那时，茗茗在这里只卖唱不卖身，清高洁雅。吴敬梓时置妻子病故未续期间，得以尽情与她饮酒、赋诗、歌唱，常常通宵达旦而全然不觉倦怠。此时的吴敬梓虽已身无多银，扼制不住的诗情还是让他又去白板桥一带转悠。他已不指望能碰见茗茗，因他们并是在南京分手的，不过是不由自主的怀念驱使。

也许是冥冥中的相互召唤，霏霏细雨中，吴敬梓真的在白板桥附近一家茗茗唱过歌的茶楼听见了茗茗唱过的《无题》。他有点不相信自己的耳朵，但仔细听过，认定不仅是他写的《无题》，而且是茗茗在唱。

他不顾一切奔进茶楼，真的是茗茗抱了琵琶在弹唱，而且独自一人。

茗茗真个是柔肠侠骨的少有歌女，见记忆中对她最为真诚的知音落魄的样子，立时眼有泪花闪烁，也不起身多问什么，只将眼睛充满了深情望着吴敬梓，加重了琴音和歌声，继续弹唱。

对人从不计较身份，也从不思谋贫富，而只重感情的吴敬梓，魂儿立时又被茗茗的歌声勾出窍来，他也闭了眼，将灵魂全部投入曲中。渐渐，闭着的双眼有两条溪流涌出。吴敬梓的青衫湿了好大一片。苦命的茗茗也唱湿了脸上一大片粉黛。琵琶忽然断了弦似的，茗茗的弹唱变成了呜咽。她扔下怀中琵琶，全无一丝造作，情不自禁投入吴敬梓怀中。两个身世不同却都苦命无依的秦淮流浪者，相互拥住了彼此出窍的灵魂。分别时，吴敬梓将身上仅剩的几两银子，又全塞给苕苕。苕苕默默将银子又全塞回吴敬梓说，你身上无银，身边又无亲无故，拿什么糊口？若还先前那般宽裕也罢，那时男男女女围着你转，图的是你手里有钱。现在，你身上没钱，身边也没人了！我虽烟花柳巷歌女，总还每日进得几个钱，我不能帮你已够难过，怎还能搜刮你的糊口钱？！只请记住一句话：好男人不能泡在秦淮河！

吴敬梓再说不出硬话来，只好不再推脱，说，你虽歌女，却胜似许多冠冕堂皇的达官贵人。那些人总是说唯女子与小人难养也，他们只知溜须皇上叩拜大官，图的是自己的荣华富贵，哪有一个看得起你这样善良女人的？仿佛自己不是女人养的一般！我已30，落魄到如此地步，也帮不上你什么，也不敢太有妄念了，却会牢记你的嘱咐，从此不做秦淮浪荡客！

不久，石榴花又如火般热烈烧起时，吴敬梓30岁生日也随之而来。他本想单独见一回苕苕同过这个生日，但一怕苕苕看不起自己，二是手中没有闲钱请酒了，三也真的想念全椒几个一同读书长大的挚友，所以特意提前写信把感情最深的堂兄吴擎、表兄兼连襟金榘、金榘之弟金两铭请到南京，专门为生日聚会一次。他想，自己已步入而立之年，还一事无成，妻子也没了，等于家也没了，也就没脸面也无丝毫心情在家乡过生日了，所以吴擎三人接信就赶来南京。吴敬梓告诉堂兄和表兄，他想把歌女苕苕也请来。对此堂兄和表兄都不赞成，尤其一直和他同读共考多年的堂兄吴擎劝他说，全椒老家已把你传为子弟诫了，再叫人传说连大你5岁的堂兄也纵你花天酒地，往后咱探花府吴家还怎么做人？！

吴敬梓说，歌女也是人啊，她卖艺不卖身，用歌赋叹唱人生，也是用才艺糊口，何况我已死了妻子，落魄到只有一个歌女苕苕还算待见我。倒是她嘱我说，好男人不能作秦淮河泡客。为此，我也要请上她，和你们三位一同鞭策我三十而立。何况堂兄也知道，古时不少官名与文名都颇大者，如李白、苏东坡等等，不也与歌女们有交情吗？这个苕苕，诗才、人品、相貌都与众不同，不是等闲俗辈，比起一些龌龊读书人，磊落得很呢！她大我几岁，待我如弟，绝不是龌龊之辈！比那些只知逼男人读书做官，丈夫做了官又甘心做官奴的女人更磊落！

三位听他如此说，只好依了。吴敬梓为别太违了堂兄吴擎心情，也为苕苕那句“好男人别作秦淮河泡客”，特将生日酒宴改到莫愁湖上。那天，吴擎等三位堂、表兄弟每人都在莫愁湖上，以《为敏轩三十初度而作》为题，真挚地为吴敬梓作了赠诗。

吴擎诗中说：

香词唱满吴儿口，旗亭法曲传江潭。

以兹重困弟不悔，闭门嚄唶长醺酣。

……

去年卖田今卖宅，长老苦口讥喃喃。

弟也叉手谢长老，两眉如戟声如甝。

……

金榘诗中说：

几载人事不得意，相逢往往判沈酣。

栗里已无锥可卓，吾子脱屣尤狂憨。

……

金两铭诗中说：

昨年夏五客滁水，酒后耳热语喃喃。

文章大好人大怪，匍匐乞收遭虥甝。

……

三人的诗均动情地叙说吴敬梓的不幸，同时也严厉批评了这不幸与他过错的关系，尤其当着苕苕的面，这等犀利言辞，有点像批判会了，让吴敬梓既难堪又感动，也煞是惭愧，只好连连干杯。

茗茗眼含热泪，自弹自唱的还是吴敬梓最初写给她的那首《无题》：

柳烟花雨记春初，梦断江南半载余。
直到东篱黄菊放，故人才寄数行书。

香散荃芜梦觉迟，灯花影缀玉虫移。
分明携手秦淮岸，共唱方回肠断词。

唱得吴敬梓热泪长流，竟呜咽起来，酒都咽不下了。呜咽良久，他才平静下来道，活了三十年，我竟活成颗丧门星了！祖父、生父、嗣父，祖母、生母、嗣母，连岳父、岳母甚至妻子，都带着对我难以瞑目的失望而辞世，今后，我不能再让儿子眼睁睁在失望中长大！让莫愁湖和擎、棨、两铭兄弟，尤其茗茗做证，我发誓，定要三十而立，生前没让父母瞑目，死后定给祖上争光！说罢连干数杯，还要继续干下去，但舌头已僵，眼也睁不开，一头醉倒莫愁湖船上，连茗茗也唤不醒他。

30岁生日这一醉，吴敬梓胸中如经一场疾风骤雨，忽然于深重的隐痛中平静下来。他仍不肯与吴擎他们回全椒老家，在他心中，老家的探花府已彻底坍塌，因而依然住在南京，避开熟人医治创伤。以后更加凄苦的24年时光，他几乎都献给被后世伟人鲁迅先生推崇的伟大讽刺之书《儒林外史》了。

2013年12月　于沈阳听雪书屋

（原载《上海文学》2014年8月号）

（注：文中所引古诗词均引自中华书局《吴敬梓系年校注》1.128页；2.309页之2、之6、之8；3.《吴敬梓评传》125页；4.106页；5.146页；6.124页；7.132页；8.318~334页。）

看 客

已是初五，不时仍有爆竹声在响，年的氛围正浓着。天气似是被气势汹汹连绵不断的爆竹声吓唬暖的，年三十和初一还下着雪，初二、初三雪忽然就开始化，初四竟下了半夜细雨，初五，家家门前的爆竹屑便流血似的染红了冻土化成的泥。

趁清晨人稀，我抓紧饭前的空当往洮昌河边透口气去。一出大院，迎面见马路边那株婀娜多姿的皂角树正被几人兴高采烈地披红挂彩。衣着不俗颇似公职人员的一位中年男人，已将好大一盘爆竹的一半缠挂在比他高不了许多的树身上。那挂爆竹好气派，不仅纸色鲜红耀眼，而且个头饱满质地精良，一看就是药足劲大，颗颗震耳那种霸王鞭。尽管已缠挂过半了，剩下那一半仍有磨花椒粉小磨盘那般大小。一个幼儿园小朋友那般年龄，口气却俨如少将军似的男孩儿，正兴奋地鼓励自己的爸爸再接再厉，把手中的爆竹快点都挂到树上去。冬日里穿了一身夏式裙装的孩子妈妈，像少将儿子手下殷勤的参谋，积极协助儿子指挥爸爸快点完成任务。母子身后，饭盆大小的香炉中，三炷比大人手指还粗的高香，正悠然飘着三缕祥瑞白烟。旁边还站了一位长辈男人，像是孩子的爷爷，又像暂时停下来看热闹的什么闲人，不过，他脸上堆着的，全是羡慕的表情，还有暧昧的微笑。

我心忽然沉重了，生出丝丝疼痛，不由自主看了看河边其他的树。其实河边杂生有好多种树，主要却是两排树。一排是丁香，另一排是迎春，都属于丛生的木本花类，不成材，连供人乘凉和攀爬的用处都没有，只是一到春夏，一簇簇迎春闪射着金黄的光彩开向右边的远方，一簇簇幽蓝的丁香散发着扑鼻的清香开向左侧的远方，供人赏心悦目。因除观赏作用其他什么用处也没有，所以没人伤害它们，顶多折几条花枝插个花瓶，像人被拔根头发似的无关痛痒。而那些高大的榆树和杨树可惨了，不是被当健身器材踢来撞去，就是被绑了绳索或吊床，悠来荡去被享乐。树干光洁如人肌肤的白杨，则被爱情激荡的浪漫男女们用刀刻得遍体鳞伤，伤疤不是某某某我爱你呀，就是我爱你啊某某某。而从南方移来好歹养活还没长粗壮的稀有皂角树，一直也因为无用而尚未被重视，因而尚没被伤害，今天终于因为过年而被重视了，竟是被披挂了一身鞭炮。当鞭炮在这一家人的欢呼声中炸响之后，这棵稀有之树会怎样呢？树给人们造了多少福祉，而忘恩负义的人们常常忘记关怀一下树的喜怒哀乐。

忽然想到了沈阳市图书馆怀里那棵银杏树。建馆前那棵稀有的树就长在那里了，根深叶茂，蓬蓬勃勃，挪之必死，不死也会大伤元气。寸土寸金的市中心地带，新建的图书馆却为那棵树留出一块直径比树冠还宽大的环形面积，使得那棵银杏枝叶无损，像一面高扬的绿旗，被图书馆温柔地揽在怀中，日夜飘扬，似号召图书馆里所有的书都向世人诉说树木是人类相依为命的密友，人类应该与之相濡以沫。

可眼前这棵未成年的皂角树，已被长长的爆竹带缠住了身子，再缠下去，定会被炸得皮开肉绽！看着喜庆的一家人，我犹豫了一会儿，终于还是忍不住开口说：“树会被炸伤啊！”

我鼓足勇气说出的话没得到丝毫回应。也许我说得太突然，太意外了，老少三辈人都没听见？！我又鼓了鼓勇气，集中目标，单冲男孩的父亲说：“会炸伤树啊！”这回男子抬起头，打量我一下，大概因年龄和语气关系，他脸色由不快马上变为露出些微笑意，且回了话：“你说得对！”然后开始把手里那些爆竹往地上铺了，但树上挂好那些并没有往下拿的意思。这也让我舒了一口气，毕竟我的话没有白说。以前，就在这一带河边，因类似情况我曾受到一位公务员的斥责。我正想再鼓鼓勇气，近一步劝劝也像是个公务人员的男人，把树上那些爆竹也取下来。话还没出口，四人中的老者先开口了：“我是管这片的环卫工人，没事儿，大过年的！”

眼前气氛一下变了，男子两支目光变成两种温度，冷眼光对着我，热眼光对向那环卫工人说：“大过年的，可不就为孩子乐呵乐呵嘛！”

于是老少三辈厌恶的目光一至投向我，我心头簌地浸出一股酸楚，尤其环卫工人那脸色让我心凉。我俩都是路过的看客，他默不作声也就罢了，怎还充好人捞顺水人情呢！不由想鲁迅先生笔下那些看革命志士被砍头而不愤怒，却围观看热闹，甚至起早抢蘸人血馒头的麻木看客，便一下泄了气，双脚拖了砖般走开了。

身后迅速响起激烈的爆竹声，并夹杂着小男孩儿和他父母的欢声笑语。我不忍回头看和小树一同发抖的硝烟，却听有脚步声跟上来。是那穿着工作服的环卫工人，待和我走并了肩，他虔诚安慰我说：“大过年的，其实也没事！”

大过年的，面对如此善良的看客，我只好在心底长叹：“其实没事吗？！”

2016年2月　大年初十草于听雪书屋

（原载《解放日报》朝花副刊2016年春）

军营狗事

军营有狗吗？狗的事有什么好说的？

如果让时光之水倒流一大截，或最近没走过一趟边防军营，我也会如此发问的！

一

有一年春节，具体是哪年春节无法问清了，反正是改革开放以后的某个春节。冰封的辽东那条界江，本已盖了厚厚的雪被冬眠了，老天却像怕江水冻坏似的，急忙又撒着漫天雪棉加厚着冰上的被子。刮脸的北风却故意取闹，忙活着要把新棉吹走。江冰却无所谓，默默伏在江水与雪棉之间，不动声色。已是傍晚，遥远的落日卧在天边山头迟迟不肯落去。

江畔某边防连营房里正热气腾腾，炊烟和厨房的香气屋里屋外欢快地串着。酒宴已经备好，司务长再次请示连长指导员，是否准时开饭。两位连首长一至表示，再等一会。等了半个小时，司务长又来请示，还等吗？连长和指导员仍一至指示，必须等！

他们要等的，是武警边防中队的教导员，他走时说好的，一定回来和大家一起吃年饭，年年如此，今年也绝不变。但太阳等不及，已经落了。那时部队哪级领导都没有移动电话，所以只有耐心等待，因教导员一再嘱咐了，他一定回连队吃年饭。

中队教导员家在丹东，妻子从老家随军已三年有余，年年丈夫都在前哨连队和战士们一同值班过年。今年他儿子病重住院，团里通知叫他务必回去，正好连里也缺几样年货，他就赶回去了，走时再次跟连里交代，一定等他一块儿吃年饭。大家等得有些饿了，但没人好意思提出别等了。

等着等着，连队的大黄狗忽然吼叫起来，全连都被吓了一大跳。司务长以为狗等不及发怒了，请示连长指导员，先让狗先吃完算了。我当过20多年兵，没听说哪个连队的狗儿时吃饭还要请示连首长。这个边防连的狗却与别的狗不同，它和战士有同等的伙食待遇，食堂里还有它固定的餐位呢。可是，这狗不仅不先吃，仍继续吼叫，而且跑到屋外，脸朝已日落多时没了一丝微红的天边越叫越狂，叫一阵又回头冲大家怒吼几声。起先战士还批评那狗，说它受优待还不领情，有点居功自傲了。狗不听，叫得依然凶，叫声甚至有些惨烈了，而且边叫边后腿立地站起来，前爪合十，不停作揖。指导员失声说：“不好，有情况啦！”便和连长一同带人往狗吼的方向奔去。那狗率先跑在前面，终于在天黑得人影模糊时，发现了江上有一处很大的冰眼，冰眼的水面漂着一顶军帽，帽里子上写有教导员的名字！一切都明白了，教导员和他为连队带的年货与他搭乘老乡的马车一同沉入江中。黄狗不叫了，叼起军帽，发出呜呜的哀鸣，绕冰眼直转圈儿，然后探头趴在冰沿哀鸣。受教导员无微不至关怀长大的黄狗，叫了一阵不见动静，便奋不顾身跳进冰眼，潜入水中，拼命挣扎一阵竟然咬着衣袖将教导员拽出水面……

后来老连长转业，从野战军调来一位新连长。部队一般是不这样调动干部的，因新调来这位连长家离这个边防连队较近，他父母双双长期患病无人照料，部队领导特殊关怀照顾的结果。但是，他也带来了野战军与边防部队不同的作风。野战军每个连队都不养狗，而边防守备部队哪个连都离不了狗，这他不懂，见全连官兵都把狗当人待很是生气，行动和言语常有表示，所以狗对他很反感。有次他酒后冲一个喂狗的炊事员大发脾气，狗冲他吼了几声，这恰如酒火上浇油，他竟掏枪要把狗毙了。喂狗的炊事员用身体护着不让，竟被新连长给骂了：跟狗混，能混出兵样吗？话音没落，枪声响了。一身老式军装那种颜色的黄毛大狗应声倒在血泊中，喂狗战士一声尖叫昏倒在地。这下惹了众怒，全连战士自发联名向上级写控告信，要求处置新来的连长。指导员怎么劝阻也不行。战士们控诉新连长军阀作风，打死狗，等于枪杀战士感情。因此，新连长真的被上级调离。

后来，一条新狗又在这个连队长大了。

二

又一个冬天，全年最冷的12月里一个最冷的傍晚。就因为那个傍晚最冷，辽东界江畔另一个边防连队营房里，正在电视机前看新闻的连长忽听一阵声嘶力竭的大喊，不好啦！二丽死啦！！二丽死了！啊啊啊！！！

三年前，二丽的姐姐大丽先死了，死时12岁，相当于人活70岁了。而此时刚死的二丽，时年14岁，已相当于人活80多岁了。80多岁！风烛残年啦！！赶在最严寒的日子里，一口气没喘上来就憋死了！！！电视机前的连长什么新闻都看不下去了，蹲在二丽身边任眼泪奔流不止。好不容易止住了，才叫来卫生员和他一同为二丽整容，又安排文书和炊事班长打棺材，然后亲自带一个班战士到坚硬如铁的冻土地挖了个墓穴，将二丽埋葬了，就葬在连队通往边境小火车站中途经过那个隧洞的入口外。不想，第二天有战士去给二丽上坟，发现二丽被盗走了。方圆十几里就十几户人家，连长亲自挨家走访，在一位老乡家院子里发现了，正放在屋外冻着。为不伤军民关系，要回狗的同时，连队送给老乡家一条猪后腿。

为防再出意外，连长重新安排下葬方案。他亲自动手，把自己床头那块硬实木板抽下来，用手锯拉出一头尖顶，又把尖顶木板两面刨光，用毛笔在正面写上“无言战友二丽之墓”；背面写上“与边防共存，与日月同辉”。又用自己的一条旧军裤给二丽缝了件简易的绿衣服穿了。下葬时，把附近几家老乡也请了来，一同在二丽坟前开了个追悼会。二丽这位边防连无言战友的事迹，让老乡也流了许多泪……

连队到火车站，足有十多里路，不仅要穿过一条昏暗的山洞，还要经过阴森森一大片树林。连队每个探家或出差的官兵要走了，二丽都知道，它必定要一直送到车站，直到火车开走，它才肯独自跑回连队。望着二丽只身跑远的身影，哪个被送的人不满含热泪？又哪个能忘了千里迢迢从家里给它带回点好吃的？连队哪里有了事，都少不了二丽的身影。就连节假日连队开联欢会，都要给它安排一个节目，它总是欢乐地跳上台，先朝大家点三下头，算是三鞠躬敬礼，然后认真打几个滚儿，然后再点三下头退下去，连队这一专属二丽的保留节目名叫《向战友致敬》。每次一听晚会主持人报出这个节目名时，二丽就撒着欢儿主动跑上去了。还有，每有谁单独执行任务了，它都主动跟了去，甚至去时还会帮忙叼点什么东西。所以连里根据大家的要求，明确规定二丽享受和大家同样的伙食标准，而且一日三餐，食堂都有它的固定餐位，节日的会餐也同样……

听了二丽生前这些故事，老乡哪个还会想吃它的肉啊！每到重要节日，也悄悄到它坟前烧点纸，放上一些吃食。

三

我刚当兵那阵，边防部队也是有狗的。但听了以上几则狗的故事，强烈的忏悔之情油然而生。那时，我早已从愿意跟狗为伴的毛孩子变成刚摘下红卫兵袖章的边防军战士。那会儿，一提狗，真的会有很多人想，狗算什么东西，别说狗啊，亲爹娘出了政治问题也得划清界限的，狗也得讲政治。

刚到部队时，新兵只穿军装，不发领章帽徽，也不算正式军人。此时领导最怕的是还不习惯“三大纪律八项注意”的红卫兵穿着军装胡来，所以星期天外出得由老兵带着。但一回营房时，炊事班喂养的大黑狗噌地越过哨位把我们新兵拦在门外，狂吠着坚决不放行。站岗老兵说，带回好吃的没？带了扔给它点！我把兜里的饼干摸出一块扔过去，大黑狗闻都不闻，仍叫着不让我们近前。另一个造反派脾气比我大的新兵张口冲大黑狗骂道，你哪路黑帮，敢不让毛主席的红卫兵进营房！大黑狗反而叫得更凶。我也不由得跟着骂，嘿你个黑五类癞皮狗，看人下菜碟！大黑狗仍不让进，造反派脾气大的那个新兵弯腰拣了块石头朝大黑狗打去，并骂了句狠的，砸烂你个头号走资本主义道路当权派狗头！没砸着狗头，只擦了一下狗尾巴稍，那新兵又捡起块石头朝狗头砸去。站哨老兵不敢制止造反派新兵的革命行为，便把军帽先扔给我说，戴上军帽就没事了。果然，一戴上有红五星的军帽，大黑狗不咬我了，但还冲打了它并且没戴军帽那个新兵狂吠。那新兵一气之下便直接把大黑狗骂成了已被打倒的国家主席。那时候，随便哪种坏事，往头号走资派身上骂，一点事儿没有。全国上下，人人都可以把狗头挂在嘴上，张口就能乱砸一番，但部队这条大黑狗觉得自己有军籍似的，没带领章军帽的人，怎么着也不让进。待我们新兵也戴上领章帽徽正式编入班排，大黑狗的态度也彻底转变，不仅不咬了，晚上还陪我们站岗。边疆的大山里站夜岗，无论天气多好，都很恐怖，但一有大黑狗陪在身边，就踏实得有了贴身警卫似的。我们便不仅不再叫大黑狗“黑五类”“走资派”什么的，反而叫起“雷锋”或“刘英俊”来，因为它不仅不歧视我们了，我们还亲眼见它黑旋风样刮到营门外那条路上，将惊马拦住，使一个小学生免遭车祸。尽管后来听说那小学生的爷爷是富农成分，我们还是为大黑狗临危不惧的英雄行为感动。但是有一回，一个老兵找我到营房外一处墙角谈心，正好遇见大黑狗被它救过孩子那家富农老乡的大白狗难解难分地骑着，大白狗激烈地抖动，大黑狗却一动不动。那时不懂事，问老兵，老兵说，大黑违犯“三大纪律八项注意”第七项啦！我问，大黑被骑着，那不是白狗违犯第七项吗？老兵说，大黑是母狗，在咱营房墙根儿发生这事，说明是它勾引了人家白狗。在我幼稚的新兵心里，勾引甚至比调戏更严重，我便觉得很耻辱，抓起一块土坷垃朝大黑打去。大黑却一动没动，仍任白狗不停地动着。我又拣一块土坷垃朝白狗打去，白狗也既没叫也没停止抖动。我不由更加气愤，想去踢开它们。老兵说，不许动，这会要它们命！我脸红心跳，气愤大黑给连队丢了脸。老兵却说，“三八线”又不是给畜生划的，少管闲事！老兵们把三大纪律八项注意简称为“三八线”，说罢，就拽我换个地方谈心去了。以后一见富农家那条大白狗，我们新兵就喊，“白五类”又来闯“三八线”了，并且扔土块打，白狗只好跑到远离营房处遥望大黑，舌头淋漓地淌着哈喇子。

后来发现大黑狗肚子逐渐鼓起来，我更蔑视大黑作风不好了。等到大黑肚子越来越大，还夜夜陪我们新兵站岗，我也没从心底原谅它。后来，大黑生下三个白地儿黑花小狗崽，我也跟着别人骂过“杂种日的”。杂种日的还没断奶，它们的妈又开始陪我们站夜岗了。正好那阵指导员爱人来队探亲，听我们新兵骂狗崽的话太难听，便像批评自己学生似的质问，你们是解放军，怎么可以骂这种粗话，跟谁学的？我们说，指导员总讲要守住“三八线”，狗崽它妈作风不好！指导员爱人气得去质问丈夫。指导员笑对妻子说，边防一线部队，军民关系是大事中的大事，部队的狗不能和老乡的狗乱来！妻子又质问丈夫，你儿子也是我们乱来的？！指导员说，那狗是富农分子家的，和我们不同！妻子说，我父亲不也打成走资派了吗？！丈夫说，我们不是也得同他划清界限嘛！妻子说，你现在不照样和我同吃同住吗？！丈夫说，那你说我们怎么处理这两条狗的关系？！妻子说，仨狗崽也是老乡家狗的儿子，送一只过去，再送袋米谢谢人家，不就是亲家了吗，何苦成天看着管着，还骂自己狗作风不好，有你们这样的吗？！

指导员再讲不出理来，但认为白狗主人家是富农成分，不好大张旗鼓这么作，便私下让妻子悄悄办了。白狗主人家非常高兴，把指导员妻子送的狗崽起名拥军。反过来，指导员妻子也把连队俩狗崽起名大民、二民。后来这事还是被团里知道了，政治处批评指导员政治水平低。后来，大黑又与大白偷闯“三八线”并再次怀崽，而被逐出军营。夜里听大黑在营房外呜咽，指导员受不了，叫妻子让老家来人把大黑领走。

远离营房的战士和大白及自己的儿女，大黑天天不吃不喝，不久郁郁而死。最近，我还做过一次向大黑忏悔的梦呢。

2015年8月　写于沈阳听雪书屋

（原载2016年《啄木鸟》）

唱国歌和奏国歌

歌都是为唱而作的，奏也可以。国歌是国家和民族的集体之歌，当然是应该唱的，也应该奏，唱和奏都很重要，就看场合及需要了。目前，我们中华人民共和国的国歌，唱显得尤为重要。国歌是一个国家的气概之歌，灵魂之歌，命运之歌。如此重要之歌，不常唱常奏，显然是不应该的。因此，我国的各级党政机关、学校、人民团体的重要集会，都有或唱或奏国歌这项内容。以前是常唱的，很少为奏，基本是既唱且奏。雄浑的旋律一起，那些说话算数很少有谎言的一张张嘴，立即发出字正腔圆的让自己也让别人热血沸腾的豪迈歌声，那是让人身心健康灵魂茁壮胜似药疗的精神运动啊。唱后人人红光满面，心情舒畅而激扬。可是随着新中国年龄的增长，和平岁月越来越长，直接唱国歌的集会越来越少了，直接唱国歌的人也逐渐少了，能不差字不差句不差音完好唱准国歌的人几乎没了，音乐界能不能寻到一个不用复习召之即唱且能唱完美的人也难说了。说不清从什么时候开始的，基本已变为奏国歌，或说是听奏国歌了。虽然那奏之气氛也庄严神圣，激励和陶冶人心的作用也不小，但久而久之，便因不亲口唱只出耳听奏，而淡忘了歌词，进而淡漠了歌意。尤其青少年，原本就对歌词印象不深，光听奏而不亲口唱，心灵中便烙不进歌词那深刻的含义了。长久不唱，连中老年人也逐渐含糊了歌词。

不知从那天开始，也不知具体谁人提倡，一些重大会议又悄悄实行唱国歌了。每当置身庄严的会场，听到大会主持人隆重宣布，大会第一项，全体起立，唱国歌时，我等血脂和血黏度已高血流过缓者，真的有些心跳加快，激动得想按主持人的要求放声唱一唱。但嘴一张，歌声刚一探头，便被前后左右一道道无声之墙挡了回去，绝大多数人的嘴都没有张开，不多的张开嘴的人们也如我一样，闭口从众了。全场当然就没有发出什么吼声，只有主席台上极少几个人嘴唇半动不动的，发出一点微弱的歌音，甚至连宣布唱国歌的主持人都没有张嘴唱，所以我刚要沸腾的热血自然也没沸腾起来。开头还有几个主要领导张嘴轻唱，但后来基本变成大家听奏国歌了。此种现象我看到过许多次，最近在一次非常隆重的大会上又亲临了此种情境，就忍不住了，发出这篇感慨。我最想感慨的是既然大声宣布的是唱，就唱啊。宣布了，又不唱，而且不唱就不唱，像没宣布似的，主持者连个明朗态度都没有，这是要通过电视等媒体传播给老百姓的，不良影响会相当大，这会直接影响到国家和民族的风气了。什么风气？言行不一的风气！光说不做也可以的风气！那都是面对摄像机镜头和照相机镜头向全中国和世界播放，让所有人看的。广大人民群众看了会想，极庄严宣布的一件光动嘴的事都落实不了，且落实不落实都行，其他事能不让人犯核计吗。

以前我以为唱国歌和奏国歌这事儿，只是会议主持人口误，后来查实，是有关方面认真研究定的，明确要唱。可直到现在，我只见中央或其他特别隆重的会议，中央几位主要领导张嘴唱了，其他人和其他会还是似是而非模棱两可的。如果只把这现象当无足轻重的细节对待，推而广之，不良后果会怎样？

一国之歌，要说唱，就一定唱起来。如觉没必要，或有必要，但一时还做不到，那就别宣布唱，干脆说奏就是了。奏国歌虽然不如既唱且奏好，但毕竟是怎么说就怎么做了，而不是说归说做归做，说了做不做都可以，也不至于影响广大国民养成此类恶习。所以，绝不是我有唱歌的瘾，才抓住这么个细节大做文章。我想说的，不单是唱国歌和奏国歌的事。

（原载《光明日报》文荟周刊）

鸡毛蒜皮与爱国主义

“鸡毛蒜皮”是中国形形色色不值一提小事的总代名词。最近听朋友说了一件此类小事后，不由得想发几句感慨。

那朋友和一行中国人在瑞士访问，有天他们想步行到某地去而不知需多少时间，便在街头迎住一位瑞士人打听。那瑞士人听后说不知道，我朋友他们一行便扭头走了，想再打听别人。走了一小会还没等遇到别人，方才说不知道那瑞士人又撵上来告诉他们说到某地去需多少多少时间。他们很奇怪，问为什么方才说不知道现在又撵上来告诉？那瑞士人说方才我不知你们行走速度，所以无法知道你们到那里的时间，看了一会你们走路速度后我就知道了！这让我的朋友一行大为感动，一是感动人家办事科学，二是感动人家的热心肠。这难道不说明瑞士国民素质和文明程度高吗？再小题大做一点儿，难道不是在中国人心中为瑞士添了光彩吗？我在我们沈阳火车站附近也亲历过一件问路的事。有回我到某单位去办事，走到火车站十字路口正想打听一下怎么走，忽然看见一人身上斜背的红布带上写着“为您服务，专门指路！”

我便满怀欣喜上前打问。问完真诚地道了一声谢转身要走，不想被一声断喝吓住：“请交一元钱咨询费！”原来是有偿服务。有偿服务并非不可，令人生气的是他并不事先告示是有偿服务，而是诱骗你让他服务。当时我兜里只剩一元钱了，还得坐一次公共汽车呢。我再三讲明情况请求免收，到底没成。交了一元钱后便身无分文了，只好步行赶到那里，但是耽误了事。这与骗钱有什么两样？骗了同胞还不至于产生国际影响，骗了外国人呢？

由此我又想到自己在外国亲历的一件小事。前年去日本访问时，晚上我们五位中国作家在一个叫仓敷的小城市街头散步。那的确是个小城市，我们散步的街道也不是繁华的大街。我们看见有个一手牵只宠物狗一手拎只塑料袋的女人也在散步。我们闲走无事，议论一番小狗之后又猜那女人手中的袋子是干什么用的。五位男女中国作家一一猜了一遍均没猜对，最后问陪同我们的日本朋友才明白，是预备给狗大小便用的。几乎猫那么大点一只小狗，出门还要带上卫生袋，可想而知人了！日本人的确是出门带卫生袋的，在火车上用完盒饭喝完饮料都自觉将饭盒和饮料罐及烟头废纸等装进卫生袋，下车时提到站台扔进垃圾箱。中国是何等情况大家都知道，痰不仅有人随便吐在街上，许多楼道里也可以经常发现痰迹。果皮、糖纸、食品盒、塑料袋，还有那看不见但十分讨厌的嚼过的口香糖不也是随处粘脚吗？还有大街上随便闯红灯，不按交通规则随便横穿马路，等等，就不说日渐其多随地大小便的宠物狗了，那些没厕所的街头小吃店附近，你去看吧，人的大小便迹不仅醒目，而且刺鼻。我还在东京街脚看见过站墙根儿撒尿的中国同胞呢！

这些鸡毛蒜皮小事都涉及社会公德和国民素质问题，也是当前我国民众中大量存在的事实。这个事实，以前是没被精神文明建设重视过的，这大概因为我们一向觉得中国所进行的社会主义事业是最伟大最崇高最先进最无可比拟的，所以就耻于承认那些鸡毛蒜皮小事的存在，也耻于去抓。可以说我们是最重视思想教育的国家，但大多时间用在无私奉献、舍己为人、个人服从集体、大义灭亲等等较大、较高、较空的爱国主义教育上了。不是说这些教育不该搞，而是说不该超越阶段，基础的问题还没解决就跨越过去抓空中楼阁的建设，所以超阶段的任何建设都会是不牢靠的。我们应该退回到初级阶段上来，面对初级阶段的初级问题采取手段。这还需要有放下架子敢于正视现实的勇气。按说，社会主义初级阶段也还比资本主义高一阶段呢，你那些鸡毛蒜皮的事还没解决，说得过去吗？那么，在文化和精神文明建设上就老老实实按初级阶段的要求来抓吧。诸如上面说到的鸡毛蒜皮类现象，其实都是非常难以克服的现实。但许多年来，我国一直只把社会主义与爱国主义教育当大事来对待，而个人卫生啊环境卫生啊礼节礼貌哇等等，常常被视为与社会主义和爱国主义没啥联系的鸡毛蒜皮类小事置之不理，以致把那些认真对待这类事的人视为不抓大事整天忙鸡毛蒜皮的庸人。这就使国民中逐渐形成一种不讲卫生不讲礼貌的恶习，现在忽然重视起来，想要改变这恶习已异常费劲了。因此，我想到了所谓鸡毛蒜皮小事和爱国主义的关系。一个人，即使他整天嘴里喊着爱国，爱国，爱国，却随便往他的祖国身上吐痰，撒尿，扔脏物废物，他能是真正的爱国者吗？

记得我国以前的许多口号中，有个叫“大力开展爱国卫生运动”的口号。我很感动我们国家能把搞卫生和爱国联系起来，但也很遗憾讲卫生也要靠搞运动来完成。以前我们国家干什么都靠搞运动，建国以来搞了多少运动啦！说发展经济就搞“大跃进”运动，说加速社会主义建设步伐就开展人民公社运动，说防止资本主义复辟就发动“文化大革命”运动……结果呢，搞一次什么运动就对什么事业进行一次大破坏，损失实在够惨重的啦。就说爱国卫生运动的口号吧，光我就听过不知多少次了！可仍没见国民中牢固地建立起高度的卫生观念来，原因就是总以运动为纲，搞什么运动时什么就成了头等重要的政治大事，其他都当小事丢到一旁，弄得人民群众什么观念也不能牢固树立起来，只留下追风赶浪的政治运动观念。其实搞运动真的解决不了鸡毛蒜皮的小事，而不解决那些所谓的鸡毛蒜皮小事，就谈不上国民素质的真正提高。广大国民真正的爱国主义素质，只有靠天长日久扎扎实实潜移默化地加强法律和道德营养去实现。搞运动只能是剜肉补疮，越搞将留下越多的伤疤。文化建设就应该按文化规律搞，政治的军事的经济的规律都不能替代文化规律。文化有其独特的规律和重要性，它与政治经济军事没有高低贵贱之分，谁也不能代替谁。替代只能类似一种强奸行为，不能解决根本问题。

在向初级阶段进行文化转型的过程中，有许多鸡毛蒜皮小事都牵扯到复杂的道德观念问题，必须重新思考究竟谁不道德。比如餐饮服务和文化娱乐市场事实上已经存在了陪酒陪唱陪舞的有偿服务，那么你去了，你让人家陪了，但你不付钱，你骂人家低俗下贱资本主义，是你不道德。你到中级阶段高级阶段才可以按需所用，初级阶段就先下手了，那你就是流氓无赖。

（原载《光明日报》副刊）

心境卫生

在我们中国的不少办公室和公共场所，我不止一两次地看到一种现象：有些人能在乱七八糟甚至垃圾堆一样的办公室里喝着茶水看报、写文章、写文件及办其他公事私事，午间吃完盒饭再睡上一小觉或打一中午扑克和麻将。如果仅此而已也还罢了，到他家去看看却是另一番景象：里里外外纤尘不染，井井有条，连客人进屋拖鞋换得不及时不妥当都心里不痛快，甚至当场报以白眼（当然也有家里家外一样脏乱的，这应另当别论）。这现象在去过的日本就一次没见过，大中小城市和农村都去了，工厂、机关、学校、商场、剧院、酒馆、医院以及其他事业单位甚至家庭，都没见过。见到的却是这样的现象：外出的人随时带个垃圾袋，有了废物找不到垃圾箱时就装入随身带的袋中。连火车上用完的饮料罐、饭盒、烟头、餐纸也自动带下车扔入垃圾桶，就不要说随地吐痰和大小便了。自家的卫生和单位的卫生很难说哪个好，感觉似乎单位的更好些。日本的办公单位，大多是许多人静悄悄地埋头工作于一个很大的办公室里，不仅案头整洁地下干净，叫你叹服的是那许多窗玻璃干净得几乎没法形容，常常是站在窗前以为没玻璃，指手画脚撞上面了才发现有玻璃。屋里屋外摆放的盆花干净得刚刚买回来的塑料花一样，细一触摸却绝对是真的。这么大的反差能不叫人感慨强烈吗。

我认真思考一番这现象的原因，结论是四个字——素质问题。或者是六个字——国民素质问题。关于人的素质或国民素质，我认为有两个层次的概念，一个是心理素质，一个是心灵素质。前者指人的心理承受力、毅力、意志品质、吃苦耐劳的能力等。后者则是指人生境界、思想境界高尚与否，有无社会责任感，是否遵守公德，善良、正义与否，对美好事物憧憬、追求与否。其实我所感慨的素质问题，确切地说是心灵素质问题。

对极不卫生、极其脏乱的工作环境和生活环境能泰然处之，说明他心理承受力很强，不怕脏，不怕乱，能将就，能适应。但那不好的环境状况是可以改变的，并且不很难，只要有点公益心，勤快点，动动手收拾一下，情况就会焕然一新。可就是不动，就是熟视无睹，泰然处之。究其原因无非是对美的环境要求不强烈，懒，或反正不是自己家，脏就脏吧，乱就乱吧，回家就好了。对环境美的要求不强烈，或对公共环境不肯出力美化美化，而只关心自家的小窝，这都是心灵境界方面的问题，我把它简称为心境问题。

心境不净，工作环境才不净的。首先需搞好心境卫生。以前常说大搞爱国卫生运动，现在不怎么提了。其实，把讲卫生和爱国联系起来是非常有道理的。我认为家庭环境和工作环境、公共环境都需要清洁卫生、美观。光顾自家不管公共和自家公共都不管，这都不对。人本身就包含着社会性。人是社会关系的总和。除自己之外什么也不关心，对自身直接利益之外的公共事物和他人利益没一点责任感和牺牲精神，那叫什么人哪！叫人也只能叫素质低下的人或心境不卫生的人。

连自己办公桌前的卫生都不管，还能注意办公楼里的卫生吗？还能关心其它公共场所的卫生吗？还能想国家和民族的卫生水平吗？所以，即使在有人管着的情况下还偷着抽烟，还随地扔烟头和吐痰，瓜子皮水果核算干净之物更是不在话下随手乱扔了。多么明媚的光天化日之下，甚至大街上都敢丢个垃圾袋，撒泡尿什么的。闯红灯，翻栏杆，横穿马路这都不算什么了。有人脑子里倒是还有根不许随地吐痰和乱扔脏物的弦，但往暖气片、柜台、书架后面吐，那不更不卫生吗？如果这些现象能畅行无阻的话，就不是少数人的素质问题了，就该查查整个国民的素质了，就真有必要把讲卫生提高到爱国的高度来认真提倡一番了。

我特别在意环境卫生。到了哪里，第一件事就是扫地，擦桌子，归理环境，哪怕出差一天住旅馆也是如此，不然什么事也做不了，连一页书都看不进去。倒不一定是心灵素质高，也许是心理素质脆弱承受力不强，小家子气，心胸窄容不下更多东西。

人家宰相肚子能撑船呢，你连点灰尘杂物都盛不下，真是小肚鸡肠了。不管什么原因吧，反正我特别看重环境卫生。在卫生问题上我宁肯让人说小肚鸡肠。对不讲卫生，尤其是特别不讲环境卫生的人我是没法和他交朋友的，哪怕这人是个什么了不起的大天才。

堂堂一个有几千年文明传统的大国国民不知道讲究环境卫生，羞煞人也。过去的年代常把不怕脏挂在嘴上高喊，谁讲究卫生反而被讽刺为“毛病”，那是物质文明和精神文明都没到份儿的原因。现在已没人这样去宣传了，你还不讲卫生，只能说你心境不干净了，或者说埋汰！我们每个人都该从爱国做人的高度，搞搞心境卫生的。

（原载《长春日报》文艺副刊）

辣椒们也开会

忽闻某地成立了辣椒协会，并已按会章做出了可喜成绩，这是某省电视台《新闻联播》节目报道的。这让我再次吃了一惊，这不等于说辣椒们也能开会，而且把会开得很成功了吗？说再次吃惊，是因为此类事让我吃惊无数次了。得知某地成立了“奶牛协会”时吃惊过，得知某地成立了“马铃薯协会”时吃过惊，得知某地成立了“螃蟹协会”时吃惊过。还有听到诸如早就成立了的名气很大的“钓鱼协会”以及时不时见诸报端的“名犬协会”“柑桔协会”……时，都别别扭扭吃惊过。之所以这次吃了辣椒协会的惊之后，再也忍不住要写这篇小文章，是感觉这类组织名称已日呈繁荣之势。最近全国上下都在学习荣辱观，觉得这样的繁荣该属于耻辱之列的，便忍不住要说一说了。

按汉语的语法规则，协会应是个通过会议形式协调联络某类人员的组织或机构，如我所供职的作家协会以及科技工作者协会、新闻工作者协会、杂技艺术家协会、美术家协会、个体商业者协会、球迷协会、消费者协会等等，都是方方面面类人群为了共同利益所组成的协调或协商组织。而辣椒协会，岂不就成了辣椒们经过协商成立的组织吗？会员就应该是辣椒们！这显然是语法上的错误。实际上应该叫“椒农协会”，或“辣椒种植者协会”，抑或“贩椒者协会”。辣椒既不能行为，也没有语言，是无能自行协调联络的。那么，会叫唤，能行动的奶牛，也是自行协调不了同类的，姑且不论奶牛有没有语言了，即便有也不是汉语，所以即使它们真能自己成立协会，也不应该用汉语去挂牌子。规范地说，我们饲养奶牛或贩卖奶牛的人们成立的协会，应该叫“奶牛工作者协会”，或“奶牛饲养者协会”，抑或“奶牛交易者协会”。依此类推，其他那些让人吃过惊的协会分别该叫“名犬主协会”“蟹农协会”“薯农协会”“橘农协会”及“品蟹节”“赏槐节”等等。而“钓鱼协会”则应该叫“钓鱼爱好者协会”，或“钓鱼学会”也通，即研究钓鱼这门学问的学术组织。

这类让人吃惊的叫法，改革开放以前是闻所未闻的。那时中国人的文化水平并没有现在高，何以现在文化水平高了反而这种怪叫法却司空见惯了呢？查查原因吧！如果从前叫农民自己去成立这类组织，名字也一样会出现这样笑话的，只不过那时，一是不行随便成立组织，二是成立了一个组织，党政有关批准部门也会严格推敲把关的，不可能连语法都不通就让注册挂牌子，甚至在媒体上大肆宣传。现在自由是自由了，解放也是真解放了，但你管注册登记的各级政府管理部门不能没有责任心哪！或者不是责任心问题，而是本身就不认为这样叫有什么不对，那就更成问题了。不管怎么说，原因都不外乎是两个，或者是责任心不强，明知不对，少管为佳；或者是文化水平太低，没觉出不对。我以为这种事，出自哪种原因，都该属于引以为耻的事，而绝不该引以为荣。若让对汉语言文化比较了解，办事又比较认真的朝鲜人、韩国人、日本人以及周边国家的文化人，还有台湾同胞们知道了，他们会笑话的。笑话谁？人家不认识辣椒协会会长是谁，也不知道奶牛协会会长姓什么，笑话的是我们中华民族，越来越不重视说话了，或越来越没文化了。不知会不会有人认为我这是借鸡毛蒜皮点小事来显摆自己懂那点初级语法。如有的话，请君认真看一看吧，就在我写这篇短文的时候，投递员送来的《某某晚报》中夹带的一份市精神文明办公室和《某某晚报》共同编发的《市民手册》随手翻开的第一页上，就印有从市到省到国家还涉及世界的十个单位里就有三个协会名称欠妥：中国花卉协会、中国公园协会、世界园艺生产者协会。先说前两者，谁是这种协会的会员呢？按字义解释显然应该是某某种花和某某个公园的管理机构。若说不是这样，而是某某种花某某公园的管理人员，那么字面上又没这个意思。那个“世界园艺生产者协会”呢，似乎没什么语病，但我觉着也有点别扭。别扭在那个园艺生产者上。园艺似乎应该是园林艺术的简称。园林艺术是一种艺术形式，而不是艺术品本身，所以汉语言习惯也似应为“园艺工作者”为好，这里面包含了花草树木种植者以及各种艺术建筑设计者等。我想，这可能是我们翻译的事，而不是人家这个世界组织的事。即使是那个世界组织的事，我们也应该首先想想自己这方面问题。前些日子从媒体上得知的两件事就说明这已不是孤立的鸡毛蒜皮小问题了。一是上海某名牌大学举行汉语言文学基础知识竞赛，全校组成了包括外国留学生队、中文系队、理工科队等多个参赛小组，结果是外国留学生队获得了冠军。二是台湾某党领导人同清华大学领导对话时，清华的校领导把自己稿中的汉语古诗念错了。连京海的最高学府都在发生此等事情，难道不应该全民族引起重视吗？我们建和谐社会，强调人与自然（包括与花草树木及各种动物和植物）的和谐相处，绝不包括同它们保持语言方面的一致。还是让辣椒奶牛和螃蟹们默默无言地为我们的胃口服务吧，别让它们忙忙碌碌和我们一同开会或过节了。

2006年4月2日星期日　草毕

（原载《光明日报》副刊）

善待阑尾

春节聚会，朋友们互相敬酒，几乎谁都找不出过硬的理由不喝。我却说，最近刚生了个男孩，固然大喜，但因刨腹产，医生不让喝酒！大家愕然我个男人何以会刨腹产亲自生男孩，我说，开个玩笑，阑尾炎手术了！我之所以把个小小的阑尾手术拿到酒桌上讲，不光是为了推脱喝酒，确实还有浅薄的人忽然悟出一点小道理，急于说给人听的心情。

最新版《现代汉语辞典》里，“阑尾”词条是这样注释的：“盲肠下端蚯蚓状的凸起，一般长约7~9厘米。人的阑尾在消化过程中没有作用。管腔狭窄，囊状，病菌容易繁殖而引起发炎。”关于阑尾，我以前几乎从没想过，只含含糊糊听说它没啥用，甚至日本的孩子一出生就将阑尾割掉。还含含糊糊听说阑尾炎不算什么病，所以一直把它和感冒引起的头疼脑热同等看待。这次，要不是医生根据我说的症状和化验结果诊断为慢性阑尾炎发作，我还会继续认为自己是慢性胃肠炎患者呢。其实，我已多次受阑尾炎折磨了，比如右下腹隐痛和压痛，伴以胃难受、恶心、呕吐等症状，并反复发作，疼得受不了，就自己买些治胃肠炎的抗菌素，加倍服用，应付过去了事。这次因重要事情应付不过去了，才去遵了医嘱，一刀割了阑尾。事后翻《辞海》，见上面清清楚楚写着“慢性阑尾炎……可反复发作，以手术治疗为宜”。如此简单的事，被我误待了好多年，遭了多少罪，吃了多少苦啊！趁刀口痛痒尚存，记下所思所悟，也许会对别人有点用。

首先一点，凡事不管大小，都不该自以为是，都该听听专家的意见，千万别把那句“隔行如隔山”的俗话当耳旁风。再大的人物，哪怕是天才，对于隔行的小事都非常有可能不懂，若想当然，自以为是去对待，就可能发生误把阑尾炎当胃肠炎对待这种事，如果有谁也像我这般无知，同时比我更自信的话，让阑尾穿了孔，把命丧了，也是有可能的。

其次一点，不管多么小的事、物，或人，也不管它有用没用，只要存在，就不能忽视它，就得按存在善待它。阑尾长在盲肠的末端，一截小蚯蚓那么大，就是个没用的小东西。但它管腔狭窄，病菌容易繁殖，所以容易发炎。如果你忽视了它的存在，不考虑它的承受限度，无度地大吃大喝，无度地疲劳运动，它就要给你发炎，它就要让你出事。这也像社会一样，不少单位都有一个半个几乎什么用都没有的人，这种人的心胸差不多像阑尾一样，狭窄而容易发炎。干事时你想不到他还无所谓，但分利益时你仍想不到他，他会忽然给你捅个娄子，让你不能正常开展工作。如果你容许他存在，还想自己生存得好，就得善待他。

再有一点，怎样才算善待阑尾。阑尾长在结肠和回肠相接处的盲肠的末端，在消化系统里，属于天高皇帝远，鞭长莫及的小小边地。它一发炎了，就像小小边地有人拐卖人口或杀人放火了，或里通外国走私贩毒了，都不能不管。但最好的善待是细致地工作，认真地管理，杜绝“炎症”发生。但什么事都有万一的时候，炎症一旦发生了，就要按医嘱治疗。《辞海》说：“治疗包括针刺、中药、抗菌素和手术等……以手术为宜。”根据这次治疗的体会，我赞同手术为最佳措施。因为它本来就是个没用的东西，还总伺机闹事，留它岂不等于没事找事！

还有，既然阑尾是没用的东西，又注定有闹事的可能，不妨如日本那样，人之初就将它拿下算了。就像现在的体制改革，一点用也没有，还好闹事的冗员，就不该有他，有了也该裁掉。人道主义可不是姑息什么好事也不干专门捣乱的人！将其割除，就是最大的善待。当然，割除时仍要特别注意善待，即小心翼翼加以消炎，麻醉等等，以防黏连感染。

写到此本该结束了，忽然联想到自己。谁都有没用那一天，甚至一个很有才能的人也可能落在无用武之地的单位，那他也就等于是那个单位的阑尾了。哪天我一旦成了阑尾人时，千万要自觉善待自己，别没用了还心胸狭窄憋得发炎闹事。最好自觉性强些再强些，努力争取自行脱落，以免让别人担心你发炎。

2004年1月26日大年初五　草于听雪书屋

（原载《海燕·都市美文》）

净手拜读经典

不读书不行，乱读书也不行。一个不读书的国家和民族，肯定没有远大前途，也不可能有当下的强盛。一个不读书的人，肯定也不会素质优秀有很大的出息，即使能，也会是另有缘由。

当下中国，可以说是最有所作为，也最急功近利，最见钱眼开；最自由，也最及时行乐，最随心所欲；出书最多却最不读书（或读书最多却最不读经典）因而也最需强调科学读书的时代。我说最需强调科学读书，是因媒体和出版发行者与全社会一同受眼前强大的经济利益驱动，不顾人的精神健康和长远利益，而形成了强大而顽固的迎合与诱导大众娱乐阅读的狂潮。而娱乐只能是人的一种需求，好比麻醉药只是医药的一种，只在手术或其他治疗时可以起麻醉止疼作用，真正治病救人还得靠消炎药解毒药清血药以及手术本身等等。那些有深刻思想性、艺术性、启示性、陶冶性、教育性，也包括其他具有养生保健作用之类实用性的书，就有如能治病救人的良药和优良营养素，需格外重视。

而当今时代是个浪费的时代，浪费资源，浪费能源，也浪费人的时间、才华与生命。这个浪费与不讲科学发展而一味高速发展的科技运行有关。想想古代的竹简刻书，一字恨不能含百意，不然一部书得多少车竹简啊。而现在，手指一敲，一行行一页页的字轻轻巧巧就在虚无中出现了，再一点击，就发送或发表出去了，连纸墨都不用就可能有无数读者或万众粉丝了。所以作者就可以尽情地浪费语言浪费感情，一激动便可以连连地啊啊啊呜呜呜呵呵呵呕呕呕地一连用上十几个甚至几十个同样的字，把个心情表达得淋漓尽致一览无余令人无法回味。紧接着又快速变成一本本砖头样厚的精装书，涌入市场，扰乱人们的阅读。这是用浪费来拉动经济发展的时代病的副产品。这种时代病已轰轰烈烈又潜移默化地侵入到写书出书和读书的全过程。语言文字的大量浪费也能促进造纸业出版业以至网络信息业的大发展，并为其带来巨大的经济效益，当然也为大量浪费文字的作者和出版者带来更多的报酬，但对于书的自身价值和读者利益，则很可能成反比。可是，没有办法，经济规律就是如此残酷，我们只能提醒读者读书时提高警惕。警惕什么？警惕不要被炒作误导，浪费太多时间读那些鼓噪一时但并不值得一读的泡沫书或垃圾书。

当今又是个信息时代，人们时刻被无孔不入五花八门的信息，捉弄得眼花缭乱，六神无主，哪有时间和心思读书啊，食堂、厕所、枕边、飞机、公交车，甚至课堂和会场里，人们都在匆忙地手机阅读大量让人焦躁不安的信息。所以，读书破万卷，下笔如有神，这个最为流传的中国读书名言，当下尤其要慎重对待。这句读书名言意思很明了，就是提倡多读书，多多益善，开卷有益。但这是古人的读书真理，是针对历史条件局限下那些著书立说者或进京赶考的秀才们而言的。那时谁把科举考试规定的所有书都读破了，是很可能得到黄金屋和颜如玉的。而当今的书，不光是为学而优则仕而出，只要有需求就出，甚至没有需求误导你需求也来出，一天便可出成千上万种，有的干脆就是信息（甚至是垃圾信息）的拼凑。自己还没什么阅历也没干成什么事也没黄金屋和颜如玉的人，也在一本本出书，其中误人子弟的肯定不少。那书的观点和见解一人一样，又没经历史检验，正确与否不说，读几十本而且真信其言的话，也该六神无主了，还说什么下笔如有神哪。对一个不想著书立说因而也不怎么动笔的人来说，让他读破万卷书，他还有时间上班干事养家糊口吗？即使为著书立说或者为颜如玉和黄金屋而读书的人，也不可能多多益善。当下许多书，又厚又大，堂皇得吓人且铺天盖地，不精心选择一下而求开卷有益，是既做不到又要吃大亏的。需在明眼人指导下，读有真知卓见者的书才成。那都是经过了许多验证，确实开卷有益的经典之书。即使是经典，也要选与你的事业目标有点关联的来读，才能帮你在人生和事业方面解惑受益。读这样的书，还应当是既要净了手恭敬虔诚地拜读，也要站着读，即，不是跪着读或匍匐其脚下读，那样会把自己读得过于渺小，可能会被吓着，读成了经典的奴才，而生不出创新的才能。

所以读书也如交友，是需要认真选择的。有时忽然遇到一本好书，喜不自胜读了又读，神交深交后还想摘下很多句子和段落，真如结交了一个挚友，分手后也要思念，即使不能再见面，它的音容笑貌也会时常出现，对你的言谈举止发生着长久影响。这样的书属于偶然邂逅却一见钟情百见不厌不见则思念不已的恋人，或有了深厚感情的朋友。一个人一生中不能没有几本这样的书。还有听别人推荐或看权威媒体介绍千方百计寻找来的经典著作，则如寻到一位名师，应该净了手拜读的。也许由于深奥一时读不懂，那也要硬着头皮读下去，总会读懂的。也有这种情况，读懂之后反而更加不喜欢了，那就拉倒。因为世界上的经典也太多了，不可能都要读，更不可能读了都按其旨意行事。一个人就那么有限的一点精力，只能读有限的书做有限的事，而且读书是为了指导思想和行为的，所以读得太多反而会像很多人指导一个人做事一样，肯定要一事无成。有的书匆匆一览，觉得不可读则弃之不理好了，如遇了不够做朋友的人见面点个头打打招呼就行了。有的书一看宣言旗号就该扔掉甚至踏上一只脚。实际读好书的先决条件就是不读坏书，就是尽最大努力少读那些平庸的，作者自己就一事无成却一本本著书立说而误人子弟者的书，尤其那些还没经过时间检验刚一上市就被炒作得热热闹闹的书。没有多少人生阅历不具备检验书的好坏能力的读者，最好远离那些畅销书，多接近经过时间检验流传下来的中外经典名著。那些畅销书由已有真知灼见的中老年人们去读吧，他们可以从中得到一点信息而又不被其左右。哲学家叔本华说得很精辟：“作家可以分为流星、行星和恒星三类，第一类的时效只在转瞬之间，你仰视而惊呼，‘看哪！’——他们却一闪而逝。第二类是行星，耐久得多，他们离我们较近，所以亮度往往胜过恒星，无知的人们以为那就恒星了。但是不久他们也必然消逝；何况他们的光辉不过借自他人，而所生的影响只及于同路的行人（也就是同辈），只有第三类不变，他们坚守着太空，闪着自己的光芒，对所有的时代保持相同的影响，因为他们没有视差，不随我们观点的改变而变形。他们属于全宇宙，不像别人只属于一个系统（也就是国家）。正因为恒星太高了，所以他们的光辉好多年后才照到世人眼里。”

因此我认为，青年时期应该多读几本属于恒星的经典书，打下自己的根基，中年以后再领略行星的光辉不迟。至于流星们，不用管他，碰上了不抬眼皮也要刺激你一下的。读属于恒星的书，等于忘年交友，要当导师对待。读属于行星的书，等于同年交友，可以相互商讨。流星们的书，有空可以翻翻，没空就算了。

到了中年，读书就有个姿态问题了。前面说了，有的经名师推荐费好大劲找来的书，应该洗了手而拜读。这是说虔诚和认真的意思，但拜读可不是跪着读或趴着读。而是既要虔诚恭敬地拜读，又要站着读。否则你就总感到高不可攀，看到的只能是大师的脚跟或膝盖，看不到他们的眼光即心灵之光，那样就只能读出一茬茬奴才来，而无法有丝毫的建树和超越。读书不是为了把书都装进脑里，那你得有多大的脑袋才能装下书山的一小部分啊，那是电脑的事。我们应该用心去领会书的思想内涵和精神实质，并用以洞照灵魂和心智。伟大的经典如明净高悬，照你灵魂时难免显出你的渺小来。那也不能卑躬屈膝，仍要站着读，非让那明净之光把自己的灵魂和心智逐渐也照耀得伟大起来不可。

读书范围可以大些，但绝不能太多太杂，就如交友圈子可以大些，但数量不可太多太杂一样，交了太多朋友，整天来来往往闹闹哄哄，还有时间干一点事吗？办法还是如上所说，不好的书不读，平庸的书不读。顶多为了娱乐休息读读哈哈镜那样的幽默或滑稽类书。我的态度是，宁可读透一两本经典著作让人说不博学，也不读许多不值得一读的书而误以为自己很博学。鲁迅交友就很苛刻，但有多少人比得上他对朋友神交得那般深厚呢！

2014年3月1日　星期六　沈阳　听雪书屋

（原载上海《解放日报》朝花副刊）

上善若泉城水

飞上天了，我还在问自己，山东省会因何别名泉城？本是在心里自言自语，不想却脱了口，身边一位浓重济南口音的乘客竟梦游般信口吐出两个字——泉众，只这两个字，便头也没抬继续埋头读书。我不由心生敬意，山东人好有文化，那个众字，用得文而精，若让我们东北人说，还不得“那泉子多去了”六个字，或再精炼也得“泉眼多呗”四个字的。不免想起小时候，山东长大一个大字不识的爷爷，和也一个大字不识山东长大的奶奶，都把我们东北出生的学生孩子说“肚子饿瘪了吃饭吧”八个字说成“害饿开饭”四个字。孔子家乡的人，文化底蕴就是厚。但这个天上地下一直埋头读得梦游了似的山东人，文得太甚了啊！中国字，三人即可称众的，济南泉何等众状，听他说过仍如云层之上看水，一片茫然嘛，只好闭了眼暗自思忖：何地的别名，都是由当地文化决定的，而文化是历史的投影，经久的别称，必是历史与文化共酿的无疑。又想，中国的地名，也与人名相似，都有双重性。旧中国以前的人，名之外还都有“字”，名是表志的，而字则起辅示作用。新中国成立以来，虽所有人都名存字无了，实际仍是每人俩名，即大名之外还要有小名。小名虽不上户口，但必是每人都有。等到大了，小名自动取消，随之又该有外号了。地名亦如此，即地图上标一个，人们口碑上还另刻着一个。比如济南，是地图上标的名，意思是济水之南，而口碑上刻的则是泉城。这泉城便如人的外号，表示的该是济南最值得称道的特点。

到得济南，连看三天，不由惊叹，我所谓三人便可称众的众，那是小众，而那山东读书人所称的泉众，是大众：无名泉，无数；有名泉，七百许；知名泉，七十二；著名泉，四大群啊——趵突泉群、黑虎泉群、珍珠泉群、五龙潭泉群。四大泉群率领着遍布历下老城区的无数泉流，真可谓满天泉星落地了。光听听趵突泉所率的那一群名泉吧，金线泉、皇华泉、柳絮泉、漱玉泉、马跑泉……无不各具姿态。济南，真的泉众，不叫泉城绝对不行！

济南的泉，既是帝王将相之泉，又是才子佳人之泉，也是市井百姓之泉，即全民之泉。千百年长流不息，至今滋养旧城容颜不老，把济南命名泉城，最得人心，全民投票公决的话，也必叫泉城无疑。所以，日本一位写有名著《自然与人生》的大散文家德富芦花的哥哥——德富卢峰，许多年前游济南后就赞不绝口，他在游记中赞誉："济南是一座水都！"喜爱之情溢于言表，尤其那个"都"字，最大限度地表达了一个被海水围绕的岛国人对曾被他的国军侵占过的济南泉水的崇拜。不过他的结论不对！海水是水，河水是水，雨水是水，雪水是水，泉水虽也是水，但细想想那个泉字，是水上边托着个白字，意为泉水是最清白洁净的上善之水。满城上善泉水，怎可与满城普通之水同日而语？“泉城”是唯一的，而“水都”却起码有二了：威尼斯早就被公认为水都，苏州也被称过水都，还有其他。若称独一无二的泉城也为水都，显然结论有误。打个蹩脚的比喻，日本曾武力强占中国东北，建立了“伪满洲国”，继而侵占整个中国和东南亚，他们名之曰建立“大东亚共荣圈”。把一场图谋私利罪恶滔天的侵略，说成舍己助人，怎能得到公认？威尼斯和苏州被公认为水都，因它们城中异乎寻常多水，但都是河水，形成了河就是路，路就是河。而我们的泉城，虽也到处是水，但那既是不凡的深深火成岩下涌出的泉水，又是在湿漉漉石板下面流动可让人徒步而行的泉水！泉城的泉，弯弯曲曲流经千家万户，帮芸芸众生养过豆芽，洗过菜蔬，浇过园田，泡过热茶，冲过凉澡……而后曲径通幽，百泉汇纳成文人雅士、达官贵族、平民百姓共饱眼福，共陶性情，共休闲游乐的大明湖，待这湖也盛不下，便又流成六七里长一圈护城河，河水顺便把两岸又流成了花繁树茂的环城公园，河身也随之成为游船的路……一腔腔火成岩层下涌出近乎神圣的泉水，无怨无悔修炼着为万众服务而无取无争且无悔的品行，所以，荣获过诺贝尔文学奖的印度大诗人泰戈尔，才会有诗句这样赞美济南之泉："我怀念满城的泉池，它们在光芒下大声地说着光芒。"

真不愧古国印度养育的文学泰斗，他赞美济南的众泉，仅仅是最朴素的"怀念"和"光芒"二词。光芒，给万物以明亮，只施照耀和温暖，而无争，无取，亦无怨悔，确与泉的境界大同，而小异的，不过一个自天上而下暖照万物，一个自地下而上温润万物而已。而大诗人把怀念一词放于诗句最前，则表示他对泉城的好感太深。

也许我已过了热衷寻花问柳的年龄，对泉的欢情跳跃之姿，和围她搔首弄姿的花柳们已不太动心，而更在意泉们默默为万物奉献福祉，却不与万物竞利争益的上善美德了。所以我认为，泰戈尔对"满城""泉池""光芒"的怀念，该算一个外国人对泉城最具高度的赞美。这与中国道家思想创始人老子的哲思，可算哲人和诗人所见略同吧。曾与济南有关的老子，对主动上门求教的儒家思想创始人孔子说过，"上善若水，水善利万物而不争，处众人之所恶，故几于道"。他老人家的意思是说，水的品德是最高境界的善。以此理推之，难道不更该说上善若泉水吗？再加上一点我的感情用事，不可以理直气壮地说，上善若泉城水吗？

天下泉无数，我独说上善若泉城水，绝不是因我老家在山东这一点点感情用事。前面已拿思想家老子的话说事了，再拿当过中国疆域最大且政绩不小的乾隆皇帝的话说事。有据可查，乾隆皇帝下江南视察，出行时带的是北京的天下第一泉——玉泉的水，贵为天子的朕，绝不轻饮外地不一之水的。到了济南，乾隆皇帝喜见趵突泉涌的绝美之姿与白玉之色，禁不住“以银碗汲泉水饮之”，饮后大悦，不仅将原本属于北京玉泉的“天下第一泉”改赐给趵突泉，而且御笔亲题，至今刻于泉边。此后乾隆每南下，皆“携玉泉山水而来，换载趵突泉水南去”。

我不是赞扬这个才子皇帝见新而弃旧的不良作风，而是意在说济南之泉的上善。有文字说，1952年10月，新中国的主席毛泽东视察泉城的珍珠泉时，听说乾隆帝不仅题封趵突泉为“天下第一泉”，而且再次到济南又封过“珍珠泉”为天下“第三泉”之事，毛主席看到乾隆的题碑后说，“乾隆这个人好出风头，走到哪儿写到哪儿”。毛主席批评的只是乾隆皇帝的好出风头，但才子皇帝毕竟是个好饮善品的天子，他的舌尖和胃口能品出济南泉水天下第一，当不会有错。地大物博人口最为众多之国的第一等泉水，安能算不得上善？

五亿年前，济南地区为海域，18000万年前发生了燕山运动，使沉积的石灰岩和泰山一起上升，造成巨大的穹隆构造，形成历山，同时也形成了火溶岩层的济南盆地。济南老城就建在历山脚下海拔很低因而水压必定较高的盆地上，尤其盆底处的老城区历下一带，只要岩层有眼处，便会冒水成泉。而趵突泉处地表最低，所以水压最高，水足时能喷涌出三四米高水轮，而日夜哗哗旋转。因此古人早早就在泉畔建起观澜亭，供南来北往的文人墨客赏泉赋诗。而那些诗赞美的多是泉柳们的外貌之美，或罔顾泉柳而言它。如由百泉汇成的大明湖历下亭所刻唐代大诗人杜甫的名句“海右此亭古，济南名士多”，重点说名人，而无涉养育名人的泉水。郦道元虽不如杜甫有诗才，但其《水经注》中描述趵突泉“泉源上奋，水涌若轮”却比杜甫更在意到泉；金代诗人元好问的“且向波前看玉塔”句，虽特别在意了泉，却无什么思想光芒；何绍基的“万斛珠玑尽倒飞”、赵孟頫的“云雾润蒸华不注，波涛声震大明湖”……还有《老残游记》里那种单浅外在描写济南泉水的诗文美句，多欠挖掘泉水上善的品性，所以仍属泰戈尔那句“在光芒下诉说着光芒”，最显思想光芒。但描写功夫与思想光芒具深者，要算已故经典作家老舍：“看那三个大泉，一年四季，昼夜不停，老那么翻滚。你立定呆呆看了三分钟，你便觉出自然的伟大，使你不敢再正眼去看。永远那么纯洁，永远那么活泼，永远那么鲜明，冒，冒，冒，永不疲乏，永不退缩，只是自然有这样的力量！冬天更好，泉上起了一片热气，白而轻软，在深绿的长的水藻上飘荡着，使你不由地想起一种似乎神秘的境界。”他对泉城的泉使用了“纯洁”“活泼”“鲜明”“永不退缩”，因而“伟大”并且具有“神秘的境界”等赞语，可算形神兼备说透了泉城之泉的品性。

俗话有时更显真理性，比如“一方水土养一方人”，此话之理更可让人感到济南泉水是否上善："舜耕山""舜井街""舜祠"，可见证泉城养育过禹皇之前万民拥戴光耀日月的舜皇；"仁智街"可见证信奉"仁者乐山，智者乐水""上善若水"的道家创始人老子被泉城水滋润过；"府学文庙"可见证向老子请教过"上善若水"的儒家创始人孔子在泉城立业过；"跞源堂"可见证"唐宋八大家"之一的曾巩，曾在泉城建功过；"漱玉泉"可见证泉城是著有《漱玉集》的千古婉约女词人李清照在泉城有故居；"稼轩祠"可见证伟大豪放派男词人辛弃疾祖籍在泉城；五龙潭的"唐左武卫大将军胡国公秦叔宝故宅"石碑，可见证流传千古已成为百姓门神的秦琼是泉城人……近现代喝泉城水而留名的人物更多。

而芸芸众生，从淘米、洗菜、浇园、沐浴，到沏茶、酿酒、生豆芽、磨豆腐……哪样不靠泉水？泉们清洁滋养了达官贵人和平民百姓之后，又曲径通幽，汇聚成波光潋滟大明湖，供人们游览，消愁解闷。待大明湖也容纳不下了，泉们又自觉自愿携手流成护城河，既保护了老城安全，又变成凝聚新城和老城的环形泉水公园。而天要下雨，地下水要日夜喷涌，被一遍遍用过的泉水们终有多余之日，那时再赖在城中不走，便要水满为患。见为患而无动于衷，则将转而为恶了。所以泉城的水们，又自觉自愿趁尚未转善为恶之际，及时结队流进小清河，因小清河是顺势流入20多公里外黄河的。而黄河是大丈夫，他不畏艰险，不舍昼夜，收容了华夏大地因无用失业而投奔她的所有之水，奔大海去了。海纳百川，海里的每一滴水都不会失业，养鱼，航船，蒸发为雨，再回归江湖和大地，复流为泉为河，造福万物后又复归大海。

古往今来的泉城人，受上善泉水滋养，也世代相传着泉的上善品德。为避免毫无节制的经济开发所至众泉一度全部停涌，甚至整年干涸的悲剧重演，近年市政府在全民多方呼吁下，投巨资在护城河边建起一座史来最大的“泉城广场”。广场中央，高高地矗起一座蓝色的“泉”字象形巨雕，将最美的泉喷之姿顶天立地凝固于空中，警醒泉城人永远爱泉，尊泉，崇泉，不断延伸泉的上善品格。

告别泉城前夜，我特意赶往广场，向在夜空中光华灿烂的高高泉碑仰视良久，祈望饮过数日“泉众”古城之水的笔者自己，心也多润入几滴上善泉城水吧。

2015年6月1日　草于沈阳听雪书屋

（原载《人民文学》2016年1月号）

人生之车（代跋）

我曾说过：“许多中国人都发过‘海可枯，石可烂，忠于什么什么的红心永不变’的誓言。事实呢，是海没枯，石没烂，倒是人心都变了。我的笔就描写变了的人心吧！”我的散文就多是自己心变的记录，无所谓成熟与幼稚，也无所谓深刻与浅白，不过是我人生心电图的一部分而已。我想，除浅白与幼稚之外，并无虚伪与欺骗在里面。真诚地记录自己的心迹与足迹，为后人留下一点了解那时代的零星线索，并且不让读者有味同嚼蜡的感觉，我也就心满意足了。恐怕这点作用也起不到。

我以为，散文形式可以不拘，也没拘的必要，但不可以不真实，即不能虚构。

就如做人一样，选择什么职业为生以及为生的技能怎样都是自由的，但不能当骗子，不能人格虚伪。我还写过这样一段话：“虚伪与狡诈愈盛行，真诚与幽默则愈升值；虚伪使生命失重、贬值，狡诈是使生命之车走下坡路的润滑油；真诚是人生之车上行的动力，而幽默是使生命之车在远行的路上遇了坎坷免于颠簸的永不生锈的弹簧。难得来到人世一回，还是驾着人生之车上行吧。若想防止虚伪和狡诈爬车，那么车上就得装满真诚。如果怕真诚太重压垮了车，只有将拿下真诚那部分用幽默填补。一个人的生命之车既拉了真诚又拉了幽默，那就完美了。”

我想，我的散文随笔应该有真诚和幽默（可能是冷峻的）才对。有了这两点，其他缺欠我也不在乎了。

本着这个原则，凡需虚构的我便写成小说，完全真实的才写成散文。我反对那种跑马占荒划地筑营插旗为王的做法，似乎写小说的就不该写散文，写散文的就不能写小说，写了也视而不见，见了也置之不理的封建门阀习气。帝王将相尚且宁有种乎，一种文体也是可以有混血儿的。

1998年1月2日写于沈阳听雪书屋

（原载《羊城晚报》花地副刊）

图书在版编目（CIP）数据

牛化自己 / 刘兆林著．—北京：民主与建设出版社，2017.9

（名家散文自选集）

ISBN 978-7-5139-1708-7

Ⅰ．①牛… Ⅱ．①刘… Ⅲ．①散文集—中国—当代 Ⅳ．① I267

中国版本图书馆 CIP 数据核字（2017）第 239054 号

牛化自己

NIUHUA ZIJI

出 版 人　许久文
总 策 划　李继勇
责任编辑　郭长岭
封面设计　宋双成
出版发行　民主与建设出版社有限责任公司
电　　话　（010）59417747　59419778
社　　址　北京市海淀区西三环中路 10 号望海楼 E 座 7 层
邮　　编　100142
印　　刷　三河市腾飞印务有限公司
版　　次　2017 年 10 月第 1 版　2017 年 11 月第 2 次印刷
开　　本　787mm × 960mm　1/16
印　　张　23 印张
字　　数　216 千字
书　　号　ISBN 978-7-5139-1708-7
定　　价　39.80 元